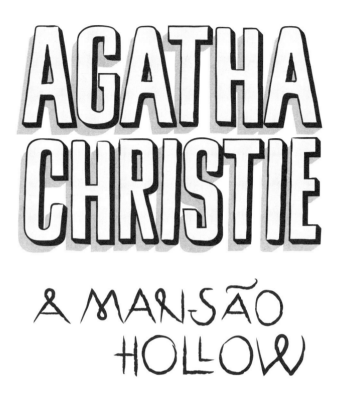

AGATHA CHRISTIE
A MANSÃO HOLLOW

Um caso de Hercule Poirot

Tradução
Vânia de Almeida Salek

Rio de Janeiro, 2024

The Hollow Copyright © 1946 Agatha Christie Limited. All rights reserved.

AGATHA CHRISTIE, POIROT and the Agatha Christie Signature are registered trade marks of Agatha Christie Limited in the UK and/or elsewhere. All rights reserved.

Direitos de edição da obra em língua portuguesa no Brasil adquiridos pela CASA DOS LIVROS EDITORA LTDA. Todos os direitos reservados. Nenhuma parte desta obra pode ser apropriada e estocada em sistema de banco de dados ou processo similar, em qualquer forma ou meio, seja eletrônico, de fotocópia, gravação etc., sem a permissão do detentor do copyright.

Este livro não pode ser exportado para Portugal ou outros países de língua portuguesa

Diretora editorial: Raquel Cozer
Gerente editorial: Alice Mello
Editor: Ulisses Teixeira
Copidesque: Thaís Lima
Revisão: Eduardo Carneiro
Projeto gráfico de miolo: Leandro B. Liporage
Diagramação: Leandro Collares
Projeto gráfico de capa: Maquinaria Studio

CIP-Brasil. Catalogação na fonte
Sindicato Nacional dos Editores de Livros, RJ

C479a

Christie, Agatha, 1890-1976
   A Mansão Hollow / Agatha Christie ; tradução Vânia de Almeida Salek. – Rio de Janeiro: HarperCollins Brasil, 2016.

   Tradução de: The Hollow
   ISBN 978.85.9508.294-6

   1. Poirot (Personagem fictício). 2. Ficção policial inglesa. I. Salek, Vânia de Almeida. II. Título.

CDD: 823
CDU: 821.111-3

Rua da Quitanda, 86, sala 601A – Centro –
20091-005 Rio de Janeiro – RJ – Brasil
Tel.: (21) 3175-1030

Printed in China

Para Larry e Danae, desculpando-me por ter usado sua piscina como cena de um crime.

Capítulo 1

Às 6h13 de uma manhã de sexta-feira, os grandes olhos azuis de Lucy Angkatell abriram-se para mais um dia; e como sempre, logo estava bem acordada e imediatamente começou a tratar dos problemas evocados por sua mente incrivelmente ativa. Sentindo a necessidade urgente de uma consulta e de uma conversa, e escolhendo para tal fim sua jovem prima, Midge Hardcastle, que chegara à Mansão Hollow na noite anterior, Lady Angkatell saiu depressa da cama, jogou um roupão sobre os ombros ainda graciosos e atravessou o corredor em direção ao quarto de Midge. Sendo uma mulher de processos mentais surpreendentemente rápidos, Lady Angkatell, seguindo seu invariável costume, começou a conversa em sua própria cabeça, retirando as respostas de Midge de sua fértil imaginação.

A conversa estava em pleno andamento quando Lady Angkatell escancarou a porta de Midge.

— ...Sendo assim, querida, você há de convir que o fim de semana *trará* dificuldades!

— Hein? Hum? — Midge grunhiu de modo inarticulado, acordada de forma ab-rupta de um sono reparador e profundo.

Lady Angkatell caminhou até a janela, abrindo a persiana e levantando-a com um movimento brusco, o que permitiu a entrada da luz pálida de um amanhecer de setembro.

— Passarinhos! — comentou, espiando com visível prazer pela vidraça. — Tão bonitinhos.

— O quê?

— Bem, de qualquer modo, o tempo não trará problemas. Parece que está firme. Já é alguma coisa. Porque se um monte de personalidades destoantes ficar encaixotado dentro de casa, tenho certeza de que você concordará comigo que a coisa ficará dez vezes pior. Jogos de salão, talvez, o que ficaria igual ao ano passado, e eu jamais me perdoarei pelo que fiz com a pobre Gerda. Eu disse a Henry, depois, que foi muito impensado de minha parte. Mas *temos* de recebê-la, é claro, pois seria extremamente grosseiro convidar John sem convidá-la, mas isso realmente dificulta as coisas... E o pior de tudo é que ela é tão boazinha... Às vezes parece muito estranho mesmo que uma pessoa tão boazinha como Gerda possa ser tão destituída de qualquer espécie de inteligência, e, se é esse o significado da lei das compensações, não acho que seja uma lei justa.

— Sobre o *que* você está falando, Lucy?

— Sobre o fim de semana, querida. Sobre as pessoas que chegam amanhã. Pensei sobre isso a noite toda e estou um bocado preocupada. De forma que é um alívio conversar sobre o assunto com você, Midge. Você é sempre tão sensata e prática.

— Lucy — disse Midge, repreensiva. — Você sabe que horas são?

— Não ao certo, querida. Eu nunca sei.

— São 6h15.

— Oh, sim, querida — disse Lady Angkatell, sem sinais de arrependimento.

Midge lançou-lhe um olhar duro. Impossível aturar Lucy! "Nossa", pensou Midge, "não sei como a suportamos!".

Ainda assim, mesmo durante a enunciação do pensamento, ela já conhecia a resposta. Lucy Angkatell sorria e, ao olhá-la, Midge sentiu o encanto extraordinariamente incisivo que ela irradiara durante toda sua vida, e que mesmo agora, com mais de sessenta anos, não lhe faltava. Por causa dele, pessoas de todo o mundo, estadistas estrangeiros, ajudantes de ordens, funcionários do governo, toleravam inconveniências, aborrecimentos e espantos. Eram o prazer e a ingenuidade infantis de suas ações que desarmavam e anulavam as críticas. Lucy não precisava fazer nada além de abrir aqueles grandes olhos azuis, estender as mãos frágeis e murmurar "Oh! mas eu lastimo *tanto*...", e o ressentimento logo desaparecia.

— Querida — disse Lady Angkatell —, eu lastimo *tanto*. Você deveria ter me dito!

— Estou dizendo agora... mas é tarde demais! Já estou completamente acordada.

— Que vergonha. Mas você *vai* me ajudar, não vai?

— No fim de semana? Por quê? O que há de errado?

Lady Angkatell sentou-se na beira da cama. "Não era", pensou Midge, "como qualquer pessoa que se sentava em sua cama. Era algo fugaz, como se uma fada houvesse pousado ali por um minuto".

Lady Angkatell fez um gesto leve, amável e suplicante com as mãos brancas.

— As pessoas que vêm são todas erradas... quer dizer, são as pessoas erradas para estar juntas... não em si mesmas. Na verdade, são todas encantadoras.

— *Quem* virá?

Midge afastou os cabelos pretos e anelados de sua testa quadrada com um braço moreno e forte. Nela, nada havia de mágico ou fugaz.

— Bem, John e Gerda. Até aí, nada de mais. Quer dizer, John é encantador... *muito* agradável. E quanto à pobre Gerda... bem, quer dizer, devemos ser todos muito bondosos. Muito, muito bondosos.

Movida por um obscuro instinto de defesa, Midge disse:

— Oh, deixe disso, ela não é tão inútil assim.

— Oh, querida, ela é patética. Aqueles *olhos*. E nunca parece entender uma única palavra do que se diz.

— E não entende — disse Midge. — Não o que você diz... mas não sei se a culpa é dela. Seu pensamento, Lucy, é rápido demais. Acompanhar uma conversa sua requer os saltos mais incríveis. Todas as conexões ficam de fora.

— Como um macaco, de galho em galho — acrescentou Lady Angkatell, com ar vago.

— E quem mais vem, além dos Christow? Henrietta, não?

O rosto de Lady Angkatell iluminou-se.

— Sim. E tenho mesmo a sensação de que ela será uma fortaleza. Sempre é. Henrietta, você sabe, é uma pessoa muito boa... profundamente boa, não só na superfície. Ela vai nos ajudar bastante em relação a Gerda. Ano passado, ela foi simplesmente maravilhosa. Brincamos do jogo do absurdo, ou invenção de palavras, ou citações, qualquer coisa no gênero, e quando todos tínhamos acabado e estávamos lendo descobrimos de repente que a pobre Gerda nem havia começado. Não chegara sequer a entender o jogo. Foi horrível, não foi, Midge?

— A bem da verdade, não sei por que as pessoas visitam os Angkatell — comentou Midge. — Sempre uma ginástica mental, os jogos de salão, e seu estilo peculiar de conversa, Lucy.

— Sim, querida, deve ser cansativo... e deve ser sempre detestável para a pobre Gerda. Frequentemente penso que, se ela tivesse alguma fibra, não viria aqui. Mas, no entanto, as coisas não são assim e a pobre ficou toda confusa e... mortificada, você sabe. E John parecia terrivelmente impaciente. E simplesmente não consegui arranjar um meio de consertar a situação... foi aí que fiquei tão grata em relação a Henrietta. Ela voltou-se para Gerda e fez um comentário sobre o pulôver que ela estava vestindo, um negócio verdadeiramente horrível, num verde-alface desbotado, deprimente e desengonçado demais, querida... e Gerda logo se animou, parece que ela mesma havia tricotado. Henrietta pediu o ponto, e Gerda ficou muito feliz e orgulhosa. É exatamente isso o que quero dizer sobre Henrietta. Ela sempre faz *esse* tipo de coisa. É uma espécie de graça.

— Ela se preocupa com isso — comentou Midge, lacônica.

— É, e sempre sabe o que dizer.

— Ah — disse Midge. — Mas ela não se limita a falar. Você sabia, Lucy, que Henrietta realmente fez um pulôver igual?

— Oh, céus. — Lady Angkatell ficou séria. — E *usou-o*?

— E usou-o. Henrietta leva as coisas até o fim.

— E ficou muito feio?

— Não. Em Henrietta ficou muito bem.

— Bom, claro que sim. É exatamente essa a diferença entre Gerda e Henrietta. Tudo o que Henrietta faz, faz bem, dá certo. Ela é talentosa para quase tudo, bem como em sua própria profissão. Confesso, Midge, que se alguém conseguir levar este fim de semana sem problemas, essa pessoa será Henrietta. Ela vai ser simpática com Gerda, divertirá Henry, manterá John de bom humor e, tenho certeza, vai nos ajudar muito em relação a David.

— David Angkatell?

— É. Ele acaba de chegar de Oxford... ou Cambridge, talvez. Os rapazes dessa idade são tão difíceis, principalmente os intelectuais. David é muito intelectual. Seria ótimo se eles pudessem adiar essa intelectualidade para quando ficassem mais velhos. Mas, do jeito que são, eles sempre olham as pessoas com ar carrancudo, roem as unhas e têm tantos defeitos... às vezes um pomo de adão protuberante também. Ou não falam nada, ou falam muito alto e de modo contraditório. Mesmo assim, como já disse, confio em Henrietta. Ela tem muito tato e faz as perguntas certas, e, sendo uma escultora, eles a respeitam, principalmente sabendo que ela não esculpe apenas animais ou cabeças de crianças, mas tem obras de vanguarda como aquele negócio esquisito de metal e gesso que ela expôs no New Artists do ano passado. Mais parecia uma escada de pintor de paredes. Chamava-se *Pensamento ascendente*, ou algo no gênero. É o tipo da coisa que impressiona um rapaz como David... Para mim era uma grande bobagem.

— Oh, Lucy!

— Mas alguns dos trabalhos de Henrietta são encantadores. Como aquela figura do *Freixo chorão*, por exemplo.

— Henrietta tem o toque do gênio, eu acho. Além disso, é uma pessoa muito agradável — disse Midge.

Lady Angkatell levantou-se e tornou a andar até a janela. Distraída, brincou com a corda da persiana.

— Por que bolota, eu gostaria de saber? — murmurou.

— Bolota?

— Na corda da persiana. Como abacaxis em portões. Quer dizer, deve haver uma razão. Pois bem poderia ser tanto um pinhão como uma pera, mas é sempre uma bolota. Bolota é o nome que dão em palavras cruzadas... para cevar porcos, você sabe. Sempre achei tão gozado.

— Não fuja do assunto, Lucy. Você veio aqui para conversarmos sobre o fim de semana e não consigo entender por que você estava tão ansiosa. Se você conseguir evitar aqueles jogos de salão, tentar ser coerente ao conversar com Gerda e pedir a Henrietta para domar o intelectual David, qual a dificuldade?

— Bem, finalmente, querida, Edward também virá.

— Oh, Edward. — Midge calou-se por alguns minutos depois de dizer o nome. Em seguida perguntou calmamente: — O que deu em você para convidar Edward para este fim de semana?

— Mas não convidei, Midge. Aí é que está. Ele se convidou. Telegrafou para saber se poderíamos recebê-lo. Você sabe como é Edward. Como é sensível. Se eu tivesse negado, provavelmente ele nunca mais se convidaria de novo. Ele é assim.

Midge balançou a cabeça lentamente.

"Sim", pensou ela, "Edward era assim". Por um momento, viu claramente o rosto dele, aquele rosto muito querido. Um rosto que trazia algo do encanto imaterial de Lucy; gentil, tímido, irônico...

— Querido Edward — disse Lucy, fazendo eco ao pensamento de Midge. E prosseguiu, impaciente: — Se ao menos Henrietta decidisse casar-se com ele. Ela gosta muito dele, tenho certeza. Se eles tivessem estado juntos aqui em alguns fins de semana, sem os Christow... O fato é que John Christow sempre causa um efeito tão negativo em Edward. John, se é que você me entende, torna-se tão mais *mais*, e Edward se torna tão mais *menos*. Você entende?

Novamente Midge assentiu.

— E não posso adiar a vinda dos Christow porque este fim de semana já está acertado há muito tempo. Mas sinto,

Midge, que vai ser muito difícil, com David carrancudo e roendo as unhas, tentar fazer com que Gerda não se sinta deslocada, com John sendo tão positivo e Edward tão negativo...

— Os ingredientes do pudim não combinam — murmurou Midge.

Lucy sorriu para ela.

— Às vezes — disse ela, pensativa — as coisas se arranjam por si mesmas. Convidei o "Homem do crime" para almoçar no domingo. Vai servir para distrair, não acha?

— "Homem do crime"?

— Aquele que parece um ovo — explicou Lady Angkatell. — Ele estava em Bagdá, desvendando qualquer coisa, quando Henry era ministro. Ou foi depois? Nós o convidamos para almoçar juntamente com alguns funcionários da alfândega. Ele usava um terno branco de brim, lembro-me bem, uma flor cor-de-rosa na lapela e sapatos pretos de verniz. Não me lembro bem do caso porque nunca me interesso em saber quem matou quem. Quer dizer, uma vez que a pessoa está morta, não me importa saber por quê, além de achar uma tolice toda a confusão criada...

— Mas houve algum crime por aqui, Lucy?

— Oh, não, querida. Ele está num daqueles chalés engraçados... você sabe, com aquelas vigas de madeira que podem cair em sua cabeça, com todo o encanamento muito bom e um jardim todo errado. O pessoal de Londres gosta desse tipo de coisa. No outro mora uma atriz, eu acho. Eles não moram lá o tempo todo como nós. Mesmo assim — Lady Angkatell vagou pelo quarto — imagino que achem muito agradável. Midge querida, foi tão gentil de sua parte ter sido tão prestativa.

— Não creio que tenha sido tão prestativa.

— Não? — Lucy Angkatell parecia surpresa. — Bem, agora durma bastante e não se levante para o café e, quando se levantar é, pode ser tão grosseira quanto quiser.

— Grosseira? — se surpreendeu outra vez Midge. — Por quê? Oh! — ela riu. — Entendi! Perspicaz de sua parte, Lucy. Talvez siga seu conselho.

Lady Angkatell sorriu e saiu. Ao passar pela porta aberta do banheiro e ver a chaleira e o fogareiro, teve uma ideia.

Todos gostavam de chá, ela sabia — e Midge dormiria durante horas. Ela prepararia um pouco de chá para Midge. Pôs a chaleira no fogo e continuou pelo corredor.

Parou na porta do quarto do marido e girou a maçaneta, mas Sir Henry Angkatell, aquele hábil administrador, conhecia sua Lucy. Gostava muito dela, mas também gostava de um sono tranquilo pela manhã. A porta estava trancada.

Lady Angkatell foi para o próprio quarto. Gostaria de ter podido consultar Henry, mas isso ficaria para mais tarde. Ficou de pé junto à janela, olhando para fora durante um ou dois minutos, depois bocejou. Deitou-se na cama, recostou a cabeça no travesseiro e, em dois minutos, dormia como criança.

No banheiro, a chaleira começou a ferver e continuou a ferver...

— Mais outra chaleira, sr. Gudgeon — disse Simmons, a criada.

Gudgeon, o mordomo, balançou a cabeça grisalha.

Pegou a chaleira incinerada das mãos de Simmons e, dirigindo-se à copa, retirou outra chaleira da parte inferior do armário dos pratos, onde ele guardava um estoque de meia dúzia.

— Aqui está, srta. Simmons. A patroa nunca saberá.

— A patroa costuma fazer essas coisas? — perguntou Simmons.

Gudgeon suspirou.

— A patroa — explicou —, ao mesmo tempo em que tem um bom coração, é muito esquecida. Mas, nesta casa, faço o possível para poupar-lhe aborrecimentos e preocupações.

Capítulo 2

Henrietta Savernake enrolou um punhado de argila e colocou-o no lugar com uns tapinhas. Estava modelando uma cabeça de moça com rapidez e habilidade.

Em seus ouvidos penetrava, apenas até o limiar de sua consciência, a cantilena fina de uma voz qualquer:

— E acho mesmo, srta. Savernake, que eu estava com toda a razão! E disse: "Ora, se é *assim* que você quer entender!" Porque acredito, srta. Savernake, que cabe à moça dar um basta a esse tipo de coisa, se é que me entende. "Não estou acostumada", disse eu, "a ouvir esse tipo de coisa, e só me resta dizer que sua imaginação deve ser muito maldosa!". Todo o mundo detesta grosserias, mas acho que eu tinha toda a razão em dar um basta, não acha, srta. Savernake?

— Oh, totalmente — respondeu Henrietta, com tal veemência em seu tom de voz que qualquer pessoa que a conhecesse bem suspeitaria de que ela não estava prestando atenção.

— "E se sua mulher diz coisas desse tipo", disse eu, "bem, estou certa de que não posso fazer *nada*!". Não sei bem por quê, srta. Savernake, mas, aonde quer que eu vá, sempre surgem problemas, e tenho certeza de que não é culpa *minha*. Quero dizer, os homens são tão suscetíveis, não são? — O modelo deu uma risadinha coquete.

— Terrivelmente — concordou Henrietta, os olhos semifechados.

"Lindo", pensou Henrietta, "lindo este plano logo abaixo da pálpebra... e o outro plano subindo, para se encontrar com o de cima. O ângulo do maxilar está errado... Preciso raspar aqui e modelar de novo. É trabalhoso". E, em voz alta, falou em tom aconchegante e agradável:

— Deve ter sido *muito* difícil para você.

— Acho o ciúme uma coisa tão injusta, srta. Savernake, e tão *mesquinha*, se é que me entende. Não passa de inveja, se é que posso falar assim, porque algumas pessoas são mais bonitas e mais jovens do que outras.

Henrietta, trabalhando em seu maxilar, respondeu distraída:

— É, sem dúvida.

Ela aprendera, anos atrás, a dividir sua mente em compartimentos estanques. Podia jogar uma partida de *bridge*, participar de uma conversa inteligente, redigir bem uma carta, sem precisar dedicar a tudo isso mais do que uma fração da parte essencial de sua mente. Toda sua atenção agora se fixava na cabeça de *Nausicaa* sendo construída por seus dedos, e a conversinha miúda e desdenhosa que fluía daqueles lábios infantis e graciosos não penetrava, de maneira alguma, nos recantos mais profundos de sua mente. Ela mantinha a conversa sem esforço. Estava acostumada aos modelos tagarelas. Nem tanto os profissionais — eram os amadores que, pouco à vontade com a inatividade forçada dos membros, compensavam-na por meio de confissões prolixas. Dessa forma, uma parte insignificante de Henrietta ouvia e replicava e, muito longe e resguardada, a verdadeira Henrietta comentava: "Como é mesquinha e comum... mas que olhos... Lindos, lindos, lindos olhos..."

Enquanto ela se ocupava dos olhos, deixava a moça falar. Pediria a ela para se calar quando chegasse à boca. Era engraçado pensar como aquela conversa mesquinha podia sair de curvas tão perfeitas.

"Oh, droga", pensou Henrietta, num arrebatamento súbito, "estou arruinando a curva desta sobrancelha! Que diabos estará acontecendo comigo? Deformei este osso... ele é anguloso, e não graúdo...".

Afastou-se um pouco e, de testa franzida, desviava o olhar da argila para a peça de carne e osso sentada na plataforma.

Doris Sanders prosseguiu:

— "Bem", disse eu, "realmente não vejo por que seu marido não deveria me dar um presente se ele teve vontade, e eu não acho que você devesse fazer insinuações desse tipo". Foi uma pulseira tão linda, srta. Savernake, linda mesmo, e é claro que o pobre-diabo não tinha mesmo condições de comprá-la, mas acho que foi mesmo muito simpático da parte dele e, certamente, eu não iria devolvê-la!

— Não, não — murmurou Henrietta.

— E não que houvesse alguma coisa entre nós... nada de *errado*, quero dizer, não havia nada desse tipo.

— Não — disse Henrietta. — Tenho certeza de que não.

Seu rosto desanuviou-se. Na meia hora seguinte, ela trabalhou tomada por uma espécie de fúria. A argila lhe escorria pela testa, grudava em seus cabelos quando ela os afastava com uma mão impaciente. Seus olhos tinham uma ferocidade cega e intensa. Estava saindo... Estava conseguindo...

Agora, dentro de algumas horas, ela sairia de sua agonia, a agonia que crescera dentro dela nos últimos dez dias.

Nausicaa, ela fora *Nausicaa*, ela se levantara com *Nausicaa*, tomara café com *Nausicaa* e passeara com *Nausicaa*. Vagara pelas ruas numa inquietação nervosa e agitada, incapaz de fixar a mente em outra coisa que não fosse um rosto belo e cego que se encontrava em sua mente, pairando ali, sem se deixar ser visto com clareza. Ela entrevistara modelos, hesitara quanto aos tipos gregos, sentira-se profundamente insatisfeita.

Ela queria alguma coisa, alguma coisa que a despertasse, alguma coisa que tornasse viva sua própria visão parcialmente existente. Percorreria distâncias enormes, ficando fisicamente exausta. E guiando-a, impulsionando-a, havia aquele desejo urgente, incessante... de *ver*...

Seus próprios olhos pareciam cegos enquanto andava. Não via nada ao redor. Esforçava-se, esforçava-se todo o tempo para tornar aquele rosto mais nítido... Sentia-se mal, repugnada, infeliz...

Então, de repente, sua visão clareara e, com olhos normais e humanos, ela vira diante de si, num ônibus tomado ao acaso, cujo destino sequer a interessava... ela vira... sim, *Nausicaa*! Um rosto infantil e miúdo, olhos e lábios semiabertos... olhos lindos, vazios, cegos.

A moça tocou a campainha e saltou, Henrietta seguiu-a.

Estava, agora, bastante calma e recuperara o senso profissional. Conseguira o que queria, chegara ao fim a agonia de uma busca desnorteada.

— Desculpe-me por abordá-la. Sou escultora profissional e, para falar com franqueza, sua cabeça é exatamente o que venho procurando há algum tempo.

Estava amável, encantadora e envolvente como sabia ser quando desejava alguma coisa.

Doris Sanders ficara em dúvida, alarmada, lisonjeada.

— Bem, eu não sei, pode ser. Se for só a *cabeça*. Claro, eu *nunca* fiz esse tipo de coisa!

Dúvidas convenientes, a delicada indagação financeira.

— É claro que faço questão de pagar a taxa profissional.

Então, ali estava *Nausicaa*, sentada na plataforma, satisfeita com a ideia de seus encantos serem imortalizados (embora sem apreciar muito os exemplos dos trabalhos de Henrietta existentes no estúdio!) e satisfeita, também, por revelar sua personalidade a uma ouvinte cujas solidariedade e atenção pareciam ser tão completas.

Na mesa, ao lado do modelo, estavam seus óculos, que raramente usava devido à vaidade, preferindo, às vezes, andar às cegas, tendo confessado a Henrietta ser tão míope que, sem os óculos, mal enxergava três metros adiante.

Henrietta assentiu compreensivamente. Entendia, agora, a razão física para aquele olhar vazio e lindo.

O tempo se passava. De repente, Henrietta pôs de lado as ferramentas e abriu bem os braços.

— Pronto — disse ela —, já acabei. Espero que não esteja muito cansada.

— Oh, não, srta. Savernake. Foi muito interessante, sem dúvida. Quer dizer que está terminado... tão rápido assim?

Henrietta riu.

— Oh, não, ainda não está pronta. Ainda vou ter de trabalhar muito. Mas sua parte acabou. Já fiz o que queria, construir os planos.

A moça desceu lentamente da plataforma, pôs os óculos e, imediatamente, a inocência cega e o encanto vago e confiante do rosto desapareceram. Restou, apenas, aquela beleza barata e comum.

Parou junto a Henrietta e examinou o modelo de argila.

— Oh! — exclamou em dúvida, com desapontamento na voz. — Não se parece muito comigo, parece?

Henrietta sorriu.

— Oh, não, não é um retrato.

Na verdade, quase não havia semelhança. Era o formato dos olhos — a linha do malar — que Henrietta vira como a nota essencial de sua concepção de *Nausicaa*. Não era Doris Sanders, era uma moça cega que bem poderia ser a musa de um poema. Os lábios eram afastados, como os de Doris, mas não eram os lábios de Doris. Eram lábios que falariam uma outra língua e expressariam pensamentos distintos dos pensamentos de Doris...

Nenhum dos traços estava claramente definido. Era a *Nausicaa* lembrada, não vista...

— Bem — disse a srta. Sanders, em dúvida —, acho que ficará mais bonita depois de alguns retoques... E a senhorita realmente não precisa mais de mim?

— Não, obrigada — respondeu Henrietta ("E graças a Deus!", disse para si mesma). — Você foi simplesmente esplêndida. Sou-lhe muito grata.

Livrou-se de Doris com destreza e voltou para fazer um café. Estava cansada, terrivelmente cansada. Mas feliz, feliz e em paz.

"Graças a Deus", pensou, "agora posso voltar a ser um ser humano".

E, imediatamente, seus pensamentos voltaram-se para John.

"John", pensou. Um calor subiu-lhe às faces, uma leveza súbita no coração fez seu espírito alçar voo. "Amanhã", continuou, "irei para a Mansão Hollow... Vou ver John...".

Sentou-se muito quieta, esparramada no divã, bebendo o líquido quente e forte. Tomou três xícaras. Sentiu-se revitalizada.

"Era bom", imaginou, "voltar a ser um ser humano, e não aquela outra coisa". Era bom não se sentir mais inquieta, miserável e compelida. Era bom ser capaz de andar pelas ruas sem se sentir infeliz, procurando alguma coisa, e sentindo-se irritada e impaciente por não saber, de fato, o que estava procurando! Agora, graças a Deus, só restava o trabalho árduo, e quem se importava com trabalho árduo?

Colocou de lado a xícara vazia, levantou-se e caminhou até *Nausicaa*. Olhou-a durante certo tempo e, lentamente, uma ruga se formou em sua testa.

"Não era... não era bem..."

O que havia de errado?

"Olhos cegos."

Olhos cegos que eram mais bonitos do que quaisquer olhos dotados de visão... Olhos cegos que dilaceravam o coração por serem cegos... Ela conseguira ou não conseguira esse efeito?

Conseguira, sim, mas conseguira, também, mais coisa. Alguma coisa que ela não previra nem imaginara... A estrutura estava certa, sim, sem dúvida. Mas de onde vinha aquela sugestão leve, insidiosa... A sugestão, em algum traço, de uma mente comum e desdenhosa.

Ela não estivera escutando, não escutando de fato. Ainda assim, de alguma forma, entrando por seus ouvidos e saindo pelos dedos, conseguira se fazer sentir na argila.

E ela não conseguiria, tinha certeza de que não, eliminá-la de todo...

Henrietta virou-se bruscamente. Talvez fosse imaginação. Sim, com certeza era imaginação. Sentir-se-ia totalmente diferente em relação à figura pela manhã. Pensou com desânimo: "Como se é vulnerável..."

Andou, a testa franzida, até o outro lado do estúdio. Parou diante da figura *O adorador*.

Aquela estava perfeita. Uma bela peça em madeira, cujos veios também estavam perfeitos. Ela a guardara durante anos, escondendo-a.

Olhou-a criticamente. Sim, estava boa. Sem sombra de dúvida. A melhor coisa que ela fizera em muito tempo.

Era para o International Group. Sim, uma peça digna de ser exibida.

Ela *conseguira* o efeito; a humildade, a força nos músculos do pescoço, os ombros curvados, o rosto ligeiramente levantado. Um rosto inexpressivo, já que a adoração esmaga a personalidade.

Sim, submissão, adoração, aquela devoção última que fica além da idolatria...

Henrietta suspirou. "Se ao menos", pensou, "John não tivesse ficado tão zangado".

Aquela raiva a assustara. "Revelara-lhe algo a respeito dele", pensou ela, "que nem ele mesmo sabia".

Ele dissera abertamente:

"Você não pode exibir isso!"

E ela respondera, também abertamente:

"Mas vou."

Voltou lentamente até *Nausicaa*. "Não há nada ali", pensou, "que não consiga endireitar". Borrifou-a com água e envolveu-a com panos molhados. Teria de esperar até segunda ou terça-feira. Agora não havia pressa. A urgência já passara, todos os planos essenciais estavam lá. Necessitava, apenas, de paciência.

Três dias felizes aguardavam-na, com Lucy, Henry e Midge... e John!

Bocejou, espreguiçou-se como um gato se espreguiça, com sensação de alívio e abandono, esticando ao máximo cada músculo. Percebeu, de repente, o quanto estava cansada.

Tomou um banho quente e foi para a cama. Deitou-se de costas, olhando uma estrela ou duas no céu. Dali, seus olhos voltaram-se para a única luz que ela deixava acesa, uma pequena lâmpada que iluminava a máscara de vidro, um de seus primeiros trabalhos.

"Uma peça um tanto óbvia", pensava agora. "Convencional em sua sugestão. Ainda bem que as pessoas sempre se superam..."

E agora, dormir! O café forte que tomava não lhe tirava o sono, a não ser que ela o desejasse. Há muito tempo ensinara a si mesma o ritmo essencial que lhe podia trazer o esquecimento ao mais leve chamado.

Bastava pegar os pensamentos, escolhendo-os no estoque, e depois, sem se demorar neles, deixá-los escorregar pelos dedos da mente, nunca os agarrando, nunca se demorando neles, sem concentração... apenas deixando-os fluir gentilmente.

No pátio do *mews*, um carro era acelerado. De algum lugar vinham risadas e gritos roucos. Ela encaixou os sons na corrente de sua semiconsciência.

"O carro", pensou ela, "era um tigre rugindo... amarelo e preto... listrado como as folhas listradas... folhas e sombras... uma selva quente... descendo o rio, um rio largo e tropical... até o mar... e o navio partindo... e as vozes roucas gritando adeus". — E John a seu lado no convés, ela e John viajando — "Mar azul e depois descendo até o salão de jantar" — sorrindo para John do outro lado da mesa —, "como o jantar na Maison Dorée, pobre John, tão zangado!... lá fora a brisa da noite... e o carro, a sensação escorregadia das marchas, sem esforço, macio, saindo a toda de Londres... subindo Shovel Down... as árvores... a adoração às árvores... a Mansão Hollow... Lucy... John... John... síndrome de Ridgeway... querido John..."

Passou à inconsciência, a um estado de feliz beatitude.

Depois aquele desconforto súbito, aquela tenebrosa sensação de culpa assaltando-a. Alguma coisa que ela deveria ter feito. Alguma coisa que ela havia negligenciado.

"*Nausicaa*?"

Lentamente, de má vontade, Henrietta saiu da cama. Acendeu as luzes, caminhou até a plataforma e tirou os panos.

Respirou fundo.

"Não era *Nausicaa*... era Doris Sanders!"

Henrietta sentiu uma pontada. Insistia consigo mesma: "Hei de conseguir, hei de conseguir..."

— Idiota — disse a si mesma. — Você sabe muito bem o que tem de fazer.

Porque se não o fizesse agora, imediatamente, amanhã não teria coragem. Era como destruir os próprios sangue e carne. Doía, sim, doía.

"Talvez", pensou Henrietta, "as gatas se sentissem assim quando um de seus filhotes tinha algum problema e elas o matavam".

Respirou fundo, depois agarrou a argila, torcendo-a na armação, carregando-a, aquela massa grande e pesada, para despejá-la na caixa de argila.

Permaneceu ali, respirando profundamente, olhando as mãos lambuzadas de argila, ainda sentindo aquela angústia física e mental. Limpou, lentamente, a argila das mãos.

Voltou para a cama sentindo um vazio estranho, mas, ainda assim, com sensação de paz.

"*Nausicaa*", pensou com tristeza, "não viria de novo. Ela nascera, fora contaminada e morrera".

"Curioso", pensou Henrietta, "como as coisas podem penetrar sem que a gente sinta".

Ela não ouvira — não ouvira com atenção —; ainda assim, a conversa barata e mesquinha de Doris penetrara em sua mente e, inconscientemente, influenciara suas mãos.

E agora, aquilo que fora *Nausicaa-Doris* era apenas argila, apenas a matéria-prima que, dentro em breve, seria transformada em outra coisa.

Henrietta pensou, sonhadora:

"É isso, então, a *morte*? O que chamamos de personalidade é apenas um molde, a estampa do pensamento de alguém? Pensamento de quem? De Deus? Era essa a ideia de *Peer Gynt*, não era? 'Onde estou eu, eu mesmo, o homem inteiro, o homem verdadeiro? Onde estou eu, com a marca de Deus em meu semblante?'

"Será que John se sentia assim? Ele estava tão cansado aquela noite, tão abatido. Síndrome de Ridgeway... Nenhum daqueles livros dizia quem fora Ridgeway! Idiota", pensou.

Ela gostaria de saber... "Síndrome de Ridgeway... John..."

Capítulo 3

John Christow encontrava-se em seu consultório atendendo a sua penúltima paciente da manhã. Seus olhos, simpáticos e encorajadores, observavam-na enquanto ela descrevia, explicava, descia aos detalhes. De vez em quando, balançava a cabeça em sinal de compreensão. Fazia perguntas, orientava. Uma vivacidade suave arrebatava a paciente. O dr. Christow era realmente maravilhoso! Era tão interessado, envolvia-se tanto. Só de conversar com ele as pessoas se sentiam melhor.

Puxou uma folha de papel e começou a escrever. "Melhor receitar um laxativo", pensou. Aquele remédio americano novo, muito bem-embalado com celofane, com uma tonalidade incomum de salmão. Muito caro, também, e difícil de encontrar. Nem todas as farmácias o tinham em estoque. Provavelmente, ela teria de ir àquela farmácia pequena na rua Wardour. Isso estava mais do que bom. Provavelmente a manteria calma durante um ou dois meses, e só então ele teria de pensar em outra coisa. Ele não podia fazer nada por ela. Fisicamente frágil e nada podia ser feito! Nada que exigisse tutano. Não era como a velha Crabtree...

Uma manhã maçante. Financeiramente lucrativa, nada mais. Deus, como estava cansado! Cansado daquelas mulheres enjoadas e de suas mazelas. Paliativos, alívio. Nada além disso. Mas era então que sempre se lembrava de St. Christopher's, da longa fileira de leitos da enfermaria Margaret Russell e da sra. Crabtree sorrindo para ele seu sorriso desdentado.

Ele e ela se entendiam! Ela era lutadora, não como aquela mulher que mais parecia uma lesma flácida na cama ao lado. Ela estava ao lado dele, ela queria viver — e só Deus sabia por quê, levando em consideração o cortiço em que vivia, com aquele marido bêbado e uma ninhada de crianças rebeldes, sendo ela mesma obrigada a trabalhar dia após dia, esfregando pisos e escritórios intermináveis.

Um trabalho bruto e incessante, e poucos prazeres! Mas ela queria viver — ela gostava da vida — assim como ele, John Christow, gostava da vida! Não era das circunstâncias da vida que gostavam, era da vida em si, do prazer de existir. Interessante, uma coisa que ele não sabia explicar. Pensou consigo mesmo que precisava conversar com Henrietta sobre isso.

Levantou-se e acompanhou a paciente até a porta. Suas mãos pegaram a dela num aperto quente, amigo, encorajador. A voz dele também era encorajadora, cheia de interesse e simpatia. Ela saiu reanimada, quase feliz. O dr. John Christow interessava-se tanto!

Quando a porta se fechou, John Christow esqueceu-a. Na verdade, mal tomara conhecimento de sua existência mesmo enquanto ela estivera lá. Havia, apenas, cumprido sua obrigação. Era tudo automático. Ainda assim, embora o fato mal houvesse arranhado a superfície de sua mente, havia transmitido força. Sua atitude fora a resposta automática do curandeiro e ele sentia a lassidão pelo desgaste de energia.

"Deus", pensou de novo, "estou cansado".

Só mais uma paciente para atender e depois o caminho estava livre para o fim de semana. Deteve aí o pensamento, com prazer. Folhas douradas tingidas de vermelho e marrom, o cheiro macio e úmido do outono, a estrada que descia pelo bosque, a lareira. Lucy, a *mais* singular e deliciosa das criaturas, com sua mente curiosa, esquiva, ilusória. Ele preferia Lucy e Henry a quaisquer outros anfitriões da Inglaterra. E a Mansão Hollow era a casa mais aconchegante que conhecia. No domingo, passearia pelo bosque com Henrietta até o cume do morro e ao longo da crista. Passeando com Henrietta, esqueceria que existem doentes no mundo. "Felizmente", pensou, "Henrietta nunca tem nada".

E depois, com uma guinada súbita no humor:

"E jamais me diria se tivesse!"

Mais um paciente para atender. Precisava tocar a campainha em sua mesa. Mesmo assim, sem explicação, ele retardava. Já estava atrasado. O almoço já estaria pronto lá em cima, na sala de jantar. Gerda e as crianças deviam estar esperando. Ele precisava apressar-se.

Mas permanecia sentado, imóvel. Estava tão cansado... tão, tão cansado.

Era um cansaço que vinha crescendo dentro dele ultimamente. Estava na raiz de seu estado de irritação constante e crescente, do qual tinha consciência, mas que não conseguia controlar. "Pobre Gerda", pensou, "ela aguenta muita coisa". Se ao menos não fosse tão submissa, tão pronta a admitir seu erro quando, na metade das vezes, era *ele* o culpado! Havia dias em que tudo o que Gerda falava ou fazia servia apenas para irritá-lo e, principalmente, pensou com tristeza, eram suas virtudes que o irritavam. Era sua paciência, sua abnegação, a subordinação de seus desejos aos dele, que alimentavam esse mau humor. E ela nunca se ressentia das explosões de seu temperamento, nunca se agarrava à própria opinião, nunca tentava impor uma conduta própria.

"Bem", pensou ele, "foi por isso que você se casou com ela, não foi? Está se queixando? Depois daquele verão em San Miguel...".

Era curioso pensar que exatamente as qualidades que o irritavam em Gerda eram as mesmas que ele desejava tanto encontrar em Henrietta. O que o irritava em Henrietta (não, essa não era a palavra certa — era raiva, não irritação, que ela inspirava), o que o enraivecia, era sua retidão permanente no que dizia respeito a ela. Era tão diferente de sua atitude em relação ao mundo, de maneira geral. Ele lhe dissera certa vez:

"Acho que você é a maior mentirosa que conheço."

"Talvez."

"Está sempre disposta a dizer qualquer coisa às pessoas, desde que lhes agrade."

"Isso é o que me parece mais importante."

"Mais importante do que falar a verdade?"

"Muito mais."

"Então, pelo amor de Deus, por que você não pode mentir um pouco mais para *mim*?"

"Você quer?"

"Quero."

"Sinto muito, John, mas não consigo."

"Quantas e quantas vezes você devia saber o que eu queria que você dissesse..."

Ora, não devia pensar em Henrietta agora. Iria vê-la nessa mesma tarde. O que tinha a fazer agora era terminar o trabalho. Tocar a campainha e atender aquela maldita mulher. Outra criatura doente! Um décimo de doença verdadeira e nove décimos de hipocondria! Bem, por que ela não apreciaria uma saúde má, uma vez que podia pagar para sustentá-la? Contrabalançava com as sras. Crabtrees da vida.

Ele continuou sentado, imóvel.

Estava cansado, muito cansado. Tinha a impressão de estar cansado há muito tempo. Havia algo de que ele necessitava, necessitava muito.

Um pensamento lhe assaltou a mente: "Quero ir para casa."

Ficou atônito. De onde surgira esse pensamento? E o que significava? Casa? Nunca tivera um lar. Seus pais eram anglo-indianos e ele fora criado sendo jogado de tia para tio, cada período de férias na casa de um. "A primeira residência permanente em minha vida", pensou, "era aquela casa da rua Harley".

E sentia aquela casa como um lar? Balançou a cabeça. Sabia que não.

Mas sua curiosidade médica fora despertada. O que pretenderia dizer com aquela frase que surgira tão repentinamente em sua cabeça?

"Quero ir para casa."

Devia haver alguma coisa, alguma imagem.

Semicerrou os olhos, devia haver algo lá no *fundo*.

E, com grande clareza, diante dos olhos, viu o azul profundo do Mediterrâneo, as palmeiras, os cactos e as opúncias; sentiu o cheiro da poeira quente do verão e lembrou-se da sensação refrescante da água, depois de um banho de sol, deitado na praia. "San Miguel!"

Assustou-se, chegou a ficar um pouco perturbado. Não pensava em San Miguel havia anos. E, certamente, não queria voltar para lá. Tudo aquilo pertencia a um capítulo passado de sua vida.

Fora há doze... catorze... quinze anos. E sua atitude fora acertada! Sua decisão fora absolutamente acertada! Estivera perdidamente apaixonado por Veronica, mas não teria dado certo. Veronica sufocaria seu corpo e sua alma. Ela era completamente egoísta e não tivera o menor pudor em admitir esse fato! Veronica conseguira quase tudo o que desejara, mas não foi capaz de segurá-lo! Ele escapara. "Tratara-a muito mal", pensou, "segundo o comportamento convencional". Em outras palavras, ele rompera o noivado! Mas a verdade era que ele pretendia viver a própria vida, e isso era o tipo da coisa que Veronica jamais lhe permitiria. Ela pretendia viver a vida *dela* e carregar John como coadjuvante.

Ficara espantadíssima quando John se recusou a ir com ela para Hollywood. Dissera-lhe com desdém:

"Se você quer mesmo ser médico, pode levar seu diploma para lá, eu acho, embora seja totalmente desnecessário. Você tem o bastante para viver e *eu* vou ganhar rios de dinheiro."

E ele retrucara com veemência:

"Mas eu sou um *bom* profissional. Vou trabalhar com Radley."

Sua voz — a voz de um jovem entusiasmado — era cheia de orgulho.

Veronica fungou.

"Aquele velho esquisito?"

"Aquele velho esquisito", respondera John, irritado, "realizou algumas das pesquisas mais importantes sobre a doença de Pratt...".

Ela o interrompera:

"Quem se importa com a doença de Pratt? O clima da Califórnia é maravilhoso. E é divertido conhecer o mundo."

E acrescentara:

"E será detestável viajar sem você. Eu quero você, John... eu *preciso* de você."

Foi então que ele fizera a proposta, surpreendente para Veronica, de que ela deveria recusar o convite de ir para Hollywood, casar-se com ele e estabelecer-se em Londres.

Ela achou divertido, mas continuou firme. Ela iria para Hollywood, e amava John, e John deveria casar-se com ela e ir também. Ela não duvidava de sua beleza e de seu poder.

Ele percebera que só havia uma coisa a ser feita e o fizera. Escrevera para ela rompendo o noivado.

Sofrera muito depois, mas não tinha a menor dúvida de que sua decisão fora a mais acertada. Voltara para Londres e começara a trabalhar com Radley, casando-se um ano depois com Gerda, que diferia de Veronica em todas as maneiras possíveis...

A porta se abriu e sua secretária, Beryl Collins, entrou.

— O senhor ainda tem que atender a sra. Forrester.

— Eu sei — ele respondeu secamente.

— Pensei que tivesse esquecido.

Ela atravessou o consultório e saiu pela outra porta. Os olhos de Christow acompanharam sua calma retirada. Uma moça sem graça, Beryl, mas extremamente eficiente. Trabalhava com ele há seis anos. Jamais cometera um engano, e nunca estava agitada ou preocupada ou apressada. Tinha cabelos pretos, a pele fosca e um queixo determinado. Pelas lentes grossas, os olhos claros e cinzentos supervisionavam ele e o resto do Universo com a mesma atenção desapaixonada.

Ele queria uma secretária eficiente e que não fosse tola, e ela era uma secretária eficiente e sem tolices, mas, às vezes, inexplicavelmente, John Christow sentia-se lesado. Segundo todas as regras do ofício, Beryl deveria ser extremamente dedicada ao patrão. Mas ele sempre soubera que jamais impressionara Beryl. Não havia devoção, ou abnegação — Beryl o via como um ser humano perfeitamente passível de erros. Não se deixava impressionar por sua personalidade nem se influenciava com seu encanto. Às vezes chegava mesmo a duvidar se ela *gostava* dele.

Uma vez ouvira-a conversando ao telefone com uma amiga.

"Não," dizia ela, "não creio mesmo que ele seja *muito* mais egoísta do que antes. Talvez um pouco mais desatencioso".

Tivera certeza de que ela falava dele, e durante umas boas 24 horas ficou aborrecido com o fato.

Embora o entusiasmo indiscriminado de Gerda o irritasse, a frieza de Beryl também o irritava. "A bem da verdade", pensou, "quase tudo me irrita".

Havia algo de errado. Excesso de trabalho? Talvez. Não, isso era uma desculpa. Essa impaciência crescente, esse cansaço irritante, tudo isso tinha um significado mais profundo. Pensou: "Assim não pode ser. Não posso continuar desse jeito. O que há comigo? Se eu pudesse fugir..."

Lá estava de novo a ideia cega encontrando-se com a ideia já formulada de fuga.

"Quero ir para casa..."

Ao diabo com isso, o número 404 da rua Harley *era* sua casa!

E a srta. Forrester estava sentada na sala de espera. Uma mulher cansativa, com muito dinheiro e muito tempo ocioso para remoer suas mazelas.

Alguém lhe dissera certa vez: "Você deve se cansar daquelas pacientes ricas que sempre inventam doenças. Deve ser tão mais gratificante atender os pobres, que só o procuram mesmo quando têm de *fato* algum problema!" Ele rira. Que ideias mais engraçadas as pessoas têm dos Pobres com P maiúsculo. Deviam ter visto a velha sra. Pearstock, em cinco clínicas diferentes, todas as semanas, carregando vidros de remédios, linimento para as costas, xaropes para tosse, purgantes, misturas digestivas. "Há catorze anos que tomo remédios marrons, doutor, e são os únicos que me fazem bem. Aquele médico novinho, na semana passada, me passou um remédio branco. Não presta! Isso tem lógica, não tem, doutor? Quer dizer, eu tomo meus remédios marrons há catorze anos, e se não passarem minha parafina líquida e minhas pílulas marrons..."

Ele podia ouvir aquela voz lamurienta. Uma excelente saúde, de ferro. Mesmo todos aqueles remédios não lhe faziam nenhum mal!

Eram exatamente iguais, a mesma mentalidade, tanto a sra. Pearstock, de Tottenham, como a sra. Forrester, de Park Lane Court. Você ouvia e fazia uns rabiscos num pedaço de papel caro, ou num cartão do hospital, conforme fosse o caso...

Deus, ele estava cansado daquilo tudo...

"Mar azul, o cheiro doce e distante de mimosas, poeira quente... Quinze anos atrás. Tudo aquilo era passado, sim, passado, graças a Deus. Tivera coragem para romper com tudo."

"Coragem?", falou um diabinho em algum lugar. "É *isso* que você chama de coragem?"

Bem, fizera a coisa mais sensata, não fizera? Sofrera terrivelmente. Sentira uma dor dos diabos! Mas conseguira superar, afastar-se, voltar para casa e casar-se com Gerda.

Tinha uma secretária sem graça e casara-se com uma mulher sem graça. Era o que desejara, não era? Ele vira o que uma pessoa como Veronica podia fazer com sua beleza, vira o efeito que ela causava em todos os machos que havia por perto. Depois de Veronica, ele queria segurança. Segurança, paz, devoção e as coisas calmas e constantes da vida. A bem da verdade, ele desejara Gerda! Queria uma mulher que precisasse dele para estabelecer seus próprios princípios de vida, que aceitasse as decisões dele e que não tivesse, em momento algum, ideias próprias...

"Quem foi que disse que a verdadeira tragédia da vida é a pessoa conseguir tudo que deseja?"

Irritado, apertou o botão em sua mesa.

Atenderia a sra. Forrester.

Não gastou mais de quinze minutos com a sra. Forrester. Mais uma vez, ganhara um dinheiro fácil. Mais uma vez escutara, fizera perguntas, tranquilizara, fora compreensivo, transmitira um pouco da própria energia salutar. Mais uma vez prescrevera um medicamento caro.

A mulher adoentada e neurótica que entrara no consultório saía agora com um passo mais firme, o rosto mais corado, a sensação de que a vida, apesar de tudo, talvez valesse a pena.

John Christow recostou-se na cadeira. Estava livre agora, livre para subir as escadas e ir juntar-se a Gerda e às crianças, livre das preocupações de doenças e sofrimentos durante todo o fim de semana.

Mas sentia ainda aquela estranha letargia, aquela nova e estranha lassidão da vontade.

Estava cansado... cansado... cansado...

Capítulo 4

Na sala de jantar do apartamento em cima do consultório, Gerda Christow encarava um pernil de carneiro.

Deveria ou não mandá-lo de volta para a cozinha, para que não esfriasse?

Se John se demorasse muito, ficaria frio, congelado, e isso seria horrível.

Mas, por outro lado, a última paciente se fora, John chegaria lá em cima a qualquer momento. Se ela mandasse o pernil de volta, o almoço atrasaria, e John era tão impaciente. "Mas é claro que você sabia que eu estava chegando..." Em sua voz, haveria aquele tom de exasperação reprimida, que ela conhecia e temia. Além disso, a carne ficaria cozida demais, ressecada, e John detestava carne muito cozida.

Mas, por outro lado, não suportava comida fria.

De qualquer maneira, o prato estava bonito e quente.

Sua mente oscilava de lá para cá, enquanto a infelicidade e a ansiedade aumentavam.

O mundo inteiro se resumia num pernil de carneiro esfriando num prato.

Do outro lado da mesa, seu filho Terence, de doze anos, dizia:

— Ao se queimarem, os sais de bórax formam uma chama verde, e os sais de sódio, amarela.

Gerda olhava perturbada o rosto quadrado e sardento do filho. Não sabia sobre o que ele estava falando.

—Você sabia disso, mamãe?

— Sabia o quê, querido?

— Sobre os sais.

Os olhos de Gerda pousaram, distraídos, no saleiro. Sim, o sal e a pimenta estavam na mesa. Tudo certo. Na semana passada, Lewis os esquecera e John ficara aborrecido. Sempre havia alguma coisa...

— É uma das experiências químicas — disse Terence, com voz sonhadora. — Interessante à beça, *eu* acho.

Zena, de nove anos, um rostinho belo e vazio, choramingou:

— Quero meu almoço. Podemos começar, mamãe?

— Um minutinho, querida, vamos esperar o papai.

— *Nós* podíamos começar — disse Terence. — Papai não se importaria. Você bem sabe como ele come depressa.

Gerda abanou a cabeça.

Cortar o carneiro? Ela nunca conseguia lembrar-se de qual era o lado certo de enfiar a faca. É claro, talvez Lewis já tivesse posto a faca do lado correto — mas às vezes não punha —, e John sempre se aborrecia quando alguém cortava do lado errado. E, pensou Gerda com desespero, ela *sempre* cortava do lado errado. Oh, céus, o molho estava esfriando, já estava se formando uma espécie de nata na superfície. Ela *devia* mandá-lo de volta para a cozinha, mas e se John já estivesse chegando... e com toda a certeza ele estava chegando.

Sua mente ia e vinha em desespero, como um animal preso numa armadilha.

Sentado na cadeira do consultório, batendo com uma das mãos na mesa diante de si, consciente de que, lá em cima, o almoço já devia estar servido, ainda assim John Christow não conseguia juntar forças para se levantar.

"San Miguel... mar azul... perfume de mimosa... aquela flor escarlate contra as folhas verdes... o sol quente... a poeira... aquele desespero de amor e sofrimento..."

Ele pensou: "Oh, Deus, isso não. Nunca mais! Já acabou..."

Desejou subitamente nunca ter conhecido Veronica, nunca ter se casado com Gerda, nunca haver encontrado Henrietta...

"A sra. Crabtree", pensou, "valia todas elas juntas. Aquela tarde, na semana passada, fora desagradável". Ele estava tão satisfeito com as reações. Ela já suportava 0,005. E depois surgira o aumento alarmante de toxicidade e a reação D.L. fora negativa, ao invés de positiva.

A velhinha continuava deitada, azul, buscando ar, perscrutando-o com olhos maliciosos, indomáveis.

"Me fazendo de cobaia, hein, doutor? Experiência, esse tipo de coisa."

"Queremos curá-la", dissera ele, sorrindo para ela.

"Usando seus truques, isso sim!" Ela abrira um largo sorriso. "Não me importo, juro. Pode mandar brasa! Alguém tem de ser o primeiro, não é mesmo? Quando eu era pequena, fiz permanente no cabelo. Foi muito mais fácil que isso. Ficou mesmo uma carapinha. Não conseguia nem passar o pente. Mas eu gostei da brincadeira. O senhor pode brincar comigo. Eu aguento."

"Está se sentindo bem mal, não é?"

Pôs a mão no pulso dela. Sua vitalidade era transmitida à velha ofegante na cama.

"Estou me sentindo um horror. Tem toda a razão! As coisas não estão indo como o senhor imaginava, não é? Não ligue, não. Não perca o ânimo. Eu ainda posso aguentar um bocado!"

John Christow falou, satisfeito:

"A senhora é ótima. Gostaria que todos os meus pacientes fossem assim."

"É que eu quero ficar boa... só isso! Quero ficar boa. Minha mãe viveu até os 88, e minha avó tinha noventa quando passou desta para a melhor. Todos têm vida longa em minha família."

Ele se sentira profundamente infeliz, torturado pela dúvida e pela incerteza. Estava tão seguro de estar no caminho certo. Onde errara? Como diminuir a toxicidade mantendo a taxa de hormônio e, ao mesmo tempo, neutralizar a pantratina...

Estava tão seguro, tão certo de haver contornado todos os obstáculos.

E fora então, nos degraus de St. Christopher's, que um esgotamento súbito e desesperado se apoderara dele — um ódio de todo esse longo, lento e cansativo trabalho clínico, e pensara em Henrietta, pensara subitamente nela não como ela mesma, mas em sua beleza e seu frescor, sua saúde e sua vitalidade radiante... e o leve perfume de primavera que emanava de seus cabelos.

E fora ver Henrietta logo em seguida, telefonando para casa, dando um recado seco de que tinha de atender a um chamado. Entrara no estúdio e apertara Henrietta em seus braços, abraçando-a com uma impetuosidade que era nova no relacionamento deles.

Nos olhos dela, surgia uma admiração repentina e espantada. Depois saíra de seus braços e preparara-lhe um café. Enquanto caminhava pelo estúdio, ela lhe fizera perguntas ao acaso.

"Veio direto do hospital?"

Ele não queria falar sobre o hospital. Queria fazer amor com Henrietta e esquecer que o hospital, a sra. Crabtree, a síndrome de Ridgeway, que toda essa droga existia.

Mas, de início a contragosto e depois com maior fluência, respondia às perguntas dela. E logo caminhava para lá e para cá, despejando uma torrente de explicações técnicas e hipóteses. Uma ou duas vezes fez uma pausa, tentando simplificar, explicar.

"Veja bem, a reação D.L. precisa ser testada..."

Henrietta interrompeu-o logo:

"Sei, sei, a reação D.L. tem de ser positiva. Entendo isso. Continue."

"Como é que *você* tomou conhecimento da reação D.L.?", perguntou ele bruscamente.

"Comprei um livro."

"Que livro? De quem?"

Ela caminhou em direção à mesinha. Ele fez um muxoxo.

"Scobell? O livro de Scobell não presta. Seus fundamentos são falsos. Escute aqui, se você quiser ler, não..."

Ela interrompeu-o.

"Quero apenas entender alguns dos termos que você usa... o suficiente para compreendê-lo sem precisar fazê-lo parar a todo momento para me dar explicações. Estou conseguindo acompanhá-lo."

"Bem," ele aquiesceu, em dúvida, "lembre-se de que o livro de Scobell é ruim".

E continuou a falar. Falou durante duas horas e meia. Relembrou os contratempos, analisou as probabilidades, resumiu as teorias possíveis. Praticamente ignorava a presença de Henrietta. Além disso, mais de uma vez, quando hesitava, a perspicácia dela ajudava-o a pôr-se no caminho certo, pois percebia, quase antes dele, por que ele hesitava em prosseguir. Ele estava interessado agora e sua crença em si mesmo retornava pouco a pouco. Ele não se enganara: a principal teoria estava correta, e havia meios, mais de um, de combater os sintomas de toxicidade.

Depois, subitamente, sentiu-se esgotado. Tinha as ideias claras agora. Tomaria as providências amanhã de manhã. Telefonaria para Neill, pediria uma combinação das duas soluções e faria a experiência. Sim, faria a experiência. Por Deus, ele não se deixaria derrotar!

"Estou cansado", falou ab-ruptamente. "Meu Deus, estou cansado."

Jogou-se na cama e dormiu, dormiu como os mortos.

Ao acordar, vira Henrietta sorrindo para ele, à luz da manhã, preparando chá, e ele sorrira para ela.

"Não saiu nada de acordo com os planos", comentou.

"Isso tem importância?"

"Não. Não. Você é uma pessoa maravilhosa, Henrietta." Seus olhos fixaram-se na estante. "Se você estiver interessada nesse tipo de coisa, vou-lhe arranjar o material certo para ler."

"Não estou interessada nesse tipo de coisa. Estou interessada em você, John."

"Você não deve ler Scobell." Agarrou o volume insultuoso. "Este homem é um charlatão."

E ela rira. Ele não conseguia compreender por que suas restrições a Scobell a divertiam tanto.

Mas era justamente isso que, vez por outra, o surpreendia em Henrietta. A revelação súbita, desconcertante, de que ela era capaz de rir-se dele.

Não estava acostumado a isso. Gerda levava-o profundamente a sério. E Veronica jamais pensara em outra coisa que não fosse ela mesma. Mas Henrietta tinha um jeitinho de jogar a cabeça para trás, de olhá-lo com os olhos semicerrados, com um sorriso súbito e terno, meio zombeteiro, como se dissesse: "Deixe-me dar uma olhadela nessa pessoa divertida chamada John... Deixe que eu me afaste o suficiente para observá-lo..."

"Na verdade", pensou ele, "era exatamente a maneira como Henrietta revirava os olhos para examinar o próprio trabalho... ou um quadro. Era... ora, diabos... era *imparcial*". Ele não queria que Henrietta fosse imparcial. Queria que Henrietta pensasse apenas nele, nunca permitindo que sua mente se desviasse dele.

"Exatamente aquilo que você desaprova em Gerda", disse seu demônio particular, surgindo outra vez.

A verdade daquilo tudo era que ele era completamente ilógico. Não sabia o que queria.

"Quero ir para casa." Que frase absurda, ridícula. Não *significava* nada.

Dentro de uma hora mais ou menos, de qualquer forma, estaria saindo de Londres — esquecendo-se das pessoas doentes com aquele odor distante e "errado", sentindo o perfume de fumaça de lenha e de pinheiros e das folhas macias e úmidas do outono. O simples deslizar do carro seria reconfortante, aquele aumento de velocidade suave, fácil.

"Mas não", refletiu subitamente, "não seria nada disso porque, devido a uma ligeira torção do pulso, Gerda estaria ao volante, Gerda teria de dirigir e Gerda, que Deus a ajude, jamais conseguira sequer começar a dirigir um automóvel!". Toda vez que ela mudava a marcha, ele ficava sentado em silêncio, apertando os dentes, tentando não falar nada. Ele sabia, por amarga experiência, que quando falava qualquer coisa Gerda piorava imediatamente. O curioso é que ninguém jamais conseguira ensinar Gerda a mudar uma marcha, nem mesmo Henrietta. Ele a transferira para Henrietta imaginando que o entusiasmo desta obtivesse melhores resultados do que sua própria irritação.

Pois Henrietta amava automóveis. Ela falava de carros com a intensidade lírica que outras pessoas dedicam à primavera ou ao primeiro floco de neve.

"Ele não é uma gracinha, John? Escute só seu ronronado. Ele sobe Bale Hill em terceira, sem esforço algum, com muita suavidade. Veja só que motor silencioso."

Até que ele explodira súbita e furiosamente:

"Você não acha, Henrietta, que poderia me dar *um pouco* de atenção e esquecer esse maldito carro um minuto?"

Ele sempre se envergonhava dessas explosões.

Nunca sabia quando elas iam acontecer, assim, sem o menor motivo.

Era a mesma coisa em relação ao trabalho dela. Ele sabia que as obras eram boas. Admirava-as e odiava-as ao mesmo tempo.

A discussão mais violenta que tivera com ela fora por causa do trabalho.

Gerda lhe disse um dia:

"Henrietta pediu-me para posar para ela."

"O quê?" Seu espanto, se ele chegasse a pensar no assunto, não fora nada lisonjeiro. "*Você?*"

"É. Irei ao estúdio amanhã."

"O que será que ela quer com você?"

Não, ele não fora muito educado. Mas, felizmente, Gerda não se apercebera. Parecia satisfeita. Ele desconfiava de uma daquelas bondades insinceras de Henrietta. Gerda, talvez, houvesse sugerido que gostaria de servir de modelo. Qualquer coisa do gênero.

Então, cerca de dez dias depois, Gerda lhe mostrara em triunfo uma estatueta de gesso.

Era uma peça bonita, com a habilidade técnica de todos os trabalhos de Henrietta. Mostrava Gerda idealizada, e a própria Gerda estava visivelmente satisfeita com isso.

"Acho que está mesmo um encanto, John."

"Foi Henrietta quem fez? Não significa nada... absolutamente nada. Não sei o que foi que deu nela para fazer uma coisa dessas."

"É diferente, claro, de suas obras abstratas, mas acho bonita, John, acho mesmo."

Ele não dissera mais nada, afinal de contas não queria desmanchar o prazer de Gerda. Mas cobrou de Henrietta na primeira oportunidade.

"Por que você resolveu fazer aquela coisa idiota para Gerda? Não é digno de você. Afinal de contas, você sempre faz peças decentes."

Henrietta retrucou lentamente:

"Não achei ruim. Gerda parecia bem satisfeita."

"Gerda ficou maravilhada. Claro que ficaria. Gerda não faz distinção entre arte e uma fotografia colorida."

"Não é uma peça artisticamente ruim, John. É apenas uma estatueta realista, bastante inofensiva e despretensiosa."

"Você não costuma perder seu tempo fazendo esse tipo de coisa..."

Ele perdeu a voz, olhando fixamente para uma figura de madeira de cerca de 1,60m de altura.

"Céus, o que é isso?"

"É para o International Group. Madeira branca. *O adorador.*"

Ela o observou. Ele ficou com o olhar vazio e depois, de repente, seu pescoço inchou e ele voltou-se para ela, furioso.

"Então era para isso que você queria Gerda? Como tem coragem?"

"Fiquei em dúvida se você veria..."

"Ver? Claro que vejo. Está aqui." Ele colocou um dedo sobre os largos músculos do pescoço.

Henrietta assentiu.

"Exato, eu queria justamente o pescoço e os ombros... e esta curvatura pesada para a frente... a submissão... este olhar baixo. É maravilhoso!"

"Maravilhoso? Escute aqui, Henrietta, eu não permitirei uma coisa dessas. É melhor você deixar Gerda em paz."

"Gerda não vai saber. Ninguém vai saber. Você sabe que Gerda jamais se reconheceria aqui... e nem ninguém. Além disso, *não* é Gerda. É *qualquer pessoa.*"

"Mas *eu* reconheci, não é mesmo?"

"Você é diferente, John. Você vê as coisas."

"Mas que atrevimento! Não permitirei isso, Henrietta! Não permitirei. Você não percebe que fez uma coisa indefensável?"

"Fiz?"

"Você não sabe que fez? Não *sente* que fez? Onde está sua sensibilidade habitual?"

Henrietta falou lentamente:

"Você não entende, John. Acho que jamais conseguiria fazê-lo entender...Você não sabe o que é querer uma coisa, analisá-la dia após dia...Aquela linha do pescoço, aqueles músculos, o ângulo de inclinação da cabeça, aquele peso ao redor do maxilar. Eu vinha examinando tudo isso, querendo tudo isso todas as vezes que via Gerda... No final, eu tinha de conseguir!"

"É inescrupuloso!"

"É, talvez seja. Mas quando a gente quer uma coisa com tanta intensidade é preciso consegui-la."

"Você quer dizer que não dá a mínima importância às outras pessoas. Você não se importa com Gerda..."

"Não seja idiota, John. Foi por isso que fiz aquela estatueta. Para agradar Gerda e deixá-la feliz. Não sou desumana!"

"Desumana, exatamente, é o que você é."

"Você acha, honestamente, que Gerda se reconheceria aqui?"

John olhou para a figura de má vontade. Pela primeira vez, sua raiva e seu ressentimento subordinaram-se a seu interesse. Uma figura estranha e submissa, uma figura oferecendo sua adoração a uma divindade invisível, o rosto virado para o alto, cego, mudado, devotado, terrivelmente forte e terrivelmente fanático... Ele disse:

"É uma coisa assustadora, Henrietta."

Henrietta estremeceu de leve.

"É, foi o que *eu* achei..."

John perguntou bruscamente:

"Ela está olhando para o quê... para quem? Ali, diante dela?"

Henrietta hesitou. Depois falou, e sua voz tinha uma nota estranha:

"Não sei. Mas *acho* que ela poderia estar olhando para *você*, John."

Capítulo 5

Na sala de jantar, o garoto Terry fez mais uma observação científica.

— Os sais de chumbo são mais solúveis em água fria do que em água quente. Se acrescentarmos iodeto de potássio obteremos um precipitado amarelo de iodeto de chumbo.

Olhou ansioso para a mãe, mas sem esperanças verdadeiras. Os pais, na opinião do jovem Terence, eram um triste desapontamento.

—Você sabia disso, mamãe?

— Eu não sei nada de química, querido.

— Poderia ler sobre isso em algum livro — disse Terence.

Não passava da simples constatação de um fato, mas havia, por trás, certa ansiedade.

Gerda não percebeu a ansiedade. Encontrava-se presa na armadilha de sua própria infelicidade. Ia e vinha, ia e vinha. Sentia-se infeliz desde a manhã, quando acordara e se lembrara de que, finalmente, o tão temido e longo fim de semana com os Angkatell estava próximo. Ir à Mansão Hollow sempre era, para ela, um pesadelo. Sempre se sentia confusa e desajeitada. Lucy Angkatell, com suas frases intermináveis, suas observações rápidas e inconsequentes, e suas tentativas óbvias de ser gentil, era a figura que ela mais temia. Mas os outros eram quase tão ruins quanto ela. Para Gerda, seriam dois dias de martírio a suportar por causa de John.

Pois John, naquela manhã, ao se espreguiçar, dissera com indisfarçável alegria:

"Esplêndido pensar que passaremos este fim de semana no campo. Vai fazer-lhe bem, Gerda. É exatamente disso que você precisa."

Ela sorrira mecanicamente e respondera com altruísmo: "Será ótimo."

Seus olhos infelizes vagaram pelo quarto. O papel de parede, bege listrado, com uma marca preta bem ao lado do guarda-roupa, a penteadeira de mogno com seu espelho muito inclinado para a frente, o carpete azul e alegre, as aquarelas do Lake District. Todas aquelas coisas queridas e familiares que deixaria de ver até segunda-feira.

Em lugar disso, amanhã uma arrumadeira farfalhante entraria naquele quarto estranho e colocaria uma bandeja pequena e refinada, com o chá matinal, ao lado da cama, levantaria a persiana, e então arrumaria e dobraria as roupas de Gerda, o tipo da coisa que fazia com que ela se sentisse protegida, mas sem jeito. Continuaria deitada, com sua infelicidade, suportando tudo isso, tentando consolar-se com o pensamento: "Só mais outra manhã." Como na época da escola, em que contava os dias.

Gerda não fora feliz na escola. Sentira-se muito mais insegura do que em qualquer outro lugar. Em casa era melhor. Mas mesmo em casa não era muito bom. Pois todos eles, é claro, eram mais rápidos e inteligentes do que ela. Aqueles comentários, rápidos, impacientes, não exatamente grosseiros, assobiavam em seus ouvidos como uma tempestade de granizo. "Oh, não seja tão lerda, Gerda." "Mão-furada, apanhe aquilo para mim!" "Oh, não peça a Gerda para fazer isso, ela vai levar *séculos*." "Gerda nunca percebe nada..."

Eles não percebiam, todos eles, que daquela maneira ela ficaria ainda mais lenta e obtusa? Ela ficaria cada vez pior, mais desajeitada com as mãos, com o raciocínio mais lento, mais inclinada a escutar com um olhar vazio o que lhe diziam.

Até que, subitamente, chegara a um ponto em que descobrira uma saída. Quase acidentalmente, na verdade, achara sua arma de defesa.

Tornara-se ainda mais lenta, seu olhar confuso tornara-se ainda mais vazio. Mas agora, quando diziam, impacientes, "Oh, Gerda, como você é burra. Será que você não entende *isso*?", ela era capaz, por trás de sua expressão vazia, de retirar algum conforto de seu segredo... Pois ela não era tão burra quanto eles pensavam. Muitas vezes, quando fingia não entender, entendera *mesmo*. E muitas vezes, deliberadamente, usava maior lentidão em sua tarefa, qualquer que fosse, sorrindo para si mesma quando os dedos impacientes de alguém a arrancavam de suas mãos.

Pois reconfortante e agradável era o segredo de sua superioridade. Com alguma frequência, começou a se divertir um pouco. Sim, era divertido saber mais do que as pessoas pensavam que você sabia. Ser capaz de fazer uma coisa, mas não deixar que ninguém percebesse isso.

E ainda tinha a vantagem, subitamente descoberta, de as pessoas geralmente fazerem as coisas por você. O que, sem dúvida, lhe poupava muitos aborrecimentos. E, no final, se as pessoas se acostumassem a fazer as coisas por você, você nunca teria de fazê-las, e ninguém saberia que você as fazia mal. E assim, lentamente, podia-se voltar quase ao ponto de partida. Sentir que você podia considerar-se no mesmo nível das pessoas a seu redor.

"Mas isso", temia Gerda, "não daria certo com os Angkatell". Os Angkatell eram tão mais avançados que às vezes não pareciam estar na mesma esfera que a sua. Como odiava os Angkatell! Era bom para John, John gostava de lá. Voltava para casa menos cansado e, às vezes, menos irritadiço.

"Querido John", pensou. John era maravilhoso. Todos pensavam assim. Um médico tão inteligente e tão incrivelmente bondoso com os pacientes. Esgotando-se, e que interesse tinha em seus doentes do hospital — todo esse lado do seu trabalho que não o recompensava em nada. John era tão *despojado*, tão verdadeiramente nobre.

Ela sempre soubera, desde o início, que John era brilhante e que chegaria ao topo. E ele a escolhera, quando poderia ter se casado com uma mulher muito mais brilhante. Ele não se incomodara com o fato de ela ser um pouco lenta, um tanto obtusa e não muito bonita. "Vou cuidar de você", dissera ele. De maneira agradável, paternal. "Não se preocupe com as coisas, Gerda, vou cuidar de você..."

Exatamente o que um homem devia fazer. Era maravilhoso pensar que John a escolhera.

Ele havia dito com aquele seu sorriso inesperado, muito atraente, meio suplicante: "Gosto das coisas à minha maneira, Gerda, você sabe."

Bem, aquilo estava certo. Ela sempre tentara ceder em tudo. Até mesmo ultimamente, quando ele se mostrava difícil e nervoso, quando nada parecia agradar-lhe. Quando, de alguma forma, nada do que ela fazia era certo. Não se podia culpá-lo. Ele era tão atarefado, tão altruísta...

"Oh, céus, aquele carneiro!" Ela devia tê-lo mandado de volta. Ainda não havia sinal de John. Por que ela não conseguia, ao menos algumas vezes, tomar a decisão certa? Outra vez aquelas ondas escuras de infelicidade se apossaram dela. O carneiro! O fim de semana horroroso com os Angkatell. Sentiu uma pontada aguda nas têmporas. Oh, céus, agora ia ter uma daquelas dores de cabeça. E John ficava tão aborrecido com suas dores de cabeça. Ele nunca lhe receitava nada para curá-la, o que, sem dúvida, seria muito fácil, sendo médico. Em lugar de remédio, sempre dizia: "Não pense no assunto. De nada adianta ficar se envenenando com drogas. Dê uma caminhada ligeira."

"O carneiro!" Olhando-o fixamente, Gerda sentia as palavras se repetindo em sua cabeça dolorida, "o carneiro, O CARNEIRO, O CARNEIRO...".

Lágrimas de autocomiseração saltaram-lhe dos olhos. "Por que", pensou, "as coisas *nunca* dão certo para mim?".

Terence levou o olhar até a mãe, do outro lado da mesa, e depois até o pernil. Pensou: "Por que *nós* não podemos almoçar? Como os adultos são idiotas. Não têm o menor bom senso!"

Em voz alta, falou com cuidado:

— Nicholson Jr. e eu vamos fazer nitroglicerina no bosque da família dele. Eles moram em Streatham.

— Verdade, querido? Vai ser muito divertido — disse Gerda.

Ainda dava tempo. Se ela tocasse a sineta e pedisse a Lewis que levasse o pernil agora...

Terence olhou-a com um pouco de curiosidade. Ele sentira, instintivamente, que a fabricação de nitroglicerina não era o tipo de ocupação que devesse ser incentivada pelos pais. Com algum oportunismo, ele escolhera um momento em que, segundo sua percepção, teria chances razoáveis de se ver livre daquele pedido de permissão. E não se enganara. Se, por algum motivo, houvesse barulho, ou seja, se as propriedades da nitroglicerina se manifestassem com demasiada evidência, ele poderia alegar, em voz ofendida: "Mas eu *disse* à mamãe."

Ainda assim, sentiu um vago desapontamento.

"Até *mamãe*", pensou, "devia saber alguma coisa sobre nitroglicerina".

Suspirou. Foi varrido por aquela sensação intensa de solidão, que apenas na infância se é capaz de sentir. O pai era impaciente demais para ouvi-lo, a mãe era muito desatenta. Zena não passava de uma garotinha boba.

Páginas e mais páginas de experiências químicas interessantes. E quem ligava para elas? Ninguém!

Bum! Gerda assustou-se. Era a porta do consultório de John. John estava subindo as escadas.

John Christow irrompeu na sala, trazendo consigo sua atmosfera própria de intensa energia. Estava bem-humorado, faminto, impaciente.

— Deus! — exclamou ele ao se sentar e amolar o facão energicamente. — Como detesto doentes!

— Oh, John — Gerda repreendeu-o ligeiramente. — Não diga isso. *Eles* vão pensar que você está falando sério.

Fez um gesto discreto com a cabeça, em direção às crianças.

— Mas estou falando sério — insistiu John Christow. — Ninguém devia ficar doente.

— Papai está brincando — disse Gerda rapidamente a Terence.

Terence examinou o pai com a atenção desapaixonada que dispensava a tudo.

— Não parece — comentou.

— Se você detestasse doentes, não seria médico, querido — disse Gerda, rindo gentilmente.

— Mas sou exatamente por isso — retrucou John Christow. — Nenhum médico gosta de doença. Santo Deus, esta carne está gelada. Por que diabos você não a mandou de volta para a cozinha para não esfriar?

— Bem, querido, eu não sabia. Pensei que você estivesse chegando.

John Christow tocou a sineta. Um tilintar longo, irritado. Lewis apareceu prontamente.

— Leve isso para a cozinha e peça à cozinheira para esquentar.

Ele respondeu de imediato.

— Sim, senhor.

Lewis, ligeiramente impertinente, conseguiu transmitir em duas palavras inócuas sua opinião exata sobre uma patroa que ficava sentada à mesa, vendo um pernil esfriar.

Gerda prosseguiu de modo um tanto incoerente:

— Sinto muito, querido, a culpa é toda minha, mas, em primeiro lugar, veja bem, pensei que você estivesse chegando, e depois pensei, bem, se eu mandasse de volta...

John interrompeu-a com impaciência:

— Oh, que importância tem isso? Nenhuma. Não vale a pena fazer uma tempestade em um copo d'água. — Depois perguntou: — O carro está aqui?

— Acho que sim. Collie mandou buscar.

— Então podemos sair logo depois do almoço.

"Atravessariam a Albert Bridge," pensou, "depois Clapham Common... o atalho pelo Crystal Palace... Croydon... Purley Way, depois evitariam a estrada principal... subiriam a bifurcação da direita em Metherly Hill... passariam por Haverston Ridge... de repente estariam fora da zona suburbana, através de Cormerton, depois subiriam Shovel Down... as árvores vermelho-douradas... bosques por toda parte... o cheiro suave do outono, e desceriam a serra. Lucy e Henry... Henrietta...".

Não via Henrietta há quatro dias. Na última vez em que a vira, ficara zangado. Ela trazia aquela expressão nos olhos. Não absorta, não desatenta. Não conseguia descrever ao certo aquele olhar de quem está *vendo* alguma coisa, alguma coisa que não estava ali, alguma coisa (e esse era o *x* do problema), alguma coisa que não era John Christow!

Disse a si mesmo: "Sei que ela é uma escultora. Sei que o trabalho dela é bom. Mas, ora diabos, será que ela não pode se esquecer disso por alguns momentos? Será que não consegue, pelo menos às vezes, pensar em mim... e mais nada?"

Ele fora injusto. Sabia que fora injusto. Henrietta raramente falava de seu trabalho. A bem da verdade, era menos obsessiva do que muitos artistas que ele conhecia. Apenas em ocasiões muito raras essa absorção por alguma visão interior estragava a totalidade de seu interesse por ele. O que sempre lhe despertava uma fúria violenta.

Uma vez lhe perguntara, em voz dura e ríspida:

"Você abandonaria tudo isso, se eu lhe pedisse?"

"Tudo... o quê?", sua voz quente tomada de surpresa.

"Tudo... isso." Fez um gesto com a mão abrangendo todo o estúdio.

E, imediatamente, pensou consigo mesmo: "Idiota! Por que lhe fiz essa pergunta?" E depois: "Deixe que ela diga 'Claro'. Deixe que ela minta para mim! Se ao menos ela respondesse 'Claro que sim'. Não importa se fosse mentira ou não! Mas deixe que ela diga isso. Eu *preciso* de paz."

Mas, em vez disso, ela ficara calada durante algum tempo. Seus olhos ficaram distantes e sonhadores. Franzira um pouco a testa.

Depois respondera lentamente:

"Creio que sim. Se fosse *necessário*."

"Necessário? O que você quer dizer com necessário?"

"Eu mesma não sei bem, John. Necessário, como uma amputação pode ser necessária."

"Na verdade, nada mais que uma intervenção cirúrgica!"

"Você se zangou. O que queria que eu dissesse?"

"Você sabe muito bem. Uma só palavra teria bastado. 'Sim.' Você não podia ter dito isso? Para as outras pessoas, você diz um bocado de coisas só para agradá-las, sem se importar em dizer ou não a verdade. Por que não faz o mesmo para mim? Pelo amor de Deus, por que não para mim?"

E, mais uma vez, ela respondera lentamente:

"Eu não sei... não sei mesmo, John. Não consigo, só isso. Não consigo."

Ele começara a andar de um lado para o outro. Depois falou:

"Você vai me deixar louco, Henrietta. Eu nunca sinto exercer a menor influência sobre você."

"E por que precisaria exercê-la?"

"Não sei. Mas preciso."

Jogou-se numa cadeira.

"Gostaria de estar em primeiro lugar."

"Você está, John."

"Não. Se eu morresse, a primeira coisa que você faria, com lágrimas escorrendo-lhe pelas faces, seria começar a modelar alguma maldita mulher enlutada, ou alguma figura de tristeza."

"Talvez. Eu acho... é, talvez. É uma ideia horrível."

Ela continuara sentada, olhando-o com olhos pálidos.

O pudim se queimara. Christow levantou as sobrancelhas e Gerda se precipitou em desculpar-se.

— Sinto muito, querido. Não sei *como* isso aconteceu. É minha culpa. Pode me dar a parte de cima e fique com a de baixo.

O pudim se queimara porque ele, John Christow, permanecera no consultório quinze minutos depois da hora, pensando em Henrietta e na sra. Crabtree e deixando-se tomar por sentimentos ridículos e nostálgicos sobre San Miguel. A culpa era dele. Era idiota, da parte de Gerda, tentar assumir a culpa, e de enlouquecer ela pedir para comer a parte queimada. "Por que ela sempre tinha de se fazer de mártir? Por que Terence o olhava daquela maneira lenta e interessada? Por que, oh, por que Zena não parava de fungar? Por que eram todos tão terrivelmente irritantes?"

Sua ira caiu sobre Zena.

— Por que diabos você não assoa o nariz?

— Acho que ela está um pouco resfriada, querido.

— Não, não está. Você está sempre achando que eles estão resfriados! Ela está boa.

Gerda suspirou. Ela jamais conseguira entender como um médico, que passava a vida cuidando das enfermidades dos outros, podia ser tão indiferente quanto à saúde da própria família. Ele sempre ridicularizava qualquer insinuação de doença.

— Espirrei oito vezes antes do almoço — retrucou Zena, sentindo-se importante.

— Espirrou por causa do calor! — exclamou John.

— Mas não está fazendo calor — observou Terence. — O termômetro do hall está marcando 13°C.

John levantou-se.

— Acabamos? Ótimo, vamos partir. Você está pronta, Gerda?

— Um minuto, querido. Tenho só mais algumas coisas para guardar.

— Mas você devia ter guardado *antes*. O que ficou fazendo a manhã inteira?

Saiu furioso da sala de jantar. Gerda fora depressa até o quarto. Sua ânsia em se apressar faria com que se demorasse ainda mais. Mas por que ela não estava pronta? A mala dele já estava ali no hall. Por que diabos...

Zena aproximava-se dele, trazendo nas mãos umas cartas sujas.

— Posso ler sua sorte, papai? Eu sei. Já li a de mamãe, a de Terry, a de Lewis, a de Jane e a da cozinheira.

— Está bem.

Gostaria de saber quanto tempo Gerda ia demorar. Queria ver-se livre daquela casa horrorosa, daquela rua horrorosa e daquela cidade cheia de gente fungando, doente, lamentando-se. Queria os bosques, as folhas úmidas e o alheamento gracioso de Lucy Angkatell, que sempre lhe dava a impressão de ser um ente incorpóreo.

Zena manuseava as cartas com ares importantes.

— Este do meio é você, papai, o rei de copas. A pessoa cuja sorte está sendo lida é sempre o rei de copas. Depois coloco as outras com a face voltada para baixo. Duas à sua esquerda, duas à sua direita e uma no alto, que tem poderes sobre você; e uma embaixo, sobre quem você tem poderes. E esta aqui sobre você! *Agora* — Zena respirou fundo —, viramos todas para cima. À sua direita está a rainha de ouros... bem próxima.

"Henrietta", pensou ele, momentaneamente satisfeito e divertido com o ar solene de Zena.

— Junto a ela está um valete de paus... é um jovem calmo. À sua esquerda está um oito de espadas... é um inimigo secreto. Você tem algum inimigo secreto, papai?

— Não que eu saiba.

— Mais além está a rainha de espadas, é uma senhora bem mais velha.

— Lady Angkatell — disse ele.

— Agora é a que está acima de sua cabeça e que tem poderes sobre você... a rainha de copas.

"Veronica", pensou. "Veronica!" E depois: "Mas que idiota eu sou! Veronica não significa mais nada para mim."

— E esta, que está sob seus pés e sobre quem você tem poderes, a rainha de paus.

Gerda entrou apressadamente na sala.

— Estou pronta, John.

— Oh, espere um pouco, mamãe, só um pouquinho. Estou lendo a sorte de papai. Só falta a última carta, pai, a mais importante de todas. A que está sobre você.

Os dedinhos melados de Zena viraram a carta. Ela tomou um susto.

— Oh, é um ás de espadas! Geralmente é *morte*, mas...

— Sua mãe — disse John — vai atropelar alguém no caminho. Vamos, Gerda. Até logo, vocês dois. Comportem-se, hein!

Capítulo 6

Midge Hardcastle desceu as escadas por volta das onze horas da manhã de sábado. Tomara café na cama, lera um livro, cochilara um pouco e se levantara.

Era agradável descansar daquele jeito. Já não era sem tempo que tirava uma folga! Sem dúvida, Madame Alfrege dava-lhe nos nervos.

Saiu pela porta da frente para pegar um pouco do sol agradável do outono. Sir Henry Angkatell estava sentado numa cadeira rústica, lendo *The Times*. Olhou para cima e sorriu. Gostava muito de Midge.

— Olá, querida.

— Acordei muito tarde?

— Não perdeu o almoço — respondeu Sir Henry sorrindo.

Midge sentou-se ao lado dele e comentou com um suspiro:

— É bom estar aqui.

— Você está um pouco magra.

— Oh, estou bem. Que maravilha estar num lugar onde não existem mulheres gordas tentando caber em roupas muito menores!

— Deve ser detestável! — Sir Henry fez uma pausa e depois falou, olhando para seu relógio de pulso: — Edward chega no trem das 12h15.

— É mesmo? — Midge calou-se, depois disse: — Há muito tempo não vejo Edward.

— Ele não mudou nada — disse Sir Henry. — Quase nunca sai de Ainswick.

"Ainswick", pensou Midge. "Ainswick!" Sentiu uma pontada de saudade no coração. Aqueles dias maravilhosos em Ainswick. Visitas aguardadas com ansiedade durante meses! "Eu vou para Ainswick." Noites em claro pensando nisso. E, finalmente, o dia! A pequenina estação no campo onde o trem — o grande expresso de Londres — parava, caso se pedisse ao guarda! O Daimler esperando lá fora. O percurso, a última curva antes do portão, subindo o bosque até a clareira no alto onde ficava a casa grande, branca e aconchegante. O velho tio Geoffrey em seu casaco remendado de *tweed*.

"Agora, jovens, divirtam-se."

E como se divertiam. Henrietta vinha da Irlanda. Edward, de volta de Eton. Ela mesma, vinda do rigor de uma cidadezinha industrial do Norte. Parecia um paraíso.

Mas sempre girando em torno de Edward. Edward, alto, gentil e acanhado, mas sempre bondoso. Mas nunca, é claro, prestando muita atenção a ela porque Henrietta estava lá.

Edward, sempre tão reservado, tão mais parecido com um hóspede que ela chegara a se impressionar um dia, quando Tremlet, o jardineiro-chefe, lhe dissera:

— Algum dia tudo isso será do sr. Edward.

— Mas por quê, Tremlet? Ele não é filho do tio Geoffrey.

— Ele é o *herdeiro*, srta. Midge. Sucessor predeterminado, como eles dizem. A srta. Lucy é a única filha do sr. Geoffrey, mas não pode ser herdeira porque é mulher. E o sr. Henry, com quem ela se casou, é apenas primo em segundo grau. Não é tão próximo quanto o sr. Edward.

E agora Edward vivia em Ainswick. Vivia lá sozinho e raramente saía. Midge pensava, às vezes, se Lucy sempre dava a impressão de não se importar com nada.

Mesmo assim, Ainswick fora sua casa, e Edward era apenas seu primo, cerca de vinte anos mais novo. O pai dela, o velho Geoffrey Angkatell, fora uma grande "personalidade" no condado. Além disso, tivera uma fortuna considerável. A maior parte coubera a Lucy, de forma que Edward era um homem relativamente pobre. Tinha o suficiente para sustentar a mansão e não muito mais que isso.

Não que Edward fosse perdulário. Pertencera ao corpo diplomático durante certo período, mas, ao herdar Ainswick, aposentara-se e fora viver em sua propriedade. Tinha certa inclinação para os livros, colecionava primeiras edições e esporadicamente escrevia artigos irônicos e hesitantes para revistas obscuras. Por três vezes pedira a sua prima em segundo grau, Henrietta Savernake, para se casar com ele.

Sentada sob o sol do outono, Midge pensava nessas coisas. Não conseguia definir ao certo se estava ou não alegre por rever Edward. Não era aquilo que se pudesse dizer que "estava superando". Ninguém podia simplesmente superar uma pessoa como Edward. Edward em Ainswick era tão real para ela quanto Edward se levantando de uma mesa de um restaurante em Londres para cumprimentá-la. Ela amava Edward desde quando conseguia lembrar-se...

A voz de Sir Henry fê-la voltar a si.

— O que você achou de Lucy?

— Achei-a muito bem. A mesma de sempre. — Midge deixou escapar um breve sorriso. — Mais, até.

— É... — Sir Henry deu uma baforada no cachimbo. Falou inesperadamente: — Sabe, Midge, às vezes me preocupo com Lucy.

— Preocupa-se? — Midge olhou-o surpresa. — Por quê?

Sir Henry balançou a cabeça.

— Lucy — disse ele — não percebe que existem coisas que ela não deve fazer.

Midge arregalou os olhos. Ele prosseguiu:

— Ela escapa impune. Sempre escapou. — Ele sorriu. — Ela zomba das tradições dos altos funcionários do governo, já pintou o diabo em jantares. Colocou inimigos ferrenhos, um do lado do outro, na mesa... e isso, Midge, é um crime sem-par! E depois fez provocações sobre o problema racial! E, em vez de criar discussões violentas e caóticas, deixando todos a ponto de explodir e provocar desgraças nos domínios britânicos da Índia, duvido se ela não conseguiu sair ilesa! Aquele jeitinho dela, sorrindo para as pessoas, com aquele ar de quem não tem culpa! Com os empregados é a mesma coisa, por mais problemas que ela lhes crie, eles a adoram.

— Entendo o que você quer dizer — comentou Midge, pensativa. — As coisas que ninguém mais conseguiria fazer sempre dão certo se feitas por Lucy. Por que será isso? Encanto? Magnetismo?

Sir Henry deu de ombros.

— Ela não mudou nada desde menina, só que às vezes eu acho que esse hábito está crescendo nela. Quero dizer, ela não percebe que *existem* limites. Ora, acho até, Midge — parecia se divertir —, que Lucy escaparia impunemente de um crime!

Henrietta tirou o Delage da garagem do *mews* e, depois de uma conversa inteiramente técnica com seu amigo Albert, que cuidava da saúde do Delage, partiu.

—Vai correr com prazer, senhorita — falou Albert.

Henrietta sorriu. Zarpou do *mews*, saboreando o indefectível prazer que sempre sentia quando viajava de carro sozinha. Quando dirigia, preferia estar só. Assim, podia sentir ao máximo o deleite íntimo que lhe proporcionava o ato de guiar um automóvel.

Apreciava a própria habilidade no tráfego, gostava de experimentar novos atalhos para sair de Londres. Tinha seus próprios trajetos e, quando dirigia na cidade, conhecia as ruas com a mesma intimidade de um chofer de táxi.

Tomou agora sua recém-descoberta via sudoeste, rodando e entrando no labirinto intricado das ruas do subúrbio.

Às 12h30 chegou, finalmente, à longa crista de Shovel Down. Henrietta sempre adorava a paisagem daquele lugar específico. Parou exatamente no local em que a estrada começava a descer. Ao seu redor e lá embaixo, tudo eram árvores, árvores cujas folhas começavam a passar do dourado para o marrom. Era um mundo incrivelmente dourado e esplêndido no brilho forte do sol de outono.

Henrietta pensou: "Adoro o outono. É muito mais rico que a primavera."

E, de repente, foi tomada por um daqueles momentos de intensa felicidade — o sentimento da beleza do mundo, de seu prazer intenso em relação ao mundo.

"Nunca mais serei tão feliz como agora... nunca mais", pensou.

Ficou ali um minuto, o olhar perdido naquele mundo dourado que parecia nadar e se dissolver em si mesmo, indistinto e embaçado pela própria beleza.

Depois desceu a serra, através dos bosques, seguindo a estrada íngreme que levava à Mansão Hollow.

Quando Henrietta chegou, Midge estava sentada no muro baixo do terraço e acenou-lhe alegremente. Henrietta ficou contente em ver Midge, de quem gostava.

Lady Angkatell saiu de casa saudando-a:

— Oh, você chegou, Henrietta. Depois que levar o carro até o estábulo e lhe der a ração de farelo, o almoço estará pronto.

— Que observação pertinente de Lucy — disse Henrietta ao rodear a casa, ainda no carro, com Midge acompanhando-a no degrau. — Sabe, sempre me orgulhei de haver escapado completamente da obsessão de meus ancestrais irlandeses por cavalos. Quando você é criada no meio de pessoas que só falam sobre cavalos, você se sente superior por não ligar para eles. E agora Lucy acabou de me provar que trato meu carro exatamente como um cavalo. E é verdade. Trato mesmo.

— Sei disso — respondeu Midge. — Lucy é incomparável. Hoje de manhã, ela me disse que eu poderia ser tão grosseira quanto quisesse, enquanto estivesse aqui.

Henrietta refletiu por um momento e depois assentiu.

— Já sei — disse ela. — A *loja*!

— Claro. Quando a gente é obrigada a passar todos os dias da vida numa maldita cabina sendo educada com senhoras estúpidas, chamando-as de Madame, ajudando-as a se vestir, sorrindo e engolindo todos os sapos do mundo... bem, a gente fica com vontade de falar mal! Sabe, Henrietta, fico pensando por que as pessoas acham tão humilhante ter de "trabalhar fora", e que é um sinal de grandeza e independência entrar numa loja. A gente é obrigada a aturar muito mais insultos do que Gudgeon ou Simmons, ou qualquer doméstica.

— Deve ser horrível, querida. Eu só gostaria que você não fosse tão decidida, orgulhosa e teimosa em ganhar a própria vida.

— De qualquer maneira, Lucy é um anjo. Serei gloriosamente grosseira com todos neste fim de semana.

— Quem está aí? — perguntou Henrietta, saindo do carro.

— Os Christow estão vindo. — Midge fez uma pausa e prosseguiu: — Edward chegou há pouco.

— Edward? Que bom. Não vejo Edward há séculos. Mais alguém?

— David Angkatell. E é aí que, segundo Lucy, você vai ser útil. Vai fazer com que ele pare de roer as unhas.

— O tipo da coisa que não faz meu gênero — retrucou Henrietta. — Detesto interferir na vida das pessoas e jamais sonharia em implicar com seus hábitos pessoais. O que Lucy disse, de fato?

— Em suma, foi isso! Ah, e ele tem um pomo de adão bem saliente, também!

— E ninguém espera que eu interfira nisso também, não é mesmo? — perguntou Henrietta, alarmada.

— E você tem de ser boa para Gerda.

— Como eu detestaria Lucy, se eu fosse Gerda!

— E uma pessoa que desvenda crimes vem almoçar amanhã.

— Nós não vamos brincar de detetive, vamos?

— Creio que não. Acho que é só hospitalidade de vizinhos.

A voz de Midge mudou um pouco.

— Aí vem Edward, para falar conosco.

"Querido Edward", pensou Henrietta, tomada por uma súbita onda de afeição.

Edward Angkatell era muito alto e magro. Sorria, agora, ao se aproximar das duas jovens.

— Olá, Henrietta, não a vejo há mais de um ano.

— Olá, Edward.

Como Edward era simpático! Aquele sorriso gentil, as pequenas rugas nos cantos dos olhos. E todos aqueles belos ossos angulosos. "Acho que é dos *ossos* dele que gosto tanto", pensou Henrietta. O calor de sua afeição por Edward assustou-a. Esquecera-se de que gostava tanto dele.

Depois do almoço, Edward disse:

— Vamos dar uma volta, Henrietta.

Era o tipo de volta de Edward, uma caminhada.

Subiram por trás da casa, seguindo por um atalho que passava entre as árvores. "Como os bosques de Ainswick", pensou Henrietta. Ainswick, como se divertiram lá! Começou a conversar sobre Ainswick com Edward. Reviveram velhas lembranças.

— Lembra-se de nosso esquilo? Aquele da pata quebrada? Que nós pusemos numa gaiola e ele ficou bom?

— Claro. Que nome ridículo, como era mesmo?

— Cholmondeley-Marjoribanks!

— Isso mesmo.

Os dois riram.

— E da velha sra. Bondy, a governanta, ela *vivia* nos dizendo que ele sairia pela chaminé algum dia.

— E nós ficávamos indignados.

— E ele saiu *mesmo*.

— Ela fez aquilo — disse Henrietta com segurança. — Foi ela quem pôs a ideia na cabeça do esquilo. — Depois perguntou: — Continua tudo igual, Edward? Ou mudou? Eu sempre penso que está tudo igual.

— Por que você não vai lá para ver, Henrietta? Há muito, muito tempo você não vai a Ainswick.

— Eu sei.

"Por que", pensou ela, "deixei passar tanto tempo? A gente fica atarefada, interessada, amarrada nas outras pessoas...".

— Você sabe que será sempre bem-vinda.

— Como você é bom, Edward!

"Querido Edward", pensou, "com seus lindos *ossos*".

Logo depois ele disse:

— Fico contente por você gostar de Ainswick, Henrietta.

Ela respondeu, sonhadora:

— Ainswick é o lugar mais lindo do mundo.

Uma garota de pernas compridas, com uma juba de cabelos castanhos e desalinhados... Uma garota feliz sem a menor noção de todas as coisas que a vida lhe traria... Uma garota que amava as árvores...

Ter sido tão feliz sem percebê-lo! "Se eu pudesse voltar atrás", pensou.

E, em voz alta, falou de repente:

— Ygdrasil ainda está lá?

— Foi derrubada por um raio.

— Oh, não, *Ygdrasil*, não!

Ficou desconsolada. Ygdrasil, o nome que escolhera para um enorme carvalho. Se os deuses podiam derrubar Ygdrasil, então nada era seguro! Melhor não voltar.

— Você se lembra do seu símbolo próprio, o símbolo de Ygdrasil?

— Aquela árvore engraçada, diferente de todas as árvores, que eu costumava desenhar em pedacinhos de papel? E ainda desenho, Edward! Em rascunhos, em caderninhos de telefone, nas papeletas de *bridge*. Rabisco o tempo todo. Me dê um lápis.

Ele arranjou um lápis e uma caderneta e, rindo, ela desenhou a árvore ridícula.

— Exato — disse ele. — É Ygdrasil.

Haviam quase chegado à parte mais alta do atalho. Henrietta sentou-se num tronco de árvore caído. Edward sentou-se ao lado dela.

Ela olhava para baixo, através das árvores.

— Este local se parece um pouco com Ainswick, uma espécie de Ainswick de bolso. Às vezes fico pensando... Edward, você acha que foi por isso que Lucy e Henry vieram para cá?

— É possível.

— Nunca se sabe o que se passa na cabeça de Lucy. — Falou lentamente e depois perguntou: — O que você tem feito, Edward, desde que nos vimos pela última vez?

— Nada, Henrietta.

— Isso me soa muito tranquilo.

— Nunca fui muito bom em... fazer coisas.

Ela lançou-lhe um olhar rápido. Havia algo em seu tom de voz. Mas ele lhe sorria calmamente.

E, novamente, ela sentiu aquela onda de afeição profunda.

— Talvez — disse ela — você seja sensato.

— Sensato?

— Em não fazer nada...

Edward replicou lentamente:

— É um comentário estranho, partindo de você, Henrietta. Você que sempre foi tão bem-sucedida.

—Você me acha bem-sucedida? Que engraçado.

— Mas você é, querida. Você é uma artista. Deve sentir orgulho de si mesma, não pode deixar de sentir.

— Eu sei — disse Henrietta. — Muita gente me diz o mesmo. Eles não entendem... não entendem o essencial. Nem *você*, Edward. A escultura não é uma coisa que você resolve fazer e é ou não bem-sucedido. É uma coisa que o arrebata, o chateia, o assombra de tal forma que, mais cedo ou mais tarde, você tem de entrar num acordo com ela. E aí, por um período, você tem paz, até que começa tudo de novo.

—Você quer ter tranquilidade, Henrietta?

— Às vezes acho que tranquilidade é a coisa que mais desejo no mundo, Edward!

—Você poderia ter tranquilidade em Ainswick. Acho que poderia até ser feliz por lá. Mesmo... mesmo que tivesse de *me* aturar. O que acha, Henrietta? Você não quer ir para Ainswick e fazer de lá sua casa? Ainswick sempre esteve lá, você sabe, esperando por você.

Henrietta virou a cabeça lentamente. Falou em voz baixa:

— Eu adoraria não gostar tanto de você, Edward. Fica tão mais difícil continuar a dizer não.

— É *não*, então?

— Sinto muito.

—Você já disse não antes... mas, desta vez... bem, pensei que pudesse ser diferente. Você está feliz esta tarde, Henrietta. Não pode negar isso.

— Eu me sinto muito feliz.

—Até mesmo seu rosto está mais jovem do que de manhã.

— Eu sei.

— Nós estamos felizes aqui, falando sobre Ainswick, pensando em Ainswick. Você não percebe o que isso significa, Henrietta?

— É *você* que não percebe o que significa, Edward! Nós passamos a tarde revivendo o passado.

— O passado, às vezes, é um bom lugar para se viver.

— Não se pode voltar atrás. É a única coisa que não se pode fazer... voltar atrás.

Ele ficou calado durante um ou dois minutos. Depois falou com voz calma, agradável, destituída de emoção:

— O que você quer dizer mesmo é que não se casa comigo por causa de John Christow.

Henrietta não respondeu e Edward prosseguiu:

— É isso, não é? Se não houvesse John Christow no mundo, você se casaria comigo.

Henrietta replicou rispidamente:

— Eu não consigo imaginar um mundo onde não exista John Christow! É isso que você *tem* de entender.

— Nesse caso, por que ele não se divorcia da mulher e se casa com você?

— John não quer se divorciar da mulher. E não sei se me casaria com John se ele deixasse a mulher. Não é... não é nem de longe o que você imagina.

Edward falou de forma ponderada:

— John Christow. Existem muitos Johns Christow no mundo.

—Você se engana — disse Henrietta. — Existem muito poucas pessoas como John.

— Nesse caso, isso é muito bom! Pelo menos é o que eu acho!

Ele se levantou.

— É melhor voltarmos.

Capítulo 7

Ao entrarem no carro, depois de Lewis haver fechado a porta da casa da rua Harley, Gerda sentiu a dor do exílio atravessar todo seu corpo. Aquela porta fechada era tão definitiva. Estava trancada do lado de fora — aquele terrível fim de semana chegara. E havia coisas, certamente um bocado de coisas, que ela deveria ter feito antes de sair. Será que fechara a torneira do banheiro? E aquela nota da lavanderia, deixara?... onde foi mesmo que deixara? Será que as crianças ficariam comportadas com a Mademoiselle? A Mademoiselle era tão... tão... Será que Terence, por exemplo, faria o que fosse mandado? As governantas francesas, em geral, não pareciam ter muita autoridade.

Sentou-se ao volante, ainda curvada pela infelicidade e, nervosamente, apertou o botão de arranque. Apertou-o uma, duas vezes. John disse:

— O carro funcionaria melhor, Gerda, se você ligasse o motor.

— Oh, céus, que estupidez a minha.

Deu-lhe uma olhada rápida, alarmada. Se John se aborrecesse desde agora... Mas, para seu alívio, ele sorria.

"Só porque", pensou Gerda, num dos raros momentos de sagacidade, "está contente em visitar os Angkatell".

"Pobre John, trabalhava tanto! Sua vida era tão altruísta, tão completamente dedicada aos outros. Não era de espantar que ele aguardasse esse fim de semana com tanta ansiedade." E, lembrando-se da conversa do almoço, falou, ao tirar o pé da embreagem tão depressa que o carro se afastou do meio-fio com um pulo:

— Sabe, John, você não devia fazer aquelas brincadeiras, dizendo que detesta doentes. É maravilhoso, de sua parte, você fazer pouco de seu trabalho, e *eu* compreendo. Mas as crianças não, elas tomam as palavras ao pé da letra.

— Algumas vezes — disse John Christow — Terry me parece quase humano, diferente de Zena! Quanto tempo dura esse período em que as meninas parecem um monte de afetação?

Gerda deu uma risadinha gentil. John, sabia, estava implicando com ela. Mas ficou no tema inicial. Gerda tinha uma mente fértil.

— Eu acho, John, que é muito *bom* para as crianças elas perceberem o altruísmo e a devoção da vida de um médico.

— Oh, Deus! — exclamou Christow.

Gerda ficou momentaneamente indecisa. O sinal do qual se aproximava já estava verde há algum tempo. Tinha quase certeza de que fecharia antes que ela chegasse. Começou a diminuir a marcha. Ainda verde.

John Christow esqueceu sua resolução de ficar calado enquanto Gerda dirigisse e falou:

— Por que você está parando?

— Pensei que o sinal ia ficar vermelho...

Apertou o acelerador, o carro andou mais um pouco e, logo depois do sinal, sem conseguir acompanhar a pressão do acelerador, o carro morreu. O sinal fechou.

Os automóveis que vinham da transversal começaram a buzinar.

John falou, mas em tom amigável:

—Você é mesmo a pior motorista do mundo, Gerda!

— Fico tão preocupada com os sinais. A gente nunca sabe ao certo quando vão fechar.

John deu uma olhada rápida, de lado, para o rosto ansioso e infeliz de Gerda.

“Tudo preocupa Gerda”, pensou, e tentou imaginar como era possível viver sempre em tal estado. Mas, como não era homem de muita imaginação, não conseguiu visualizar o quadro.

—Veja bem — Gerda voltou ao assunto —, eu sempre tentei transmitir às crianças o que é a vida de um médico: o autossacrifício, a dedicação para ajudar a aliviar a dor e o sofrimento dos outros, o desejo de servir aos outros. É uma vida tão nobre... e eu me sinto tão orgulhosa da forma como você usa seu tempo e energia, e nunca se poupa...

John Christow interrompeu-a:

— Nunca lhe ocorreu que eu *gosto* de clinicar, que é um prazer, não um sacrifício? Você não percebe que o maldito trabalho é *interessante*?

"Mas não," pensou, "Gerda jamais perceberia tal coisa!". Se ele lhe falasse sobre a sra. Crabtree e a enfermeira Margaret Russell, ela o veria apenas como uma espécie de protetor angelical dos Pobres com P maiúsculo.

— Melodramático — disse ele, quase num murmúrio.

— O quê? — Gerda inclinou-se em sua direção.

Ele balançou a cabeça.

Se ele dissesse a Gerda que estava tentando descobrir uma cura para o câncer, ela entenderia, era capaz de entender uma frase simples e sentimental. Mas jamais compreenderia o fascínio peculiar das dificuldades da síndrome de Ridgeway, tinha dúvidas até se ela entenderia de fato o que era a síndrome de Ridgeway. "Principalmente", pensou, esboçando um sorriso, "quando nem nós mesmos temos muita certeza! Não sabemos exatamente *por que* o córtex se degenera!".

Mas ocorreu-lhe, de repente, que Terence, embora criança, talvez se interessasse pela síndrome de Ridgeway. Ele gostara do ar de Terence ao dizer: "Acho que papai está falando sério."

Terence andara meio de castigo nos últimos dias por haver quebrado a máquina de café Cona numa daquelas tentativas bobas de fazer amônia. "Amônia? Que garoto engraçado, por que desejaria fazer amônia? Interessante, de certa forma..."

Gerda sentiu-se aliviada com o silêncio de John. Poderia sair-se melhor ao volante se não se distraísse conversando.

Além do mais, enquanto John estivesse absorvido por seus pensamentos, provavelmente não perceberia o ruído metálico quando ocasionalmente forçava a mudança de marcha. (Ela nunca reduzia, se pudesse evitá-lo.)

Algumas vezes, Gerda sabia, ela conseguia passar a marcha muito bem (embora sempre sem confiança), mas isso nunca acontecia com John por perto. Sua determinação nervosa de acertar era sempre desastrosa. A mão dela escorregava, ela acelerava demais ou muito pouco, e aí empurrava a alavanca depressa e de forma desajeitada, provocando um grito de protesto.

"Com carinho, Gerda, com carinho", pedira-lhe Henrietta certa vez, muitos anos atrás. Henrietta demonstrara: "Você não consegue *sentir* o caminho dele, por onde ele quer escorregar. Fique segurando até conseguir sentir. Não empurre de qualquer maneira, *sinta*."

Mas Gerda jamais conseguira sentir qualquer coisa numa alavanca de mudança. Se ela estava empurrando mais ou menos na direção certa, a obrigação dela era entrar! Os carros deviam ser fabricados de tal forma que nunca fizessem aquele ruído metálico.

"De um modo geral", pensou Gerda ao começar a subida de Mersham Hill, "aquela viagem não estava sendo tão ruim". John ainda estava perdido em pensamentos e nem notara aquela passagem de marcha horrorosa em Croydon. Com uma dose de otimismo, vendo que o carro ganhava velocidade, ela passou à terceira e, imediatamente, o carro começou a andar mais devagar. John acordou.

— O que foi que deu em você para mudar a marcha logo agora que estamos chegando na parte mais íngreme?

Gerda apertou os maxilares. Faltava pouco agora. Não que ela quisesse chegar. Não mesmo. Sem dúvida preferiria ficar dirigindo horas e horas seguidas, mesmo que John perdesse a cabeça com ela!

Mas agora estavam passando por Shovel Down, os bosques flamejantes do outono por todos os lados.

— Que maravilha sair de Londres e vir para cá! — exclamou John. — Pense nisso, Gerda. Quantas tardes passamos naquela sala escura, tomando chá, às vezes com a luz acesa.

A imagem da sala um pouco escura do apartamento surgiu diante dos olhos de Gerda, como a torturante visão de uma miragem. Oh, se ao menos ela pudesse estar lá agora.

— O campo é muito bonito — ela comentou, com esforço.

Desciam a serra agora. Não havia saída. A vaga esperança de que alguma coisa, ela não sabia o quê, pudesse intervir para salvá-la do pesadelo não se concretizou. Chegaram.

Sentiu-se um pouco mais confortada ao entrar e ver Henrietta sentada no murinho, junto com Midge e um homem alto e magro. Depositava certa confiança em Henrietta, que às vezes, inesperadamente, vinha em seu auxílio se as coisas estivessem indo mal.

John também ficou satisfeito ao ver Henrietta. Parecia-lhe o final exatamente adequado de uma viagem através da bela paisagem do outono: chegar ao sopé da serra e encontrar Henrietta esperando por ele.

Ela vestia um casaco verde de *tweed* e uma saia de que ele gostava. "Roupas que", pensou ele, "se assentavam melhor do que aquelas de Londres". Suas longas pernas estavam esticadas, terminando num par de sapatos marrons, bem lustrosos.

Trocaram um sorriso ligeiro, um rápido reconhecimento do fato de que um estava satisfeito com a presença do outro. John não queria conversar com Henrietta agora. Apenas sentiu-se feliz por ela estar lá, sabendo que, sem ela, o fim de semana seria estéril e vazio.

Lady Angkatell saiu da casa e veio cumprimentá-los. Sua consciência fez com que fosse mais efusiva em relação a Gerda do que normalmente o seria com qualquer outro hóspede.

— Como fico *feliz* em vê-la, Gerda! Há quanto tempo. E *John*!

A Mansão Hollow 67

Pretendia deixar clara a ideia de que Gerda era a hóspede ansiosamente esperada, e John um mero adjunto. Infelizmente, não alcançou o objetivo, e Gerda ficou tensa e sem jeito.

— Vocês conhecem Edward? — perguntou Lucy. — Edward Angkatell?

John cumprimentou Edward e disse:

— Não, acho que não.

O sol da tarde realçava o dourado dos cabelos de John e o azul de seus olhos. Assim deviam ser os *vikings* que desembarcavam em missões de conquista. Sua voz, cálida e vibrante, agradável ao ouvido, e o magnetismo de sua personalidade ocupavam toda a cena.

Esse encanto e essa objetividade não afetavam Lucy. Na verdade, disparavam nela aquele esquivamento curioso de criança travessa. Foi Edward quem, contrastando com o outro homem, de repente pareceu exangue, uma figura sombria e um pouco curvada.

Henrietta sugeriu a Gerda que fossem ver a horta.

— Com toda certeza, Lucy insistirá em nos mostrar o jardim de plantas rasteiras e o canteiro de outono — disse ela, caminhando na frente. — Mas sempre acho as hortas bonitas e calmas. A gente pode sentar-se nas cercas dos pepineiros ou entrar na estufa, se estiver frio. Lá, ninguém importuna a gente e, às vezes, encontra-se algo para comer.

Encontraram, de fato, umas ervilhas maduras, que Henrietta comeu cruas. Mas Gerda não deu muita importância. Estava contente por conseguir se afastar de Lucy Angkatell, que ela achara mais assustadora que nunca.

Começou a conversar com Henrietta, com algo que se assemelhava a animação. As perguntas que Henrietta fazia eram perguntas para as quais Gerda sempre sabia a resposta. Dez minutos depois, Gerda sentia-se muito melhor e começou a pensar que talvez o fim de semana não fosse tão ruim.

Zena estava tendo aulas de dança e acabara de ganhar um saiote novo. Gerda descreveu-o de cabo a rabo. Além disso, descobrira uma ótima loja de artigos de couro, feitos a mão. Henrietta perguntou se era difícil fazer uma bolsa. Gerda precisava mostrar-lhe como se fazia.

"Era mesmo muito fácil", pensou, "fazer Gerda feliz. E que diferença enorme fazia quando ela parecia contente!".

"Ela só deseja que lhe permitam falar bobagens", pensou Henrietta.

Estavam sentadas no lado do canteiro dos pepinos onde o sol, que já ia baixo no céu, dava a ilusão de um dia de verão.

Depois fez-se o silêncio. O rosto de Gerda perdeu a expressão de placidez. Seus ombros arriaram. Ela estava ali, o quadro da infelicidade. Deu um pulo quando Henrietta perguntou:

— Por que você vem, se detesta tanto?

Gerda apressou-se em responder:

— Não, não é verdade! Quer dizer, não sei por que você acha... — Fez uma pausa e prosseguiu: — É realmente muito agradável sair de Londres, e Lady Angkatell é *tão* simpática.

— Lucy? Ela não é nem um pouco simpática.

Gerda pareceu ligeiramente chocada:

— Oh, é, *sim*. Ela é tão simpática comigo.

— Lucy é bem-educada e pode ser graciosa. Mas é uma pessoa um tanto cruel. Eu acho mesmo que, por não ser muito humana, ela não sabe exatamente o que sentem e pensam as pessoas comuns. E você *detesta* estar aqui, Gerda! Você sabe disso. E por que vem, sentindo-se assim?

— Bem, é que... John gosta...

— Oh, que John gosta eu sei. Mas você não o deixaria vir sozinho?

— Ele não gostaria. Não se divertiria tanto sem mim. John é tão altruísta. Ele acha que é bom para mim vir ao campo.

— Não há nada contra o campo — concordou Henrietta. — Mas não há necessidade dos Angkatell.

— Eu... eu... não gostaria que ele me achasse ingrata.

— Minha querida Gerda, que obrigação você tem de gostar de nós? Sempre achei os Angkatell uma família odiosa. Todos nós gostamos de nos reunir e conversar numa linguagem incomum, própria da gente. Eu não me espantaria se alguma pessoa de fora tivesse ímpetos de nos matar. — E acrescentou: — Acho que está na hora do chá. É melhor voltarmos.

Examinava o rosto de Gerda quando ela se levantou e começou a caminhar em direção a casa.

"Interessante", pensou Henrietta, que sempre guardava para si uma parte da mente, "ver como se sentia exatamente uma mártir cristã antes de entrar na arena".

Ao transporem a cerca da horta, ouviram tiros e Henrietta comentou:

— Parece que o massacre dos Angkatell já começou!

Descobriram tratar-se de Sir Henry e Edward conversando sobre armas de fogo e ilustrando a discussão com tiros de revólver. O passatempo de Henry Angkatell eram as armas de fogo, e ele possuía uma razoável coleção.

Pegara diversos revólveres e alguns alvos de papelão para ele e Edward atirarem.

— Olá, Henrietta, quer ver se você mataria um ladrão?

Henrietta pegou o revólver.

— Quero. Vamos ver, primeiro a pontaria, assim.

Bum!

— Errou — disse Sir Henry.

— Tente você, Gerda.

— Oh, acho que...

— Ora, sra. Christow. É muito simples.

Gerda disparou o revólver, encolhendo-se e fechando os olhos. A bala passou ainda mais longe que a de Henrietta.

— Oh, quero tentar — disse Midge, caminhando em direção a eles. — É mais difícil do que eu imaginava — disse ela, depois de dois tiros. — Mas é divertido.

Lucy saiu da casa. Atrás dela vinha um jovem alto, sisudo, com o pomo de adão protuberante.

— Este é David — anunciou.

Tirou o revólver de Midge enquanto o marido cumprimentava David Angkatell, recarregou-o e, sem uma palavra, fez três buracos perto do centro do alvo.

— Muito bem, Lucy! — exclamou Midge. — Não sabia que o tiro ao alvo era um de seus dons.

— Lucy — disse Sir Henry gravemente — sempre mata seu homem! — Depois acrescentou pensativo: — Foi de grande utilidade, certa vez. Lembra-se, querida, dos assassinos que nos atacaram aquele dia, no lado asiático do Bósforo? Eu rolava no chão, com dois deles em cima de mim procurando minha garganta.

— E o que fez Lucy? — perguntou Midge.

— Deu dois tiros no meio da confusão. Eu nem sabia que ela trazia uma pistola. Acertou um dos bandidos na perna e o outro no ombro. Foi o maior perigo que *eu* já corri em toda a vida. Não sei como ela não me acertou.

Lady Angkatell sorriu para ele.

— Acho que a gente sempre tem de correr o risco — disse ela, gentilmente. — E deve ser feito depressa, sem pensar duas vezes.

— Um sentimento admirável, querida. A única mágoa que sinto é de ter sido *eu* o risco que você correu!

Capítulo 8

Depois do chá, John convidou Henrietta para dar uma volta, e Lady Angkatell disse a Gerda que *tinha* de lhes mostrar o jardim de plantas rasteiras, embora a época do ano não fosse a mais adequada.

"Caminhar com John", pensou Henrietta, "era completamente diferente de caminhar com Edward".

Com Edward, raramente se fazia mais do que perambular. "Edward", pensou ela, "era um perambulador nato". Com John, ela tinha de fazer o possível para acompanhar o mesmo ritmo e, quando chegaram a Shovel Down, ela falou, sem fôlego:

— Não é uma maratona, John!

Ele diminuiu a marcha e riu.

— Estou andando muito depressa?

— Não, eu consigo acompanhar... mas há necessidade disso? Não vamos pegar o trem. Por que essa energia toda? Está fugindo de si mesmo?

Ele estancou de repente.

— Por que diz isso?

Henrietta olhou-o com curiosidade.

— Não quis dizer nada de específico.

John retomou a marcha, andando mais devagar.

— Para falar a verdade, estou cansado. Muito cansado.

Ela percebeu a lassidão de sua voz.

— Como vai Crabtree?

— É cedo ainda para dizer, Henrietta, mas acho que consegui controlar a situação. Se estiver certo — seus passos tornaram-se mais rápidos — muitas ideias sofrerão uma revolução. Teremos de reconsiderar todo o problema da secreção de hormônios.

— Quer dizer que haverá cura para a síndrome de Ridgeway? Essas pessoas não vão morrer?

— Isso, talvez.

"Como eram estranhos os médicos", pensou Henrietta. "Talvez!"

— Cientificamente, isso abrirá inúmeras possibilidades! — respirou fundo. — Mas é bom estar aqui, colocar um pouco de ar puro nos pulmões... e é bom ver você. — Deu um daqueles sorrisos súbitos. — E vai fazer bem a Gerda.

— Gerda, é claro, simplesmente adora a Mansão Hollow!

— Claro que sim. A propósito, eu já conhecia Edward Angkatell?

— Já se encontraram duas vezes antes — respondeu Henrietta, secamente.

— Não consigo me lembrar. Ele é uma dessas pessoas vagas, indefinidas.

— Edward é uma pessoa muito querida. Sempre gostei muito dele.

— Bem, mas não vamos perder tempo com Edward! Nenhuma dessas pessoas conta.

Henrietta falou em voz baixa:

— Às vezes, John, tenho medo por você!

— Medo por mim? O que quer dizer com isso?

Olhou-a com ar atônito.

— Você é tão desligado... tão *cego*.

— Cego?

— Você não percebe, você não vê, é curiosamente insensível! Você não percebe o que as outras pessoas sentem ou pensam.

— Eu diria exatamente o contrário.

— Você vê o que está *diante de seus olhos*, sim. Você... você é como uma lanterna. Um feixe de luz poderoso voltado para o seu ponto de interesse e, atrás e dos lados, escuridão!

— Henrietta, querida, o que significa tudo isso?

— Isso é *perigoso*, John. Você parte do princípio de que todos gostam de você, só desejam seu bem. Pessoas como Lucy, por exemplo.

— Lucy não gosta de mim? — perguntou ele, surpreso. — Mas sempre quis tanto bem a ela.

— E, por isso, pressupõe que ela gosta de você. Mas eu não tenho muita certeza. E Gerda e Edward... oh, e Midge e Henry. Como é que você sabe o que eles sentem em relação a você?

— E Henrietta? Será que sei o que ela sente? — segurou-lhe a mão por um instante. — Pelo menos... tenho confiança em você.

Ela tirou a mão.

— Você não deve confiar em ninguém neste mundo, John.

O rosto dele ficou sério.

— Não, eu não diria isso. Eu confio em você e confio em mim. Pelo menos... — Sua expressão se modificou.

— O que foi, John?

— Sabe o que eu me peguei dizendo hoje de manhã? Um negócio ridículo. "Quero ir para casa." Foi isso o que eu disse, sem fazer a menor ideia do que significava.

Henrietta falou lentamente:

— Devia haver alguma imagem em sua cabeça.

Ele retrucou bruscamente:

— Não havia nada. Absolutamente nada!

No jantar daquela noite, Henrietta foi posta ao lado de David e, da cabeceira da mesa, as sobrancelhas delicadas de Lucy telegrafaram não uma ordem — Lucy jamais dava ordens —, mas um apelo.

Sir Henry esforçava-se ao máximo com Gerda e, ao que tudo indica, estava se saindo muito bem. John, com ar divertido, acompanhava os saltos e acrobacias da mente discursiva de Lucy. Midge conversava de modo um tanto afetado com Edward, que parecia mais ausente do que o normal.

David tinha um ar carrancudo e esmigalhava seu pão com mãos nervosas.

Ele viera à Mansão Hollow com evidente má vontade. Até então, jamais se encontrara com Sir Henry ou Lady Angkatell, e discordando do império de um modo geral, estava predisposto a discordar desses seus parentes. Não conhecendo Edward, desprezava-o como um diletante. Os outros quatro hóspedes foram analisados com olhos críticos. "Parentes", pensou, "eram uma coisa horrível". E esperava-se sempre que uns conversassem com os outros, o que ele detestava.

Midge e Henrietta foram postas de lado como cabeças-ocas. Esse dr. Christow devia ser um daqueles charlatães da rua Harley — de boas maneiras e bem-sucedido —, e a mulher dele obviamente não contava.

David sacudiu o pescoço no colarinho e desejou ardentemente que todas aquelas pessoas soubessem o quanto ele as menosprezava! Todas elas eram realmente dispensáveis.

Depois de repetir para si a mesma coisa três vezes, sentiu-se um pouco melhor. Ainda tinha um ar carrancudo, mas conseguiu deixar o pão de lado.

Henrietta, embora reagindo lealmente às sobrancelhas, encontrava alguma dificuldade. As curtas e ríspidas respostas de David eram extremamente arrogantes. No final, teve de recorrer a um método que já empregara com jovens caladões.

Fez, deliberadamente, um comentário dogmático e injustificado sobre um compositor moderno, sabendo que David tinha muito conhecimento de técnica musical.

Para sua satisfação, o plano deu certo. David aprumou-se na cadeira, deixando de se apoiar na coluna. Sua voz perdeu o tom baixo e resmungante. Parou de esfarelar o pão.

— Isso mostra — retrucou, alto e bom som, fixando um olhar gelado em Henrietta — que você desconhece as coisas mais elementares sobre o assunto!

Daí até o final do jantar, ele deu uma aula, com comentários claros e penetrantes, e Henrietta assumiu a postura humilde de um aluno.

Lucy Angkatell olhou aliviada para a mesa e Midge riu para si mesma.

— Que esperteza a sua, querida — murmurou Lady Angkatell, ao dar o braço a Henrietta a caminho da sala de estar. — Que horrível a gente pensar que, se as pessoas tivessem menos coisas na cabeça, saberiam mais o que fazer com as mãos! Que tal um jogo de canastra, *bridge*, buraco ou uma coisa muito, muito simples como burro em pé?

— Acho que David se sentiria insultado com burro em pé.

— Talvez você tenha razão. *Bridge*, então. Tenho certeza de que ele vai achar um jogo de *bridge* bastante inútil e aí poderá sentir profundo desprezo por nós.

Fizeram duas mesas. Henrietta jogou com Gerda, contra John e Edward. Não era essa a ideia que tinha de um bom grupo. Quisera, apenas, separar Gerda de Lucy e, se possível, também de John, mas ele insistira. E Edward se antecipara a Midge.

"A atmosfera", pensou Henrietta, "não estava muito agradável", embora ela não soubesse a origem desse desconforto. De qualquer maneira, se as cartas fossem razoáveis, ela faria o possível para Gerda vencer. Gerda, a bem da verdade, não era má jogadora de *bridge* — longe de John, era até razoável —, mas era uma jogadora nervosa, sem bom discernimento, que não conseguia perceber o valor das cartas que tinha na mão. John era um bom jogador, talvez um pouco autoconfiante. Edward era excelente.

A noite prosseguia e, na mesa de Henrietta, ainda se jogava o mesmo *rubber*. Os pontos eram conseguidos de ambos os lados. Uma estranha tensão se apossara do jogo, e apenas uma pessoa não percebia.

Para Gerda, não passava de um *rubber* de *bridge* com o qual, por acaso, ela se divertia. Sentia, na verdade, uma excitação agradável. As decisões difíceis foram inesperadamente facilitadas, pois Henrietta, com suas cartas, respondia aos lances de Gerda.

Incapaz de refrear sua atitude crítica com a qual visava minar a autoconfiança de Gerda, John exclamava: "Por que, raios, você deu a saída com paus, Gerda?" Nesses momentos, era quase imediatamente contrabalançado por Henrietta: "Bobagem, John, é claro que ela precisava sair com paus! Era a única coisa possível."

Finalmente, com um suspiro, Henrietta marcou alguns pontos a seu favor.

— *Game* e *rubber*, mas acho que não vamos conseguir grande coisa com isso, Gerda.

— Foi uma delicadeza — disse John, num tom de voz animado.

Henrietta olhou-o rapidamente. Ela conhecia aquele tom. Baixou os olhos ao encontrar com os dele.

Ela se levantou e andou até o consolo da lareira, seguida por John. Ele falou em tom casual:

— Não é sempre que você olha as cartas dos outros, é?

Henrietta respondeu calmamente:

— Talvez eu tenha sido um tanto indiscreta. Como é desprezível fazer questão de ganhar um jogo!

—Você queria que Gerda ganhasse o *rubber*, não é mesmo? Em seu desejo de agradar as pessoas, você não percebe o limite da desonestidade.

—Você fala de uma forma horrorosa! Mas sempre tem razão.

— Seus desejos pareciam ser compartilhados por meu parceiro.

"Então ele *percebera*", pensou Henrietta. Ela mesma não tinha bem certeza. Edward era tão discreto, não fazia nada para se trair. Uma falha, uma vez, em todo o jogo. Um lance que fora simples e óbvio. Mas num momento em que, mesmo com um lance menos óbvio, teria conseguido o mesmo.

Henrietta ficou preocupada. Edward, ela o sabia, jamais jogaria para que ela, Henrietta, vencesse. Estava por demais imbuído do espírito esportivo inglês. "Não", pensou ela, "o fato é que ele era incapaz de suportar mais um sucesso de John Christow".

Ficou subitamente alerta. Não lhe estava agradando nada aquele grupo na casa de Lucy.

Foi então que, dramaticamente, inesperadamente, com a irrealidade de uma aparição estranha, Veronica Cray entrou pela porta de vidro.

A porta estava entreaberta, pois a noite era amena. Veronica abriu-a totalmente, entrou e ficou ali de pé, emoldurada pela noite, sorrindo, um pouco tristonha, totalmente encantadora, aguardando aquele momento infinitesimal antes de falar para ter certeza de sua audiência.

— Desculpem-me por aparecer de rompante. Sou sua vizinha, Lady Angkatell, daquele ridículo chalé Dovecotes, e acaba de ocorrer a mais terrível catástrofe!

Seu sorriso alargou-se:

— Estou sem fósforos. Nem um único fósforo na casa! E sábado à noite. Que estupidez a minha. Mas o que poderia fazer? Vim até aqui para pedir ajuda a meu único vizinho num raio de quilômetros.

Por momentos, ninguém falou, pois Veronica provocava aquele efeito. Ela era encantadora — não muito encantadora, nem mesmo deslumbrante —, mas de um encanto tão eficiente que as pessoas perdiam a voz! As ondas dos cabelos ligeiramente brilhantes, a curva da boca, a pele de raposa prateada jogada sobre os ombros, em cima de uma tira longa de veludo branco.

Olhava de um para outro, divertida, fascinante!

— E eu fumo — disse ela — como uma chaminé! E meu isqueiro não funciona! Além disso, há o café da manhã, o fogão a gás... — Abriu os braços. — Sinto-me uma completa idiota.

Lucy aproximou-se, graciosa, ligeiramente divertida.

— Ora, mas claro... — começou, mas Veronica Cray interrompeu-a.

Ela olhava para John Christow. Uma expressão de total espanto, de prazer incrédulo, tomava conta de seu rosto. Caminhou em direção a ele, os braços esticados.

— Mas vejam só... *John*! É John Christow! Não é mesmo extraordinário? Não o vejo há anos e anos! E, de repente, encontrá-lo... *aqui*!

Segurava as mãos dele agora. Tornara-se afável e ansiosa. Voltou a cabeça para Lady Angkatell.

— Essa foi a surpresa mais maravilhosa. John é um velho amigo meu. John foi o primeiro homem que amei! Eu era louca por você, John.

Estava quase rindo agora. Uma mulher emocionada pela ridícula lembrança do primeiro amor.

— Sempre achei John maravilhoso!

Sir Henry, cortês e educado, aproximara-se dela.

Ofereceu-lhe um drinque. Ele distribuiu os copos. Lady Angkatell falou:

— Midge, querida, toque a campainha.

Quando Gudgeon chegou, Lucy disse:

— Uma caixa de fósforos, Gudgeon. Quer dizer, tem bastante na cozinha?

— Hoje chegou uma dúzia, senhora.

— Então traga meia dúzia, Gudgeon.

— Oh, não, Lady Angkatell, basta uma! — protestou Veronica, sorrindo.

Agora ela tomava seu drinque e ria para todo mundo. John Christow falou:

— Esta é minha mulher, Veronica.

— Oh, mas que prazer em conhecê-la.

Veronica deliciava-se com o ar atônito de Gerda.

Gudgeon trouxe os fósforos numa pequena bandeja de prata.

Lady Angkatell indicou Veronica Cray com um gesto e Gudgeon levou a bandeja até ela.

— Oh, Lady Angkatell, não precisava tanto!

O gesto de Lucy foi de uma negligência realesca.

— É tão desagradável ter apenas um exemplar de cada coisa. Nós podemos dispor de todas essas caixas.

Sir Henry conversava amistosamente:

— E o que está achando de morar em Dovecotes?

— Adoro. Aqui é maravilhoso, perto de Londres, mas, mesmo assim, a gente se sente maravilhosamente isolada.

Veronica pôs o copo de lado. Ajeitou a raposa prateada no corpo. Sorria para todos.

— Muito obrigada mesmo! Vocês foram muito gentis.

As palavras flutuaram entre Sir Henry, Lady Angkatell e, por algum motivo, Edward.

— Agora levarei minhas presas para casa. John — dirigiu-lhe um sorriso ingênuo, amigável —, seria bom você me deixar em casa, porque desejo ardentemente saber o que você tem feito nesses anos e anos desde que nos vimos pela última vez. E isto me faz sentir, claro, terrivelmente *velha*.

Caminhou até a porta e John Christow seguiu-a. Lançou um último e brilhante sorriso a todos.

— Sinto terrivelmente haver importunado vocês dessa forma tão idiota. *Muito* obrigada, Lady Angkatell.

Saiu com John. Sir Henry foi até a porta, de onde os acompanhou com os olhos.

— Uma noite bastante agradável — disse ele.

Lady Angkatell bocejou.

— Oh, céus — murmurou ela —, temos de deitar. Henry, precisamos ver um filme dela. Tenho certeza, pelo que vi hoje à noite, de que deve ter um ótimo desempenho.

Subiram as escadas. Midge, dando boa-noite, perguntou a Lucy:

— Ótimo desempenho?

— Você não achou, querida?

— Suponho, Lucy, que você acha possível que ela tivesse fósforos em Dovecotes.

— Dúzias de caixas, querida. Mas devemos ser caridosos. E, afinal de contas, *foi* um ótimo desempenho.

As portas se fecharam em todo o corredor, as vozes murmuravam boa-noite. Sir Henry falou:

— Deixarei a porta destrancada para John.

A porta do quarto se fechou.

Henrietta disse a Gerda:

— Como são engraçadas as atrizes. Entram e saem de modo tão maravilhoso. — Bocejou e acrescentou: — Estou morrendo de sono.

Veronica Cray caminhava depressa pela trilha estreita do bosque de castanheiras.

Saiu do bosque para o descampado próximo à piscina. Ali, havia um pequeno pavilhão, onde os Angkatell sentavam-se em dias de sol, mas de vento frio.

Veronica Cray parou. Voltou-se e encarou John Christow.

Depois riu. Com a mão, fez um gesto em direção à superfície da piscina, salpicada de folhas.

— Não se parece muito com o Mediterrâneo, não é mesmo, John?

Ele soube, então, o que ficara esperando. Percebeu que durante todos aqueles quinze anos de separação

Veronica estivera com ele. O mar azul, o perfume de mimosa, a poeira quente — tudo reprimido, afastado da mente, mas nunca esquecido de fato. Tudo aquilo significava uma só coisa: Veronica. Ele era um jovem de 24 anos, no desespero e na agonia do amor... mas dessa vez ele não fugiria.

Capítulo 9

John Christow saiu do bosque de castanheiras para o aclive verde ao lado da casa. Havia um luar, e a casa brilhava com uma estranha inocência em suas janelas cobertas por cortinas. Olhou para o relógio de pulso.

Eram três horas. Respirou fundo e seu rosto expressava ansiedade. Não era mais, nem mesmo de longe, um apaixonado jovem de 24 anos. Era um homem prático, esperto, beirando os quarenta, e sua mente era livre e elevada.

Fora um idiota, é claro, um completo idiota, mas não se arrependia! Pois agora, já percebera, era dono de si mesmo. Era como se, durante anos, ele trouxesse um peso atado à perna — e agora o peso se fora. Sentia-se livre.

Livre e ele mesmo, John Christow — e sabia que para John Christow, um especialista bem-sucedido da rua Harley, Veronica Cray não significava absolutamente nada. Tudo aquilo pertencia ao passado — e porque aquele conflito jamais fora resolvido, porque sempre se sentira humilhado por seu medo, ou, em outras palavras, porque sempre "fugira", a imagem de Veronica jamais o abandonara totalmente. Ela chegara até ele, essa noite, como vinda de um sonho, e ele aceitara o sonho. E agora, graças a Deus, livrara-se dele para sempre. Estava de volta ao presente. Eram três horas da manhã e era bem possível que ele houvesse estragado muita coisa.

Estivera com Veronica durante três horas. Ela surgira como uma fragata, afastara-o de seu círculo e levara-o como sua presa. E ele imaginava agora o que todos estariam pensando.

O que, por exemplo, Gerda estaria pensando? E Henrietta? Mas ele não se preocupava tanto com Henrietta. "Conseguiria", pensou, "explicar tudo a ela sem dificuldades. Jamais conseguiria explicar a Gerda".

E ele não queria, definitivamente, perder nada.

Durante toda sua vida, fora um homem que se arriscara consideravelmente. Riscos com os pacientes, riscos nos tratamentos, riscos nos investimentos. Nunca um risco fantástico, apenas o tipo de risco que se encontrava pouco além da margem de segurança.

Se Gerda soubesse, se tivesse a menor suspeita...

Mas será que tinha? Quanto ele realmente a conhecia? Normalmente, Gerda acreditaria que branco era preto se ele assim o dissesse. Mas num caso desses...

Que impressão deixara ao seguir a figura alta e triunfante de Veronica porta afora? O que deixara transparecer em seu rosto? Será que haviam percebido o rosto fascinado de um menino perdido de amor? Ou teriam ficado apenas com a impressão de um homem cumprindo um dever de cavalheiro? Não sabia. Não tinha a menor ideia.

Mas sentia medo. Receava pela comodidade, ordem e segurança de sua vida. "Ficara fora de si, totalmente fora de si", pensou exasperado, e esse mesmo pensamento serviu-lhe de conforto. Ninguém acreditaria, com toda a certeza, que ele pudesse estar tão fora de si.

Todos ainda estavam na cama, dormindo. A porta envidraçada da sala de estar ficara entreaberta para sua volta. Deu uma nova olhadela para a casa inocente, adormecida. Parecia-lhe, por algum motivo, inocente demais.

Subitamente, assustou-se. Ouvira, ou imaginou ter ouvido, o leve ruído de uma porta se fechando.

Virou a cabeça ab-ruptamente. Se alguém tivesse descido até a piscina, seguindo-o até lá. Se alguém o houvesse esperado e seguido, esse alguém podia ter apertado o passo de forma a entrar na casa pela porta lateral do jardim, e a porta do jardim faria exatamente aquele ligeiro ruído que acabara de ouvir.

Olhou rapidamente para as janelas. Será que aquela cortina se movera? Será que fora afastada para que alguém pudesse olhar para fora e agora voltava ao lugar? O quarto de Henrietta...

"Henrietta! Henrietta, não", exclamou seu coração, tomado de súbito pânico. "Não posso perder Henrietta!"

Desejou subitamente jogar um monte de pedrinhas na janela de Henrietta e chamá-la.

"Venha até aqui, minha querida. Venha se encontrar comigo para caminharmos juntos através dos bosques até Shovel Down e escutar, escutar tudo o que agora sei de mim mesmo e que você precisa saber, também, se é que já não o sabe."

Queria dizer a Henrietta:

"Estou começando de novo. Uma nova vida se inicia a partir de hoje. Tudo o que me entrevava e me impedia de viver caiu por terra. Você tinha razão essa tarde quando me perguntou se eu estava fugindo de mim. É o que tenho feito durante anos. Porque jamais soube se era força ou fraqueza o que me afastava de Veronica. Eu tinha medo de mim, medo da vida, medo de você."

Se ao menos ele acordasse Henrietta e fizesse com que ela viesse a seu encontro. Se caminhassem através do bosque até o lugar onde pudessem ver, juntos, o nascer do sol no limite do mundo...

"Você está louco", disse a si mesmo. Estremeceu. Fazia frio, agora. Era final de setembro, afinal de contas. "Que diabos há com você?", pensou. "Chega de insanidade para uma só noite. Se você conseguir se sair bem disso é porque tem uma sorte dos diabos!" O que pensaria Gerda se ele passasse a noite toda fora e voltasse para casa com o leite?

O que, por falar nisso, pensariam os Angkatell?

Mas isso não o preocupava no momento. Os Angkatell controlavam seu tempo, por assim dizer, por Lucy Angkatell. E, para Lucy Angkatell, o insólito sempre parecia perfeitamente razoável.

Mas Gerda, infelizmente, não era uma Angkatell.

Gerda exigiria uma explicação e era melhor ele explicar-se a ela o quanto antes.

E se os passos que ouvira à noite tivessem sido os de Gerda?

Era inútil dizer que as pessoas não faziam tal coisa. Como médico, ele sabia muito bem o que as pessoas orgulhosas, sensíveis, melindrosas e honradas constantemente faziam. Ouviam atrás de portas, violavam correspondências, espionavam e bisbilhotavam — não porque, mesmo remotamente, aprovassem tal conduta, mas porque, diante das mais simples exigências da angústia humana, desesperavam-se.

"Pobres-diabos," pensou, "pobres-diabos humanos e sofredores...". John Christow conhecia a fundo o sofrimento humano. Não tinha muita pena da fraqueza, mas sim do sofrimento, pois sabia que apenas os fortes conseguem sofrer...

Se Gerda soubesse.

"Bobagem," disse a si mesmo, "por que haveria de saber?". Ela fora para a cama e dormia profundamente. Gerda não tinha imaginação, jamais tivera.

Entrou pela porta envidraçada, acendeu uma lâmpada, fechou e trancou a porta. Depois, apagando a luz, saiu da sala. Encontrou o interruptor que acendeu a luz do hall. Rapidamente subiu as escadas. Em um segundo interruptor apagou a luz do hall. Parou por um instante junto à porta do quarto, a mão na maçaneta, depois girou-a e entrou.

O quarto estava escuro e ele ouviu a respiração ritmada de Gerda. Ela se mexeu quando ele entrou e fechou a porta. Sua voz chegou a seus ouvidos, confusa e indistinta pelo sono.

— É você, John?

— Sou.

— Não é tarde? Que horas são?

Ele respondeu com tranquilidade:

— Não faço ideia. Desculpe-me por tê-la acordado. Tive de acompanhar aquela mulher e tomar um drinque.

Fez com que a voz soasse aborrecida e sonolenta.

— É mesmo? Boa noite, John — murmurou Gerda.

Apenas o ruído do lençol quando ela se virou na cama.

Tudo bem! Como sempre, tivera sorte. "Como *sempre*." Por um momento, John pensou seriamente no longo tempo em que a sorte o protegia! Vez por outra, surgia um momento em que ele prendia a respiração e dizia: "Se *isso* der errado." E nunca dera errado! Mas algum dia, certamente, sua sorte ia mudar.

Despiu-se rapidamente e se deitou. Engraçada a carta de sua filha.

"E esta aqui, sobre sua cabeça, tem poderes sobre você..."

Veronica! E ela *tivera* poder sobre ele, sem dúvida.

"Mas agora não, garota", pensou ele, com uma espécie de satisfação selvagem. "Está tudo acabado. Estou livre de você agora!"

Capítulo 10

Eram dez horas da manhã seguinte quando John desceu. O café estava sobre o aparador. Gerda tomara seu café na cama e ficara um tanto perturbada, já que, talvez, estivesse "dando trabalho".

"Bobagem", respondeu John. "Pessoas como os Angkatell, que ainda conseguiam ter mordomos e criados, bem que podiam arranjar-lhes serviço."

Sentia-se bondoso em relação a Gerda. Toda aquela irritação nervosa que o aborrecera tanto ultimamente parecia haver esmorecido e sumido.

Lady Angkatell dissera-lhe que Sir Henry e Edward haviam saído para praticar tiro. Ela encontrava-se atarefada, com uma cesta e luvas de jardinagem. Conversou um pouco com ela, até que Gudgeon aproximou-se dele com uma carta numa pequena bandeja.

— Acaba de ser entregue, senhor.

Ele pegou a carta com as sobrancelhas ligeiramente levantadas.

"Veronica!", pensou.

Caminhou até a biblioteca, rasgando o envelope.

Por favor, venha até aqui esta manhã. Preciso vê-lo.
Veronica.

"Autoritária como sempre", pensou. Teve vontade de não ir. Depois achou que o melhor seria acabar logo com aquilo. Iria imediatamente.

Tomou a trilha oposta à janela da biblioteca, passou pela piscina, que era uma espécie de núcleo de onde partiam todos os caminhos: um que subia o bosque propriamente, um que vinha do jardim acima da casa, um outro da granja, e o que levava até a alameda que ele seguia agora. Alguns metros adiante, encontrava-se o chalé chamado Dovecotes.

Veronica aguardava. Falou da janela daquela casa pretensiosa, de madeira e alvenaria.

— Entre, John. Está frio hoje.

Na sala de estar, de mobília branca com almofadas em tonalidade pálida de ciclâmen, a lareira estava acesa.

Observando-a pela manhã com olho clínico, percebeu as diferenças entre ela e a moça de sua lembrança, que não pudera ver na noite anterior.

"Para ser sincero", pensou, "estava mais bonita agora do que antes". Compreendia melhor sua beleza, preocupava-se com ela e aprimorava-a de todas as formas possíveis. Seus cabelos, que eram muito dourados, tinham agora uma tonalidade platino-prateada. As sobrancelhas estavam diferentes, dando uma ternura muito maior à sua expressão.

Sua beleza nunca fora descuidada. "Veronica", lembrou-se ele, "fora classificada como uma de nossas 'atrizes intelectuais'. Tinha diploma universitário e algumas noções sobre Shakespeare e Strindberg".

Ficou surpreso ao constatar agora uma coisa que, no passado, lhe parecera um tanto difusa: ela era uma mulher de um egoísmo anormal. Veronica estava acostumada a obter as coisas à sua maneira, e sob os belos e delicados contornos da carne parecia haver uma determinação de ferro.

— Mandei chamá-lo — disse Veronica, oferecendo uma caixa de cigarros — porque precisamos conversar. Precisamos fazer alguns arranjos. Falo sobre o nosso futuro, claro.

Ele aceitou um cigarro e acendeu-o. Depois falou amigavelmente:

— E nós temos futuro?

Ela lançou-lhe um olhar penetrante.

— O que quer dizer com isso, John? É claro que temos um futuro. Já desperdiçamos quinze anos. Não há necessidade de perdermos mais tempo.

Ele sentou-se.

— Sinto muito, Veronica. Mas receio que você tenha interpretado tudo erradamente. Eu... fiquei satisfeito em vê-la de novo. Mas sua vida e a minha não se encontram em ponto algum. São bastante divergentes.

— Bobagem, John. Eu o amo e você me ama. Sempre nos amamos. Você foi incrivelmente obstinado naquela época! Mas isso não importa agora. Nossas vidas não precisam se encontrar. Não pretendo voltar aos Estados Unidos. Quando acabar o filme que estou rodando, vou permanecer nos palcos de Londres. Tenho uma peça maravilhosa, Elderton escreveu-a para mim. Será um tremendo sucesso.

— Tenho certeza disso — respondeu sobriamente.

— E você pode continuar como médico. — Sua voz era amistosa e condescendente. — Dizem que você é muito conhecido.

— Minha querida, sou casado. Tenho filhos.

— No momento, também estou casada — retrucou Veronica. — Mas tudo isso pode ser facilmente solucionado. Um bom advogado resolve tudo. — Sorriu de modo deslumbrante. — Eu sempre quis me casar com você, querido. Não consigo entender por que sinto esta paixão tão forte por você, mas sinto!

— Desculpe, Veronica, mas nenhum bom advogado vai resolver nada. Sua vida não tem nada a ver com a minha.

— Nem depois de ontem à noite?

— Você não é nenhuma criança, Veronica. Já teve dois maridos, além de diversos amantes. O que significa de fato a noite passada? Absolutamente nada, e você sabe disso.

— Oh, meu querido John — ela ainda se divertia, indulgente. — Se você tivesse visto seu rosto... lá, naquela sala abafada! Parecia estar em San Miguel novamente.

John suspirou.

— Eu *estava* em San Miguel... Procure entender, Veronica. Você me surgiu do passado. Ontem à noite, eu também estava no passado, mas hoje... hoje é diferente. Sou um homem quinze anos mais velho. Um homem que você sequer conheceu, e de quem, ouso dizer, não gostaria se conhecesse.

— Você prefere sua mulher e filhos a mim?

Ela estava verdadeiramente espantada.

— Por estranho que possa parecer, prefiro.

— Bobagem, John, você me ama.

— Sinto muito, Veronica.

Ela perguntou, incrédula:

— Você não me ama?

— É melhor esclarecermos tudo. Você é uma mulher extraordinariamente bonita, Veronica, mas não a amo.

Ela ficou estática, mais parecia uma estátua de cera. Aquela imobilidade deixou-o constrangido.

Quando falou, suas palavras destilaram tanto veneno que ele se encolheu.

— Quem é ela?

— Ela? O que quer dizer?

— Aquela mulher junto à lareira ontem à noite?

"Henrietta, como conseguira chegar a Henrietta?", pensou ele. Em voz alta, perguntou:

— De quem está falando? Midge Hardcastle?

— Midge? É aquela moça morena, quadrada, não é? Não, não estou me referindo a ela. E nem à sua mulher. Refiro-me àquela figura insolente que estava recostada no consolo da lareira! É por causa *dela* que você está me rejeitando! Oh, não finja ser tão correto com sua mulher e filhos. É aquela outra mulher.

Ela se levantou e aproximou-se dele.

—Você não entende, John, que desde que voltei para a Inglaterra, há dezoito meses, só tenho pensado em você? Por que você acha que escolhi este lugar idiota? Simplesmente porque descobri que você passava os fins de semana com os Angkatell com alguma frequência!

— Então foi tudo planejado ontem à noite?

—Você *pertence* a mim, John. Sempre pertenceu!

— Eu não pertenço a ninguém, Veronica. Será que a vida ainda não lhe ensinou que você não pode possuir o corpo e a alma de outros seres humanos? Eu a amei quando era jovem. Queria que você compartilhasse minha vida. Você não quis!

— *Minha* vida e minha carreira eram muito mais importantes que a *sua*. Qualquer um pode ser médico!

Ele perdeu um pouco da calma.

— E você é *tão* formidável quanto pensa?

—Você quer dizer que não cheguei ao topo? Vou chegar lá! *Vou chegar lá!*

John Christow olhou-a com um interesse súbito e impassível.

— Não acredito, você sabe, que chegue... Falta *algo* em você, Veronica. Você é um poço de ambição sem nenhuma generosidade. É o que acho...

Veronica levantou-se. Falou com voz calma:

— Você me rejeitou quinze anos atrás. Hoje rejeitou-me novamente. Farei com que se arrependa disso.

John levantou-se e dirigiu-se à porta.

— Sinto muito se a magoei, Veronica. Você é encantadora, querida, e eu já a amei muito, há muito tempo. Não podemos deixar as coisas assim?

— Adeus, John. Não deixaremos as coisas assim. Logo perceberá. Eu acho... acho que o odeio mais do que pensei ser capaz de odiar alguém.

Ele deu de ombros.

— Sinto muito. Adeus.

John caminhou lentamente pelo bosque. Ao chegar à piscina, sentou-se num banco. Não se arrependia da forma como tratara Veronica. "Veronica", pensou ele com tranquilidade, "era uma figura intragável". Sempre fora uma figura intragável, e a melhor coisa que ele fizera na vida fora livrar-se dela a tempo. Só Deus podia saber o que teria acontecido se ele não tivesse se livrado dela!

De certa forma, ele sentia a sensação extraordinária de estar começando uma nova vida, sem os aborrecimentos e assombrações do passado. Devia ter sido extremamente difícil conviver com ele nos últimos um ou dois anos. "Pobre Gerda", pensou, "com seu altruísmo e ansiedade permanente de agradá-lo". Ele seria mais delicado no futuro.

E talvez agora ele conseguisse parar de implicar com Henrietta. Não que alguém pudesse realmente implicar com Henrietta, ela não se prestava a isso. As tempestades desabavam sobre ela e ela ficava ali, meditativa, os olhos distantes, examinando-o.

Ele pensou: "Vou procurar Henrietta e contar a ela."

Levantou a vista ab-ruptamente, perturbado por um leve e inesperado ruído. Ouvira tiros no bosque, lá em cima, e os ruídos comuns dos bosques, pássaros, e o som melancólico e distante de folhas caindo. Mas esse era um outro ruído, apenas um leve clique.

E, de repente, John pressentiu agudamente o perigo. Quanto tempo estivera sentado ali? Meia hora? Uma hora? Havia alguém o observando. Alguém...

E aquele clique fora... claro que sim...

Virou-se depressa, sendo homem de reações muito rápidas. Mas dessa vez não fora rápido o bastante. Seus olhos se arregalaram de surpresa, mas não houve tempo para emitir um som.

O tiro soou e ele caiu, desajeitado, esparramado na beira da piscina.

Uma mancha escura surgiu lentamente em seu lado esquerdo e daí escorreu devagar pelo concreto da borda da piscina, derramando pingos vermelhos na água azul.

Capítulo 11

Hercule Poirot deu um peteleco na última partícula de poeira dos sapatos. Vestira-se esmeradamente para o almoço e ficara satisfeito com o resultado.

Sabia muito bem que tipo de roupas se usava aos domingos no campo inglês, mas preferiu não seguir as ideias inglesas. Preferia seus próprios padrões de elegância urbana. Ele não era um cavalheiro do campo inglês. Era Hercule Poirot!

Na verdade, confessava a si mesmo, não gostava muito do campo. Do chalé dos fins de semana — que tantos de seus amigos haviam exaltado e ao qual ele se permitiria sucumbir, comprando Resthaven — só gostava mesmo da forma, que se parecia bastante com uma caixinha. Não ligava para a paisagem ao redor, embora soubesse que devia ser considerado um belo local. No entanto, era extremamente assimétrico para exercer algum apelo sobre ele. Não ligava muito para as árvores, todas tinham o mau hábito de derrubar suas folhas. Suportava os choupos e apreciava uma araucária-do-chile, mas a disputa entre a faia e o carvalho não o emocionava. Era o tipo da paisagem que se apreciava melhor de carro, numa tarde de sol. Podia se exclamar "*Quel beau paysage!*" e voltar para um bom hotel.

"A melhor coisa em Resthaven", pensava ele, "era a pequena horta arranjada em fileiras simétricas por seu jardineiro belga, Victor". Enquanto isso, Françoise, a mulher de Victor, cuidava com carinho do estômago de seu patrão.

Hercule Poirot atravessou o portão, suspirou, olhou mais uma vez para os sapatos pretos e lustrosos, ajeitou o chapéu-melão cinza-pálido e examinou a estrada de alto a baixo.

Estremeceu ligeiramente devido ao aspecto de Dovecotes. Dovecotes e Resthaven foram erguidas por construtores rivais, que tinham adquirido um pequeno lote de terra. Os demais empreendimentos por parte deles haviam sido embargados por um órgão do governo, a fim de preserver as belezas do campo. As duas casas representavam duas escolas de pensamento. Resthaven era uma caixa com um telhado, rigorosamente moderna e um pouco monótona. Dovecotes era uma disputa entre madeira, alvenaria e *Olde Worlde*, tudo no menor espaço possível.

Hercule Poirot decidia consigo mesmo como deveria chegar à Mansão Hollow. Ele sabia que, acima da alameda, havia um portãozinho e uma trilha. Esse caminho oficioso economizaria o *détour* de alguns metros na estrada. Apesar disso, Hercule Poirot, observador da etiqueta, decidiu tomar o caminho mais longo e chegar corretamente à casa pela entrada da frente.

Era sua primeira visita a Sir Henry e Lady Angkatell. Ele não considerava de bom-tom tomar atalhos sem ser convidado, especialmente quando os anfitriões eram pessoas socialmente importantes. Sentia-se, precisava admitir, honrado pelo convite.

— *Je suis un peu snob* — murmurou para si mesmo.

Ficara com uma impressão agradável dos Angkatell desde o encontro em Bagdá, especialmente de Lady Angkatell. "*Une originale!*", pensou consigo mesmo.

Seu cálculo do tempo necessário para ir a pé, pela estrada, até a Mansão Hollow foi preciso. Faltava exatamente um minuto para uma hora quando tocou a campainha do portão principal. Sentia-se satisfeito por haver chegado e ligeiramente cansado. Não era apreciador das caminhadas.

A porta foi aberta pelo encorpado Gudgeon, que recebeu a aprovação de Poirot. Sua recepção, no entanto, não fora exatamente como desejara.

— A senhora está no pavilhão da piscina, senhor. Siga-me, por favor.

A paixão dos ingleses pela vida ao ar livre irritou Poirot. "Embora fossem obrigadas a suportar esse capricho no auge do verão," pensou Poirot, "certamente as pessoas deveriam ser poupadas em fins de setembro!". O dia estava ameno, sem dúvida, mas havia, como sempre acontece nos dias de outono, certa umidade. Teria sido infinitamente mais agradável se o houvessem levado a uma sala de estar confortável, onde talvez houvesse fogo na lareira. Mas não, era conduzido para fora de casa, passando por um gramado, um jardim rochoso, seguindo uma trilha estreita de castanheiras novas, depois de passar por um pequeno portão.

Os Angkatell tinham o hábito de pedir aos convidados que chegassem à uma hora e, nos dias de sol, servir coquetéis e xerez no pequeno pavilhão da piscina. O almoço propriamente dito era servido às 13h30, para que o mais impontual dos convidados pudesse chegar, o que permitia à excelente cozinheira de Lady Angkatell dedicar-se aos suflês e outros quitutes que exigissem precisão no tempo do cozimento, sem maiores temores.

Para Hercule Poirot, o plano não era dos mais convenientes.

"Daqui a pouco", pensou ele, "estarei no local de onde saí".

Cada vez mais atento a suas passadas seguia a figura alta de Gudgeon.

Foi naquele momento, pouco adiante de si, que ouviu um grito breve. O que aumentou, por algum motivo, sua insatisfação. Foi um grito desconexo, que não se adequava à situação. Ele não o classificou, nem mesmo pensou no assunto. Quando voltou a pensar, posteriormente, foi-lhe difícil lembrar com certeza que emoções aquele grito traduzia. Consternações? Surpresa? Horror? Sabia apenas dizer que aquele grito sugeria, com grande clareza, o inesperado.

Gudgeon saiu do bosque de castanheiras. Afastou-se para o lado, respeitosamente, para que Poirot se aproximasse. Ao mesmo tempo, pigarreava, preparando-se para murmurar "Monsieur Poirot, senhora", no tom adequadamente moderado e respeitoso, quando sua obsequiosidade se tornou subitamente rígida. Deu um grito de assombro. Foi um ruído nada mordomesco.

Hercule Poirot surgiu na clareira da piscina e, imediatamente, também ele se tornou um pouco rígido, mas por aborrecimento.

Aquilo era demais, realmente, era demais! Jamais suspeitara do mau gosto dos Angkatell. O longo percurso pela estrada, o desapontamento ao chegar e agora *isso*! O senso de humor fora de hora dos ingleses!

Ficou aborrecido e entediado. Verdadeiramente entediado. Ele não considera a morte uma coisa engraçada. E haviam arranjado para ele, numa espécie de brincadeira, uma cena perfeita.

Pois o que ele via era uma cena de crime altamente artificial. Ao lado da piscina havia um corpo, artisticamente arrumado, com um braço jogado e até mesmo um pouco de tinta vermelha pingando gentilmente da borda de concreto até a água. Era um corpo espetacular, de um homem bonito, cabelos louros. Ao lado do corpo, com um revólver na mão, havia uma mulher, uma mulher baixa, de meia-idade, compleição robusta, com uma expressão estranhamente vazia.

E havia mais três atores. Do outro lado da piscina encontrava-se uma jovem alta, cujos cabelos combinavam com o marrom das folhas de outono. Trazia na mão uma cesta cheia de dálias. Pouco além, um homem alto, de ar indefinido, com um casaco de caça e uma espingarda na mão. E, imediatamente à sua esquerda, com uma cesta de ovos na mão, a anfitriã, Lady Angkatell.

Ficou claro para Hercule Poirot que diversos caminhos encontravam-se na piscina e que cada uma daquelas pessoas viera de um caminho diferente.

Era tudo muito matemático e artificial.

Suspirou. *Enfin*, o que esperavam que ele fizesse? Deveria fingir que acreditava naquele "crime"? Deveria demonstrar consternação ou ficar alarmado? Ou deveria congratular-se com sua anfitriã? "Ah, muito encantadora a encenação que fizeram para mim."

Realmente, tudo aquilo era muito estúpido — nada *spirituel*! Não fora a rainha Vitória quem dissera "Não achamos engraçado"? Ele estava inclinado a dizer o mesmo: "Eu, Hercule Poirot, não achei engraçado."

Lady Angkatell aproximou-se do corpo. Ele a seguiu, consciente da presença de Gudgeon ofegando atrás de si. "Esse aí não está a par do segredo", pensou Hercule Poirot. As duas pessoas do outro lado da piscina juntaram-se a eles. Estavam todos juntos agora, observando aquela figura espetacular esparramada na beira da piscina.

E, de repente, com um tremendo choque, com aquela sensação difusa como a de um filme fora de foco, Hercule Poirot percebeu que aquela encenação artificial tinha um quê de realidade.

Pois o que ele observava, se não era um morto, pelo menos era um homem agonizante.

Não era tinta vermelha o líquido que gotejava, era sangue. O homem havia sido baleado, e fazia muito pouco tempo.

Lançou uma olhadela rápida à mulher que se encontrava ali, de revólver na mão. Seu rosto continuava vazio, sem qualquer espécie de emoção. Tinha um ar aturdido e um tanto idiota.

"Interessante", pensou. "Será que ela conseguira livrar-se de todas as emoções, todos os sentimentos, ao disparar o revólver? Seria ela agora, finda toda paixão, apenas um invólucro vazio? Talvez."

Depois voltou os olhos para o homem baleado e assustou-se. O homem tinha os olhos abertos. Eram de um azul intenso e traziam uma expressão que Poirot não conseguiu discernir, mas que descreveu para si mesmo como uma espécie de percepção intensa.

E subitamente, pelo menos foi o que pareceu a Poirot, em todo aquele grupo apenas uma pessoa parecia estar realmente viva: o homem prestes a morrer.

Poirot jamais tivera uma impressão tão forte de vitalidade intensa e vivaz. As outras pessoas não passavam de sombras pálidas, atores de um drama distante, mas aquele homem era *real*.

John Christow abriu a boca e falou. Sua voz era forte, urgente, destituída de surpresa.

— *Henrietta...* — disse ele.

Depois suas pálpebras se fecharam e a cabeça tombou de lado.

Hercule Poirot ajoelhou-se, certificou-se e se pôs de pé, limpando mecanicamente os joelhos das calças.

— Sim — disse ele —, está morto.

O quadro se desfez, enevoou-se e voltou ao foco. Agora surgiam as reações individuais, os acontecimentos triviais. Poirot imaginava a si mesmo como uma espécie de olhos e ouvidos gigantescos, a tudo registrando. Apenas isso, *registrando*.

Percebeu a mão de Lady Angkatell afrouxando da cesta e o salto de Gudgeon para pegá-la.

— Permita-me, Madame.

Mecanicamente, com muita naturalidade, Lady Angkatell murmurou:

— Obrigada, Gudgeon. — Depois, hesitante, disse: — Gerda...

A mulher com o revólver na mão mexeu-se pela primeira vez. Olhou todas as pessoas. Quando falou, sua voz parecia demonstrar apenas perplexidade.

— John está morto — disse ela. — John está *morto*.

Com uma espécie de rápida autoridade, a jovem alta de cabelos cor de folha aproximou-se dela.

— Dê-me isso, Gerda.

E, habilidosamente, antes que Poirot pudesse protestar ou intervir, ela tirara o revólver da mão de Gerda Christow.

Poirot deu um passo adiante.

— Não devia ter feito isso, Mademoiselle.

A jovem assustou-se, nervosa, com o som da voz dele. O revólver escorregou-lhe dos dedos. Ela estava de pé na beira da piscina e o revólver mergulhou na água.

Abriu a boca e soltou um "oh" de consternação, virando a cabeça para Poirot e desculpando-se com o olhar.

— Que estupidez a minha. Sinto muito.

Poirot não respondeu de imediato. Olhava fixamente um par de olhos castanho-claros. Ela sustentou o olhar dele com firmeza e ele pôs-se a imaginar se sua suspeita momentânea fora injusta.

Disse calmamente:

— Os objetos devem ser manuseados o menos possível. Tudo deve ser deixado exatamente como está para que a polícia examine.

Houve um leve burburinho — muito leve, apenas uma ponta de mal-estar.

Lady Angkatell murmurou com desagrado:

— É claro. Eu creio... sim, a polícia...

Em voz calma e agradável, tingida de fastidiosa repulsa, o homem com o casaco de caça interveio:

— Receio, Lucy, que seja inevitável.

Naquele momento de silêncio e compreensão, ouviu-se o ruído de passos e vozes, contentes, passos rápidos e alegres, vozes incompatíveis.

Do caminho que vinha da casa, chegavam Sir Henry Angkatell e Midge Hardcastle, rindo e conversando.

Ao avistar o grupo ao redor da piscina, Sir Henry estancou e exclamou atônito:

— Qual é o problema? O que houve?

Sua mulher respondeu:

— Gerda acaba... — interrompeu-se bruscamente. — Quero dizer, John está...

Gerda completou em sua voz perplexa, sem entonação:

— John levou um tiro. Está morto.

Todos desviaram o olhar dela, embaraçados.

Então Lady Angkatell falou rapidamente:

— Querida, acho melhor você entrar e... e descansar um pouco. Talvez seja melhor todos voltarmos para casa, não? Henry, você e Monsieur Poirot devem ficar aqui, esperando a polícia.

— Acho que é o melhor que temos a fazer — disse Sir Henry. Virou-se para Gudgeon. — Você poderia telefonar para a polícia, Gudgeon? Diga exatamente o que ocorreu. Quando os policiais chegarem, traga-os aqui.

Gudgeon fez uma ligeira mesura com a cabeça e respondeu:

— Sim, Sir Henry.

Tinha o semblante ainda pálido, mas era o mordomo perfeito.

A jovem alta chamou Gerda e, dando o braço à outra moça, que não opôs resistência, levou-a em direção à casa. Gerda andava como se estivesse sonhando. Gudgeon afastou-se para lhes dar passagem, depois seguiu-as levando a cesta de ovos.

Sir Henry voltou-se rapidamente para a mulher.

— Agora, Lucy, o que significa isso? O que aconteceu exatamente?

Lady Angkatell abriu os braços, num gesto vago e adorável. Hercule Poirot sentiu o encanto e a graça do gesto.

— Eu mesma não sei direito, querido. Eu estava lá com as galinhas. Ouvi um tiro que me pareceu muito próximo, mas não dei importância. Afinal de contas — ela se dirigiu a todos —, *nunca se dá*! Então subi pela trilha até a piscina e lá estavam John, caído, e Gerda com um revólver na mão. Henrietta e Edward chegaram quase na mesma hora, vindos dali. — Ela indicou com a cabeça o outro lado da piscina, onde dois caminhos subiam para o bosque.

Hercule Poirot pigarreou.

— Quem são eles, esse John e essa Gerda? Se é que posso saber — acrescentou delicadamente.

— Oh, sim, é claro — Lady Angkatell disse a Poirot, em tom de desculpa. — A gente esquece, mas é que não se costuma *apresentar* as pessoas, quero dizer, não quando alguém é assassinado. John é John Christow, dr. Christow; Gerda Christow é sua mulher.

— E a moça que acompanhou a sra. Christow até a casa?

— Minha prima, Henrietta Savernake.

O homem à esquerda de Poirot mexeu-se, um movimento muito discreto.

"*Henrietta* Savernake", pensou Poirot, "e ele não gostou que ela me dissesse... mas, afinal de contas, era inevitável que eu soubesse...".

("*Henrietta!*", dissera o homem agonizante. Dissera-o de maneira muito curiosa. De uma forma que fazia Poirot lembrar-se de algo, algum incidente... o que era mesmo? Não importa, ele se lembraria.)

Lady Angkatell prosseguia agora, determinada a cumprir suas obrigações sociais.

— E este é um outro primo nosso, Edward Angkatell. E a srta. Hardcastle.

Poirot respondia às apresentações com mesuras discretas. Midge sentiu, de repente, vontade de rir histericamente; controlou-se com algum esforço.

— E agora, querida — disse Sir Henry —, acho que, como sugeriu, você deve voltar para casa. Vou ter uma conversinha com Monsieur Poirot.

Lady Angkatell olhou-os, pensativa.

— Eu espero — disse ela — que Gerda *esteja* descansando. Será que sugeri a coisa certa? Quero dizer, não tenho *experiência*. *O que* se diz a uma mulher que acaba de matar o marido?

Olhou-os na esperança de que alguma resposta autoritária fosse dada à sua pergunta.

Depois dirigiu-se para a casa. Midge seguiu-a. Edward ia atrás das duas.

Poirot ficou com seu anfitrião.

Sir Henry pigarreou. Não sabia bem o que dizer.

— Christow — comentou ele, finalmente — era um sujeito muito capaz, um sujeito *muito* capaz.

Poirot transferiu seu olhar novamente para o morto. Tinha ainda a impressão curiosa de o morto ter mais vida que os vivos.

Ficou imaginando o que lhe dava tal impressão.

Respondeu educadamente a Sir Henry:

— Uma tragédia dessas é realmente muito triste.

— O senhor está mais habituado do que eu a esse tipo de coisa — observou Sir Henry. — Não me lembro de haver vivenciado um crime tão de perto. Espero ter agido da maneira mais correta até agora.

— O procedimento foi correto, sem dúvida — respondeu Poirot. — O senhor chamou a polícia e, até eles chegarem, não há nada que possamos fazer, a não ser evitar que alguém mexa no corpo ou altere as evidências.

Ao dizer a última palavra, olhou para a piscina, onde podia ver o revólver sobre o concreto do fundo, ligeiramente distorcido pela água azul.

"As evidências", pensou Poirot, "talvez já tivessem sido alteradas antes que se pudesse interferir...".

Mas não, aquilo fora um acidente.

Sir Henry murmurou com desprazer:

— Temos de ficar aqui fora? Está um pouco frio. Acha que haveria algum problema se entrássemos no pavilhão?

Poirot, sentindo a umidade em seus pés e com uma predisposição a tremer, concordou alegremente. O pavilhão ficava do lado da piscina mais afastado da casa e, pela porta aberta, tinham uma visão geral da piscina, do corpo e do caminho por onde chegaria a polícia.

O pavilhão era luxuosamente mobiliado, com sofás pequenos e confortáveis e tapetes rústicos e alegres. Sobre uma mesa de ferro pintada, havia uma bandeja com alguns copos e uma bela garrafa de xerez.

— Gostaria de lhe oferecer um drinque — disse Sir Henry —, mas acho melhor não tocar em nada até que a polícia chegue. Não que haja qualquer coisa que lhes possa interessar aqui, imagino. Mesmo assim, é melhor prevenir do que remediar. Gudgeon ainda não trouxe os coquetéis, estava esperando o senhor chegar.

Os dois homens sentaram-se cuidadosamente em duas cadeiras de vime perto da porta para poder observar o caminho da casa.

Houve certo constrangimento entre ambos. Era o tipo da ocasião em que se tornava difícil conversar sobre trivialidades.

Poirot correu os olhos pelo pavilhão, percebendo algo que lhe pareceu diferente. Um casaco caro de pele de raposa prateada jogado desleixadamente no encosto de uma das cadeiras. Ficou a pensar de quem seria. Sua ostentação não se harmonizava com nenhuma das pessoas que vira até então. Não conseguia, por exemplo, imaginá-lo nos ombros de Lady Angkatell.

Ficou preocupado. Traduzia um misto de opulência e vontade de aparecer, e não percebera nenhuma daquelas características nas pessoas que vira até então.

— Acho que podemos fumar — disse Sir Henry, oferecendo o maço a Poirot.

Antes de pegar o cigarro, Poirot cheirou o ar.

"Perfume francês... perfume francês caro", pensou.

Restava apenas um ligeiro vestígio, mas ainda se fazia sentir, e, mais uma vez, o perfume não se associava, para Poirot, a nenhum dos ocupantes da Mansão Hollow.

Ao inclinar-se para acender o cigarro no isqueiro de Sir Henry, Poirot percebeu algumas caixas de fósforos — seis — empilhadas numa mesinha perto de um dos sofás.

Foi um detalhe que lhe pareceu definitivamente estranho.

Capítulo 12

— Duas e meia — disse Lady Angkatell.

Ela se encontrava na sala de estar, com Midge e Edward. Da porta fechada do escritório de Sir Henry vinha um murmúrio de vozes. Hercule Poirot, Sir Henry e o inspetor Grange estavam lá.

Lady Angkatell suspirou:

— Sabe, Midge, ainda acho que devo fazer alguma coisa quanto ao almoço. Não resta a menor dúvida de que vai parecer insensibilidade nossa sentarmos ao redor de uma mesa como se nada houvesse acontecido. Mas, afinal de contas, Monsieur Poirot foi convidado para almoçar, e é provável que esteja com fome. E *ele* não deve ter ficado tão perturbado quanto nós com a morte de John Christow. Devo confessar que, embora eu mesma não esteja com muita vontade de comer, Henry e Edward devem estar morrendo de fome depois de passarem a manhã toda atirando.

— Não se preocupe comigo, querida Lucy — disse Edward Angkatell.

— Você é sempre tão atencioso, Edward. E o David? Notei que ele comeu um bocado ontem no jantar. Os intelectuais dão a impressão de que sempre precisam de muita comida. A propósito, onde *está* David?

— Subiu para o quarto quando soube do ocorrido — explicou Midge.

— Sei... bem, foi muito habilidoso da parte dele. Imagino que tenha ficado sem jeito. É claro, digam o que quiserem, mas um crime é uma coisa embaraçosa, perturba os empregados e quebra toda a rotina. Nós íamos comer pato no almoço... felizmente também pode ser comido frio. O que acham que devemos fazer com Gerda? Levar qualquer coisa numa bandeja? Um pouco de sopa bem consistente, talvez?

"Lucy é mesmo desumana", pensou Midge. Depois, com um peso na consciência, refletiu que talvez por Lucy ser demasiadamente humana é que chocava tanto as pessoas! Então não era a verdade nua e crua que todas as catástrofes provocavam esse tipo de indagação trivial? Lucy simplesmente dizia em voz alta todos os pensamentos que a maioria das pessoas não se atrevia nem a admitir. É *claro* que as pessoas se lembravam dos empregados, preocupavam-se com as refeições e até mesmo sentiam fome. Ela mesma, naquele exato momento, tinha fome! "Fome", pensou, "e, ao mesmo tempo, um pouco de náusea". Uma combinação estranha.

E havia, sem dúvida, um embaraçoso mal-estar por não se saber como lidar com uma mulher quieta e comum, a quem se referiam ontem mesmo como "pobre Gerda", e que agora, presumivelmente, estava prestes a sentar-se no banco dos réus sob a acusação de assassinato.

"São coisas que acontecem com as outras pessoas", pensou Midge. "Não podem acontecer conosco."

Procurou Edward com os olhos. "Não deviam", pensou ela, "acontecer a pessoas como Edward. Pessoas nem um pouco violentas". Sentiu-se reconfortada olhando Edward, tão calado, tão sensato, tão bom e calmo.

Gudgeon entrou, curvou-se com respeito e falou com voz adequadamente abafada:

— Levei alguns sanduíches e um pouco de café para a sala de jantar, senhora.

— Oh, *muito* obrigada, Gudgeon! — Lady Angkatell esperou Gudgeon afastar-se e prosseguiu: — Gudgeon é maravilhoso. Não sei o que seria de mim sem ele. Sempre toma a providência certa. Alguns sanduíches realmente substanciais são tão bons quanto um almoço... e não há nada de *insensível* em relação a eles, se é que me entendem!

— Oh, Lucy, *por favor...*

De repente, Midge sentiu lágrimas quentes correrem-lhe pela face. Lady Angkatell, com ar surpreso, murmurou:

— Pobrezinha. Foi muita emoção para você.

Edward caminhou até o sofá e sentou-se ao lado de Midge. Passou um braço por trás dela.

— Não se preocupe, pequena Midge — falou.

Midge escondeu o rosto no ombro de Edward e soluçou confortavelmente. Lembrou-se de como ele fora bondoso quando seu coelho morrera em Ainswick, num feriado de Páscoa.

— Foi um grande choque — disse Edward, carinhosamente. — Posso pegar um pouco de conhaque para ela, Lucy?

— Na cristaleira da sala de jantar. Não creio...

Interrompeu a frase com a entrada de Henrietta. Midge ajeitou-se no sofá. Edward retesou-se e sentou-se muito ereto.

"O que", pensou Midge, "Henrietta estará sentindo?". Quase relutou em olhar para a prima, mas nada se percebia. Henrietta aparentava, se é que aparentava algo, agressividade. Entrara com o queixo levantado, as cores normais e certa rapidez.

— Oh, até que enfim, Henrietta! — exclamou Lady Angkatell. — Estava imaginando... A polícia está ali, com

Henry e Monsieur Poirot. O que você deu a Gerda? Conhaque? Ou chá e aspirina?

— Dei-lhe *um pouco* de conhaque e uma garrafa de água quente.

— Ótimo — disse Lady Angkatell demonstrando aprovação. — É o que ensinam nas aulas de primeiros socorros: para uma pessoa em estado de choque dê água quente e não conhaque; hoje em dia há uma resistência ao uso de estimulantes. Mas acho que não passa de modismo. Em Ainswick, sempre dávamos conhaque para amenizar um choque. Embora eu ache, a bem da verdade, que o caso de Gerda não foi bem um *choque*. Não sei ao certo *o que* uma mulher sente depois de matar o marido, é o tipo da coisa em que não se costuma pensar... Mas não seria exatamente *choque*. Quero dizer, não há o elemento *surpresa*.

A voz de Henrietta, cortante como gelo, quebrou a atmosfera plácida:

— Por que todos têm tanta certeza de que Gerda matou John?

Houve uma pausa momentânea, e Midge sentiu uma curiosa mudança na atmosfera. Havia confusão, tensão e, finalmente, uma espécie de precaução.

Depois, Lady Angkatell falou, a voz destituída de inflexão:

— Parece-me... bastante evidente. Que outra coisa sugere?

— Não lhes parece possível que Gerda tenha ido até a piscina e, vendo John deitado, tenha apanhado o revólver quando... quando nos deparamos com a cena?

Novamente aquele silêncio. Lady Angkatell perguntou:

— É isso que Gerda diz?

— É.

Não era apenas uma afirmativa. Havia força por trás. A palavra soou como um tiro de revólver.

Lady Angkatell levantou as sobrancelhas, depois falou com aparente pouco caso:

— Há sanduíches e café na sala de jantar.

104   Agatha Christie

Parou de falar com um ligeiro susto ao ver Gerda Christow entrar pela porta aberta. Gerda falou rapidamente, desculpando-se:

— Eu... eu não consegui ficar deitada por mais tempo. A gente se sente tão... tão irrequieta.

Lady Angkatell gritou:

— Você precisa sentar-se —; precisa sentar-se *imediatamente*.

Retirou Midge do sofá e fez Gerda sentar-se com uma almofada às costas.

— Pobrezinha — disse Lady Angkatell.

Falou com ênfase, mas a palavra parecia vazia de significado.

Edward andou até a janela e ficou olhando para fora.

Gerda ajeitou os cabelos desalinhados que lhe caíam na testa. Falou depressa, em tom confuso.

— Eu... eu só agora começo a compreender. Sabe, ainda não consegui sentir... não sinto ainda... que seja *verdade*... que John esteja *morto*. — Começou a tremer um pouco. — Quem será que o matou? Quem seria capaz de fazer tal coisa?

Lady Angkatell respirou fundo, depois girou a cabeça ab-ruptamente. A porta de Sir Henry fora aberta. Ele saiu acompanhado do inspetor Grange, que era um homem grande, de constituição sólida e bigode caído, pessimista.

— Esta é minha mulher, inspetor Grange.

Grange cumprimentou-a e disse:

— Gostaria de saber, Lady Angkatell, se posso conversar um pouco com a sra. Christow...

Parou de falar quando Lady Angkatell indicou-lhe a figura no sofá.

— Sra. Christow?

Gerda respondeu ansiosa:

— Sim, sou a sra. Christow.

— Não quero constrangê-la, sra. Christow, mas gostaria de fazer algumas perguntas. A senhora pode, é claro, exigir a presença de seu advogado, se assim preferir...

Sir Henry interrompeu-o:

A Mansão Hollow — 105

— Às vezes é melhor, Gerda...

— Um advogado? Para que advogado? O que um advogado saberia sobre a morte de John?

O inspetor tossiu. Sir Henry estava prestes a falar. Henrietta adiantou-se:

— O inspetor só quer saber o que aconteceu hoje pela manhã.

Gerda voltou-se para ele. Parecia um pouco ausente.

— Parece um pesadelo... irreal. Eu... eu não consegui chorar nem nada. Não senti ainda absolutamente nada.

Grange falou para acalmá-la:

— Foi o choque, sra. Christow.

— Sim... sim, creio que sim. Foi tudo tão *repentino*. Eu saí de casa, fui andando em direção à piscina...

— A que horas, sra. Christow?

— Pouco antes da uma... uns dois minutos antes da uma hora. Sei bem porque vi naquele relógio. E quando cheguei lá... lá estava John, caído... e o sangue manchando o concreto...

— Ouviu algum tiro, sra. Christow?

— Ouvi... não... não sei. Eu sabia que Sir Henry e o sr. Angkatell estavam atirando lá em cima... Eu... só vi John...

— Sim, sra. Christow?

— John... e sangue... e um revólver. Peguei o revólver...

— Por quê?

— Como?

— Por que pegou o revólver, sra. Christow?

— Eu... eu não sei.

— Não devia ter tocado nele, sabe disso.

— Não — Gerda estava absorta, o rosto vazio. — Mas toquei. Segurei-o em minhas mãos.

Olhou para as mãos como se estivesse, em sua fantasia, vendo o revólver de novo.

Dirigiu-se subitamente para o inspetor. Sua voz tornou-se cortante e angustiada:

— Quem pode ter matado John? É impossível que alguém desejasse sua morte. Ele era... era o melhor dos homens. Tão bom, tão generoso... fazia tudo pelas outras pessoas. Todos o amavam, inspetor. Era um médico maravilhoso. O melhor e o mais dedicado de todos os maridos. Deve ter sido um acidente... só pode ter sido... *só pode!* — Fez um gesto abrangendo todas as pessoas. — Pergunte a qualquer um, inspetor. Alguém desejava a morte de John?

Era um apelo dirigido a todos.

O inspetor Grange fechou o caderninho.

— Obrigado, sra. Christow — disse ele numa voz sem emoção. — Por enquanto é só.

Hercule Poirot e o inspetor Grange caminharam juntos através do bosque de castanheiras até a piscina. O que fora John Christow, e que agora não passava do "corpo", foi fotografado, medido, descrito e examinado pelo legista, e transportado para o necrotério. "A piscina", pensou Poirot, "parecia curiosamente inocente". Todas as coisas daquele dia eram estranhamente fluidas. Exceto John Christow: ele não fora fluido. Até depois de morto fora propositado e objetivo. A piscina, naquele momento, não era especificamente uma piscina, e sim o local onde John Christow estivera caído e onde seu sangue vital escorrera sobre o concreto até a água artificialmente azul.

"Artificial", por um momento Poirot agarrou-se a essa palavra. "Sim, houvera algo de artificial naquilo tudo. Como se..."

Um homem em calção de banho aproximou-se do inspetor.

— Aqui está o revólver, senhor.

Grange segurou cautelosamente o objeto gotejante.

— Nenhuma esperança de impressões digitais — observou. — Felizmente, não tem muita importância neste caso. A sra. Christow estava de fato com o revólver quando o senhor chegou, não estava, Monsieur Poirot?

— Estava, sim.

— A identificação do revólver é o próximo passo — disse Grange. — Creio que Sir Henry poderá fazer isso para nós. Eu diria que ela pegou o revólver no escritório dele.

Deu uma olhada ao redor da piscina.

— Bem, agora vamos esclarecer algumas coisas. Aquele caminho ali vem da fazenda, e foi por ali que Lady Angkatell chegou. Os outros dois, sr. Edward Angkatell e srta. Savernake, vieram do bosque, mas não juntos. Ele veio pelo caminho da esquerda, e ela pelo da direita, que conduz ao grande jardim acima da casa. Mas os dois estavam do outro lado da piscina quando o senhor chegou?

— Estavam.

— E este caminho aqui, ao lado do pavilhão, leva a Podder's Lane. Certo... vamos por aqui.

Enquanto caminhavam, Grange falava, sem entusiasmo, apenas com conhecimento de causa e surdo pessimismo.

— Nunca gostei desses casos. Tive um assim ano passado, perto de Ashridge. Um militar reformado, com carreira louvável. A mulher era do tipo calmo, antiquado, 65 anos, cabelos grisalhos... cabelos bonitos, ondulados. Ele gostava muito de jardinagem. Um dia ela sobe até o quarto dele, pega o revólver, vai até o jardim e lhe dá um tiro. Assim! Claro que havia muita coisa por trás, que precisou ser descoberta. Às vezes inventam uma história idiota sobre um marginal! Fingimos acreditar, é claro, para manter as coisas sob controle durante o inquérito, mas sabemos quem é quem.

— Quer dizer — indagou Poirot — que já concluiu que a sra. Christow atirou no marido?

Grange olhou-o, surpreso.

— Como... você não acredita?

— Pode ser que as coisas tenham acontecido da maneira que ela falou — retrucou Poirot, pausadamente.

O inspetor Grange deu de ombros.

— *Pode ser*, sim. Mas é uma explicação inverossímil. E todos *eles* acham que ela o matou! Todos sabem de alguma coisa que não sabemos. — Observou curiosamente o companheiro. — Quando viu a cena você logo desconfiou dela, certo?

Poirot semicerrou os olhos. "Descendo pelo caminho... Gudgeon afastando-se... Gerda Christow ao lado do marido, revólver na mão e aquele olhar vazio no rosto." Sim, como Grange dissera, Poirot pensara que *ela* o houvesse matado... pelo menos era a impressão que pretendiam lhe deixar.

"Sim, mas não era a mesma coisa... Uma cena ensaiada, arrumada para enganar..."

Teria Gerda Christow o ar de uma mulher que acabara de matar o marido? Era o que o inspetor Grange desejava saber.

E, sentindo-se subitamente surpreso, Hercule Poirot se deu conta de que, em toda sua longa experiência de atos de violência, nunca se defrontara de fato com uma mulher que tivesse acabado de matar o marido.

"Que aspecto teria uma mulher em tais circunstâncias? Triunfante, horrorizado, satisfeito, atônito, incrédulo, vazio?... Qualquer um desses", pensou.

O inspetor Grange continuava a falar. Poirot pegou o final da frase.

— ...desde que se tenha acesso a todos os fatos por trás do caso, o que normalmente se consegue por intermédio dos empregados.

— A sra. Christow voltará para Londres?

— Sim. Ela tem dois filhos. Temos de deixá-la ir. É claro que a manteremos sob vigilância, mas ela não vai perceber. Acha que se saiu bem em tudo. Parece-me uma mulher um tanto estúpida...

"Será que Gerda Christow percebia", imaginou Poirot, "o que pensava a polícia... e o que pensavam os Angkatell?". Dava a impressão de não perceber nada. Dava a impressão de uma mulher com reações retardadas e que estava totalmente confusa e inconsolável pela morte do marido.

Chegaram à alameda.

Poirot ficou perto do portão. Grange comentou:

— É este o seu chalezinho? Simpático e aconchegante. Bem, até logo, Monsieur Poirot. Obrigado pela cooperação. Depois darei uma passadinha aqui para dizer como vão as coisas.

Os olhos dele percorreram a alameda.

— Quem é seu vizinho? Não é essa a casa de nossa nova celebridade, é?

— Srta. Veronica Cray, a atriz. Passa os fins de semana aqui, creio eu.

— Claro. Dovecotes. Gostei do desempenho dela em *Lady Rides on Tiger*, mas é muito intelectual para meu gosto. Prefiro Dianna Durbin ou Hedy Lamarr.

Ele se afastou.

— Bem, preciso voltar ao trabalho. Até logo, Monsieur Poirot.

— Reconhece isto, Sir Henry?

O inspetor Grange pôs o revólver na escrivaninha, diante de Sir Henry, e olhou-o com expectativa.

— Posso pegá-lo?

A mão de Sir Henry hesitou sobre o revólver ao fazer a pergunta. Grange fez um gesto afirmativo.

— Estava na piscina. Todas as impressões digitais que porventura existissem foram destruídas. É uma pena, se é que posso dizer isso, que a srta. Savernake o tenha deixado escorregar de suas mãos.

— Sei, sei... mas é claro que foi um momento de grande tensão para todos nós. As mulheres costumam ficar mais perturbadas e... bem... deixam as coisas caírem.

Novamente o inspetor Grange assentiu. Depois falou:

— De um modo geral, a srta. Savernake parece uma jovem fria e capaz.

As palavras não pareciam conter ênfase especial, mesmo assim alguma coisa nelas fez com que Sir Henry ficasse apreensivo. Grange prosseguiu:

— Bem, o senhor o reconhece?

Sir Henry pegou o revólver e examinou-o. Anotou o número e comparou-o com uma lista num caderninho de capa de couro. Depois, fechando o caderno com um suspiro, respondeu:

— Sim, inspetor, pertence à minha coleção.

— Quando o viu pela última vez?

— Ontem à tarde. Estávamos praticando tiro ao alvo no jardim, e essa foi uma das armas que usamos.

— Quem exatamente usou esse revólver naquela ocasião?

— Acho que todos deram pelo menos um tiro com ele.

— Inclusive a sra. Christow?

— Inclusive a sra. Christow.

— E depois que acabaram de atirar?

— Coloquei o revólver no lugar de sempre. Aqui. — Abriu a gaveta de uma cômoda grande. Estava quase toda cheia de armas.

— O senhor tem uma bela coleção de armas de fogo, Sir Henry.

— É um passatempo que cultivo há anos.

Os olhos do inspetor Grange fixaram-se pensativamente no ex-governador das ilhas Hollowene. Um homem bonito, distinto, o tipo de homem que ele gostaria de ter como chefe. Na verdade, bem que preferia esse homem a seu atual chefe de polícia. O inspetor Grange não tinha grande consideração pelo chefe de polícia de Wealdshire, um déspota barulhento e carreirista. Voltou a pensar no caso em questão.

— Tem certeza de que o revólver estava descarregado quando o guardou, Sir Henry?

— Absoluta.

— E... onde o senhor guarda a munição?

— Aqui.

Sir Henry tirou uma chave de dentro de um escaninho e destrancou uma das gavetas de baixo da escrivaninha.

"Muito simples", pensou Grange. "A tal de Christow viu onde ele guardava. Só teve o trabalho de vir até aqui e pegar. O ciúme faz o diabo com as mulheres." Seria capaz de apostar dez para um como fora por ciúme. Tudo se tornaria mais claro depois de terminar a investigação de rotina ali e passar à rua Harley. Mas as coisas tinham de ser feitas na ordem certa.

A Mansão Hollow   111

Levantou-se e despediu-se:

— Bem, obrigado, Sir Henry. Em breve mando notícias sobre o inquérito.

Capítulo 13

Comeram pato frio no jantar. Depois do pato foi servido um creme de caramelo que, segundo Lady Angkatell, demonstrava sensibilidade por parte da sra. Medway.

— A arte de cozinhar — explicou — realmente dá vazão às delicadezas dos sentimentos. Ela sabe que não morremos de amores por creme de caramelo. Seria um tanto grosseiro, logo após a morte de um amigo, comermos nosso pudim preferido. Mas creme de caramelo é tão prático... escorregadio, se é que me entendem... e sempre fica um restinho no prato.

Suspirou e disse que esperava que tivessem agido da maneira mais correta permitindo que Gerda voltasse para Londres.

— O mais correto foi Henry ter ido com ela.

Porque Sir Henry insistira em levar Gerda até a rua Harley.

— Ela voltará para o inquérito, é claro — prosseguiu Lady Angkatell, comendo, pensativa, seu creme de caramelo. — Mas, naturalmente, quis dar a notícia aos filhos. Eles podiam ver nos jornais e, só com aquela francesa em casa, poderiam ficar muito ansiosos. Uma crise de *nerfs*, possivelmente. Mas Henry saberá lidar com ela, e acredito que Gerda se sentirá bem. Talvez mande chamar algum parente... as irmãs, talvez. Gerda é o tipo de pessoa que, sem dúvida, deve ter irmãs... três ou quatro, provavelmente morando em Tunbridge Wells.

— Que coisas extraordinárias você diz, Lucy — comentou Midge.

— Bem, querida, Torquay, se você preferir... não, Torquay, não. Se morassem em Torquay, deveriam ser pelo menos umas 65 irmãs. Eastboune, talvez, ou St. Leonards.

Lady Angkatell olhou a última colherada do creme de caramelo, pareceu sentir pena dele, e deixou-o discretamente no prato, sem comer.

David, que só gostava de quitutes, olhou tristemente para seu prato vazio.

Lady Angkatell levantou-se.

— Acho que todos nós deitaremos cedo hoje — comentou. — Aconteceu tanta coisa, não é mesmo? Lendo nos jornais, não dá para avaliar como tudo isso é *cansativo*. Sinto-me como se tivesse caminhado uns trinta quilômetros. E o que fiz, na verdade, foi ficar sentada, o que também é cansativo porque não ficaria bem ler um livro ou jornal. Pareceria pouco caso. Embora ache que não haveria nada de mais em ler um artigo do *Observer*, mas *não* do *News of the World*. Você não concorda comigo, David? Gosto de saber o que os jovens pensam para não me sentir fora da realidade.

David respondeu em voz mal-humorada que nunca lia o *News of the World*.

— Sempre leio — disse Lady Angkatell. — Fingimos comprá-lo para os empregados, mas Gudgeon é muito compreensivo e nunca o leva antes do chá. É um jornal muito interessante, fala tudo sobre mulheres que enfiam a cabeça no forno, com o gás ligado. E são muitas, por sinal.

— O que farão elas na casa do futuro, quando tudo será elétrico? — perguntou Edward Angkatell, com um pequeno sorriso.

— Acho que serão obrigadas a ver as coisas boas da vida, o que é muito mais sensato.

— Discordo do senhor — disse David — quando afirma que nas casas do futuro tudo será elétrico. Talvez haja aquecimento central. Todas as casas da classe operária deverão estar preparadas para poupar o máximo de trabalho possível.

Edward Angkatell apressou-se em dizer que receava não estar muito bem-informado sobre tal assunto. Os lábios de David fizeram uma curva de desdém.

Gudgeon trouxe o café numa bandeja, andando mais devagar que o habitual para dar a ideia de luto.

— Oh, Gudgeon — falou Lady Angkatell —, sobre aqueles ovos… eu pretendia escrever a data a lápis, como sempre. Peça à sra. Medway para fazer isso por mim, por favor.

— A senhora verá, Madame, que tudo já foi encaminhado satisfatoriamente — pigarreou. — Eu mesmo cuidei disso.

— Oh, obrigada, Gudgeon.

Quando Gudgeon saiu, ela murmurou:

— Gudgeon é realmente maravilhoso. Todos os empregados estão sendo maravilhosos. E é claro que sentimos pena deles, com a polícia aqui devem ficar aterrorizados. A propósito, ainda tem alguém aí?

— Da polícia? — perguntou Midge.

— É. Eles não costumam deixar um no hall? Ou talvez ele esteja espiando a porta da frente atrás da moita, lá fora.

— Por que iria espiar a porta da frente?

— Não sei, mas tenho certeza. É sempre assim nos livros. E depois outra pessoa é assassinada na mesma noite.

— Oh, Lucy, por favor — disse Midge.

Lady Angkatell olhou-a com ar curioso.

— Querida, sinto muito. Bobagem minha. É claro que ninguém mais poderia ser assassinado. Gerda voltou para casa… Quero dizer, oh, Henrietta, sinto muito. Não foi bem *isso* o que quis dizer.

Mas Henrietta não respondeu. Estava de pé, ao lado da mesa redonda, olhando a contagem do jogo de *bridge* da noite anterior. Voltando a si, perguntou:

— Desculpe-me, Lucy, o que foi que você disse?

— Estava perguntando se ainda ficou algum policial.

— Como os restos de uma liquidação? Não creio. Devem ter voltado todos para a delegacia para escrever o que dissemos no jargão policial adequado.

— O que você está olhando, Henrietta?

— Nada.

Henrietta caminhou até o consolo da lareira.

— O que Veronica Cray estará fazendo esta noite? — perguntou ela.

Um ar de espanto passou pelo rosto de Lady Angkatell.

— Céus! Você acha que ela pode vir aqui de novo? Ela já deve ter sabido...

— É — replicou Henrietta, pensativa. — Já deve ter sabido.

— O que me faz lembrar — insistiu Lady Angkatell — de que preciso telefonar para os Carey. Não podemos recebê-los para almoçar amanhã como se nada houvesse acontecido.

Ela saiu da sala.

David, odiando os parentes, murmurou que iria consultar qualquer coisa na *Enciclopédia Britânica*. "A biblioteca", pensou ele, "seria um lugar tranquilo".

Henrietta caminhou até a porta de vidro, abriu-a e saiu. Edward, depois de um momento de hesitação, resolveu segui-la.

Encontrou-a de pé, olhando para o céu.

— A noite não está tão agradável quanto a de ontem — comentou Henrietta.

Com sua voz simpática, Edward comentou:

— Não, está sensivelmente mais fria.

De pé, Henrietta ficou olhando a fachada da casa. Seus olhos percorriam as janelas. Depois virou-se e olhou para o bosque. Edward, que não tinha uma pista do que se passava na cabeça de Henrietta, fez um movimento em direção à porta aberta.

— É melhor entrarmos, está frio.

Ela abanou a cabeça.

— Vou caminhar um pouco. Até a piscina.

— Oh, querida. — Deu um passo adiante para alcançá-la. — Vou com você.

— Não, obrigada, Edward. — Sua voz soou agressiva no ar frio da noite. — Quero ficar só com meu morto.

— Henrietta, querida! Eu não lhe disse nada. Mas você sabe como... estou sentido.

— Sentido? Com a morte de John Christow?

Sentia-se ainda uma rispidez cortante em seu tom.

— Quero dizer... sentido por você, Henrietta. Sei que deve ter sido um... um grande choque.

— Choque? Ah, mas eu sou muito forte, Edward. Consigo suportar qualquer choque. Foi um choque para você? O que sentiu quando o viu deitado lá? Você não gostava de John Christow.

— Ele e eu... não tínhamos muita coisa em comum — murmurou Edward.

— Que maneira bonita de dizer as coisas! Que maneira contida. Mas, a bem da verdade, vocês tinham uma coisa em comum. Eu! Os dois gostavam de mim, não é mesmo? Só que isso não servia como traço de união... muito pelo contrário.

A lua saiu momentaneamente de trás de uma nuvem e ele se assustou ao ver o rosto dela. Inconscientemente, sempre a via como uma projeção da Henrietta que conhecera em Ainswick. Para ele, sempre foi uma garota risonha, cujos olhos dançavam cheios de vida e esperança. A mulher que via agora parecia-lhe uma estranha, de olhos brilhantes, mas frios, e que pareciam vê-lo como a um inimigo.

Procurou ser sincero:

— Henrietta, querida, acredite em mim... realmente sinto por você... em... sua tristeza, sua perda.

— É *isso* a tristeza?

A pergunta surpreendeu-o. Ela parecia perguntar não a ele, mas a si mesma. Em voz baixa, murmurou:

— Tão depressa... tudo pode acontecer tão depressa... Neste momento vivo, respirando, e no outro... morto... vazio... nada. Oh, o nada! E aqui estamos, todos nós, comendo creme de caramelo e nos dizendo vivos... e John, que tinha mais vida do que qualquer um de nós, está morto. Repito a palavra, uma, duas, três vezes para mim mesma.

Morto, morto, morto, morto, *morto*... E logo ela perde o significado, todo e qualquer significado. É apenas uma palavrinha engraçada, como o ruído de um galho podre se partindo. *Morto, morto, morto, morto.* Parece um tantã batendo na selva, não parece? Morto, morto, morto, morto...

— Pare Henrietta! Pelo amor de Deus, pare!

Ela o olhou com um ar estranho.

— Você não sabia que me sentia assim? O que pensava? Que eu ficaria sentada, chorando baixinho com um belo lenço bordado, enquanto você segurava minha mão? Que tudo não passaria de um grande choque, mas que logo eu estaria refeita? E que você iria me reconfortar com toda a sua bondade? Você é *bom*, Edward. Você é muito bom, mas é tão... tão inadequado.

Ele afastou-se. Seu rosto endureceu. Falou em tom seco:

— Sim, sempre soube disso.

Ela prosseguiu, furiosa:

— Como você imagina que me senti a tarde toda, sentada nos cantos, estando John morto e apenas eu e Gerda sentindo essa morte? Com você alegre, David constrangido, Midge angustiada e Lucy delicadamente se divertindo com o fato de que o *News of the World* saiu de uma página para a vida real! Você não *percebe* como isso tudo se parece com um pesadelo inacreditável?

Edward nada falou. Recuou um passo, entrando nas sombras.

Olhando para ele, Henrietta falou:

— Esta noite... nada me parece real, ninguém *é* real... exceto John!

Edward respondeu calmamente:

— Eu sei... que não sou muito real.

— Como sou grosseira, Edward. Mas não consigo evitar. Não me conformo com a ideia de que John, que era tão vivo, esteja morto.

— E que eu, que sou meio morto, esteja vivo.

— Não quis dizer isso, Edward.

— Acho que quis, Henrietta. E acho que talvez você esteja certa.

Mas ela falava, pensativa, voltando a um pensamento anterior:

— Mas isso não é tristeza. Talvez eu não consiga sentir tristeza. Talvez jamais consiga. Mesmo assim... gostaria de poder sentir a morte de John.

Para ele, aquelas palavras pareceram fantásticas. No entanto, ficou mais espantado ainda quando ela acrescentou, de repente, em tom de trivialidade:

— Preciso ir até a piscina. — E desapareceu por entre as árvores.

Com um andar tenso, Edward entrou na casa.

Quando Edward entrou, com um olhar cego, Midge olhou-o. O rosto dele estava pálido e aflito. Parecia exangue.

Não ouviu o breve grito que Midge imediatamente abafou.

De modo quase mecânico, ele andou até uma cadeira e sentou-se. Consciente de que se esperava que dissesse algo, falou:

— Está frio.

— Você está com muito frio, Edward? Você quer... quer... que se acenda a lareira?

— O quê?

Midge pegou uma caixa de fósforos no consolo da lareira. Ajoelhou-se e jogou um fósforo na lenha. Olhava cuidadosamente, com o canto dos olhos, para Edward. "Ele está absorto", pensou ela, "em relação a tudo".

— Um foguinho é bom — ela comentou. — Sempre aquece.

"Como ele parece estar com frio", pensou Midge. "Não é possível que esteja tão frio lá fora. Foi Henrietta! O que será que ela disse?"

— Traga sua cadeira mais para cá, Edward. Aproxime-se do fogo.

— O quê?

— A cadeira. Perto do fogo.

Sua voz era alta e pausada, como se falasse a um surdo.

E de repente, tão de repente que seu coração bateu aliviado, Edward, o verdadeiro Edward, estava ali de novo. Sorrindo-lhe gentilmente.

— Você falou comigo, Midge? Desculpe-me. Eu estava... estava pensando em outra coisa.

— Ah, não era nada. Só o fogo.

Os gravetos crepitavam e as toras de pinheiro queimavam com uma chama clara e brilhante. Edward olhou-as.

— Um belo fogo — comentou.

Esticou as mãos compridas e magras para perto do fogo, consciente do alívio da tensão.

— Sempre havia toras de pinheiros em Ainswick — disse Midge.

— E ainda há. Todos os dias uma cesta cheia é posta ao lado da lareira.

Edward em Ainswick. Midge semicerrou os olhos, imaginando. "Ele devia ficar", pensou ela, "na biblioteca, no lado oeste da casa. Havia uma magnólia que tomava quase uma janela, enchendo o ambiente com uma luz verde--dourada à tarde. Pela outra janela se via o gramado e uma árvore alta erguendo-se como uma sentinela. E, à direita, a faia cor de cobre... Oh, Ainswick... Ainswick".

Ela podia sentir o cheiro suave do ar que passava pela magnólia e que, ainda em setembro, teria algumas flores brancas, enormes, parecendo de cera, com seu doce perfume. E as toras de pinheiro no fogo. E um cheiro muito distante de mofo proveniente do livro que, com toda a certeza, Edward estaria lendo. Provavelmente, sentava-se na cadeira de encosto arqueado e, de vez em quando, talvez, transferia o olhar do livro para o fogo e pensava, apenas por um minuto, em Henrietta.

Midge estremeceu e perguntou:

— Onde está Henrietta?

— Foi até a piscina.

Midge arregalou os olhos.

— Para quê?

A voz dela, súbita e profunda, despertou-o um pouco.

— Minha querida Midge, certamente você sabia... oh, bem, imaginava. Ela conhecia Christow profundamente.

— Ah, claro que eu sabia *disso*. Mas não vejo por que haveria de caminhar pelo local onde ele foi morto. Não é o tipo de coisa que Henrietta faria. Ela nunca é melodramática.

— Será que algum de nós pode saber como é o outro? Henrietta, por exemplo.

Midge franziu a testa.

— Afinal de contas, Edward, você e eu conhecemos Henrietta a vida toda.

— Ela mudou.

— Não mesmo. Não creio que as pessoas mudem.

— Henrietta mudou.

Midge olhou-o com curiosidade.

— Mais do que nós, você e eu?

— Oh, continuo o mesmo, você sabe bem disso. E você...

Os olhos dele, focalizando de repente, olhando-a no lugar onde ela estava, ajoelhada ao lado da lareira. Era como se ele a estivesse vendo muito longe, primeiro o queixo quadrado, os olhos escuros, a boca resoluta.

— Gostaria de vê-la mais vezes, Midge, querida — disse ele.

Ela sorriu e disse:

— Eu sei. Não é fácil, nos dias de hoje, nos vermos com frequência.

Ouviu-se um ruído lá fora e Edward se levantou.

— Lucy tinha razão. Foi um dia cansativo... o primeiro contato com um crime. Vou me deitar. Boa noite.

Ele já saíra da sala quando Henrietta entrou.

Midge virou-se para ela.

— O que fez com Edward?

— Edward?

Henrietta estava distante. Tinha a testa franzida. Parecia estar pensando em algo muito longínquo.

— É, Edward. Entrou aqui com um aspecto horrível... tão frio e sombrio.

— Se você se preocupa tanto com Edward, Midge, por que não faz qualquer coisa por ele?

— Qualquer coisa, como?

— Sei lá. Subir numa cadeira e gritar! Chamar a atenção para você mesma. Você não percebe que é a única forma de atrair um homem como Edward?

— Edward jamais verá qualquer pessoa a não ser você, Henrietta. Nunca viu.

— O que é muito pouco inteligente da parte dele. — Olhou rapidamente o rosto pálido de Midge. — Eu a magoei. Desculpe-me. Mas é que estou odiando Edward esta noite.

— Odiando Edward? Você não tem o *direito*.

— Ah, sim, se tenho! Você não sabe...

— O quê?

Henrietta falou lentamente:

— Ele me faz lembrar de muitas coisas que eu gostaria de esquecer.

— Que coisas?

— Bem, Ainswick, por exemplo.

— Ainswick? Você quer esquecer Ainswick?

Midge não conseguia acreditar.

— Quero, quero, *quero*! Lá eu fui feliz. E, neste momento, não suporto lembrar-me da felicidade... Você não entende? Uma época em que não se sabia o que estava por vir. Em que se dizia com confiança: tudo vai ser ótimo! Algumas pessoas são sensatas, nunca esperam ser felizes. Eu desejava. — E acrescentou bruscamente: — Jamais voltarei a Ainswick.

Midge respondeu lentamente:

— Só quero ver...

Capítulo 14

Midge acordou ab-ruptamente na manhã de segunda-feira.

A Mansão Hollow   121

Por um momento continuou deitada, perplexa, o olhar confuso indo e vindo em direção à porta, pois esperava que Lady Angkatell aparecesse. O que fora mesmo que ela dissera, ao entrar, esvoaçadamente, naquela primeira manhã?

Um fim de semana difícil? Ela estava preocupada, temia algum acontecimento desagradável.

Sim, e acontecera algo desagradável. Algo que pairava sobre o coração e o espírito de Midge como uma nuvem negra, carregada. Algo que ela queria esquecer, não desejava pensar a respeito. Algo que, com toda a certeza, a *assustava*. Algo a ver com Edward.

A lembrança veio como uma onda. Numa só palavra, horrenda e seca: "*Crime!*"

"Oh, não", pensou Midge, "não pode ser verdade. Foi um sonho que tive. John Christow assassinado, morto, estendido ao lado da piscina. Sangue e água azul, como a capa de um livro de detetive. Fantástico, irreal. O tipo da coisa que jamais acontece conosco. Se estivéssemos em Ainswick agora. Isso jamais aconteceria em Ainswick".

O peso negro saiu de sua testa. Transferiu-se para a boca do estômago, fazendo-a sentir-se ligeiramente nauseada.

Não era um sonho. Era um fato verídico — ao estilo de *News of the World* —, e ela, Edward, Lucy, Henry e Henrietta estavam todos envolvidos.

"Injusto... injusto, com toda a certeza, uma vez que eles nada tinham a ver com o fato de Gerda ter atirado no marido."

Midge estremeceu, com mal-estar.

"A calma, idiota, ligeiramente patética Gerda... não se podia associar Gerda com melodrama, com violência. Gerda, com certeza, jamais conseguiria atirar em *ninguém*."

Voltou a sentir aquela inquietude.

"Não, não, não podia pensar assim. Pois quem mais *poderia* ter matado John? E Gerda estava de pé ao lado do corpo, com um revólver na mão. O revólver que tirara do escritório de Henry.

"Gerda dissera ter encontrado John morto e apanhado o revólver. Bom, o que mais poderia dizer? Tinha de dizer *alguma coisa*, pobre coitada.

"Para Henrietta, não havia nada de mais em defender Gerda, em dizer que a história de Gerda era perfeitamente possível. Henrietta não considerara as alternativas impossíveis.

"Henrietta estava muito estranha ontem à noite.

"Mas fora, é claro, devido ao choque pela morte de John Christow.

"Pobre Henrietta... gostava tanto de John.

"Mas, com o tempo, ela se recuperaria... as pessoas recuperam-se de tudo. E depois se casaria com Edward e viveria em Ainswick... e Edward seria feliz, finalmente.

"Henrietta sempre gostara demais de Edward. Fora apenas a personalidade agressiva, dominante, de John Christow que se interpusera no caminho. Ele fazia Edward parecer tão... tão apagado."

Ao descer para o café, Midge espantou-se com a personalidade de Edward, que, livre da dominação de John Christow, já começara a se impor. Parecia mais seguro de si, menos hesitante e reservado.

Conversava agradavelmente com o sisudo e calado David.

—Você deve ir a Ainswick com mais frequência, David. Gostaria que lá você se sentisse em casa e começasse a conhecer a história do lugar.

Servindo-se de geleia, David retrucou friamente:

— Essas grandes propriedades são grotescas. Todas elas deviam ser divididas.

— O que não acontecerá enquanto eu for vivo, assim espero — interrompeu Edward, sorrindo. — Meus arrendatários estão muito satisfeitos.

— Mas não deviam estar. Ninguém devia estar satisfeito.

— Se os macacos estivessem satisfeitos com seus rabos... — murmurou Lady Angkatell de seu lugar, junto à cristaleira, olhando vagamente um prato de feijões. — Foi um poema que aprendi no jardim de infância, mas não consigo me lembrar do resto. Preciso ter uma conversa com você, David, e aprender todas as ideias novas. Pelo que percebi até agora, é preciso que se odeie todo o mundo, mas ao mesmo tempo se dê assistência médica gratuita e muita educação extracurricular. Pobres-diabos, todas aquelas criancinhas indefesas levadas como rebanhos para as escolas. E óleo de fígado de bacalhau enfiado pela garganta das crianças, quer elas queiram, quer não... que coisa mais fedorenta.

"Lucy", pensou Midge, "comportava-se normalmente".

E Gudgeon, ao passar por ela no hall, também parecia o de sempre. A vida na Mansão Hollow parecia ter retomado o curso normal. Com a partida de Gerda, tudo aquilo parecia um sonho.

Depois ouviu-se um barulho de rodas no cascalho e Sir Henry surgiu em seu carro. Passara a noite no clube e voltara de manhã cedo.

— Olá, querido — saudou Lucy. — Correu tudo bem?

— Tudo bem. A secretária estava lá. Uma moça competente. Ela se encarregou das coisas. E há uma irmã, parece. A secretária telegrafou para ela.

— Eu sabia que ela tinha irmã — disse Lady Angkatell. — Em Turnbridge Wells?

— Bexhill, acho eu — respondeu Sir Henry, sem entender bem.

— Que coisa! — considerou Lucy. — É... bem provável.

Gudgeon aproximou-se.

— O inspetor Grange telefonou, Sir Henry. O interrogatório será na quarta-feira, às onze horas.

Sir Henry balançou afirmativamente a cabeça. Lady Angkatell disse:

— Midge, é melhor você ligar para a loja.

Midge dirigiu-se lentamente até o telefone.

Sua vida sempre fora tão completamente normal e comum que ela sentia que lhe faltava a fraseologia para explicar à patroa que, depois de quatro dias de folga, estava impossibilitada de voltar ao trabalho por estar envolvida num caso de crime.

A explicação não parecia digna de crédito. Ela mesma não conseguia acreditar.

E Madame Alfrege não era muito fácil de entender explicações em momento algum.

Midge levantou o queixo, decidida, e pegou o telefone.

O telefonema foi tão desagradável quanto ela imaginara. A voz áspera da judiazinha mordaz saíra furiosa pelo fone.

— Que história é essa, srta. Hardcastle? Morte? Enterro? Sabe muito bem que tenho poucas balconistas. Acha que vou acreditar nessas desculpas? Aposto que está se divertindo, isso sim!

Midge interrompeu-a, falando em tom claro e firme.

— A polícia? Você disse polícia? — Madame Alfrege estava quase gritando. — Você está envolvida com a polícia?

Trincando os dentes, Midge continuou a explicar. Era estranho como aquela mulher do outro lado da linha fazia com que tudo parecesse sórdido. Um simples caso de polícia. Quanta alquimia há nos seres humanos!

Edward abriu a porta e entrou, mas, vendo Midge ao telefone, ia saindo. Ela fez um gesto para que ele parasse.

— Fique, Edward. Por favor. Oh, *preciso* de você.

A presença de Edward na sala dava-lhe forças, anulava o veneno.

Tirou a mão do bocal do telefone.

— O quê? É. Sinto muito, Madame... Mas, afinal de contas, não tenho culpa.

A voz áspera gritava furiosa:

— Quem são esses amigos seus? Que tipo de gente é essa que se mete com a polícia e atira num homem? O melhor que tenho a fazer é não aceitá-la de volta! Não posso rebaixar o bom nome de minha loja.

Midge deu algumas respostas vagas, submissas. Desligou o telefone, finalmente, com um suspiro de alívio. Sentia-se abatida e nauseada.

— Era a loja onde trabalho — explicou. — Tive de avisar que só voltaria na quinta-feira por causa do inquérito e... da polícia.

— Espero que tenham sido compreensivos. Como é essa loja de roupas onde você trabalha? A dona é simpática, é uma pessoa agradável?

— Eu não a descreveria assim! É uma judia de Whitechapel, de cabelos pintados e voz de gralha.

— Mas, minha querida Midge...

A expressão consternada de Edward quase fez Midge rir. Ele estava tão consternado.

— Mas, minha querida... você não deve suportar esse tipo de coisa. Se você precisa de um emprego, escolha um em que o ambiente seja agradável, bem como os colegas de trabalho.

Midge olhou-o por um instante, sem responder.

"Como explicar", pensou, "a uma pessoa como Edward? O que ele sabia sobre mercado de trabalho e empregos?".

E, subitamente, sentiu-se invadida pela amargura. Lucy, Henry, Edward — sim, e mesmo Henrietta —, havia entre todos eles e ela uma barreira intransponível, a barreira que separa os ociosos dos trabalhadores.

Eles não conheciam a dificuldade de se conseguir um emprego e, uma vez conseguido, mantê-lo! Diriam, talvez, que ela não tinha necessidade real de trabalhar. Lucy e Henry lhe dariam um lar, com toda a boa vontade — e, com a mesma boa vontade, lhe dariam uma mesada. Edward também não se incomodaria de lhe dar algum dinheiro.

Mas algo em Midge rebelava-se contra a aceitação de todas as facilidades oferecidas por seus parentes ricos. Visitá-los ocasionalmente e mergulhar no luxo organizado da vida de Lucy era maravilhoso. Deleitava-se com isso. Mas um espírito firme de independência fazia com que ela não aceitasse esse tipo de vida como uma dádiva. O mesmo espírito que a fizera recusar abrir o próprio negócio com dinheiro emprestado de parentes e amigos. Estava farta disso.

Ela não pedia dinheiro emprestado, não se utilizava da influência dos parentes. Arranjara um emprego sozinha, ganhando quatro libras por semana. E se Madame Alfrege, ao lhe dar o emprego, pensara que ela traria seus amigos "elegantes" para comprar naquela loja, deveria estar muito desapontada. Midge recusava severamente qualquer atitude desse tipo por parte de seus amigos.

Não alimentava ilusões especiais a respeito do trabalho. Não gostava da loja, não gostava de Madame Alfrege, não gostava da eterna subserviência às freguesas mal-humoradas e grosseiras, mas tinha sérias dúvidas sobre conseguir qualquer outro emprego melhor, uma vez que não dispunha das qualificações necessárias.

A concepção de Edward de que havia uma enorme gama de empregos à sua escolha foi-lhe insuportavelmente irritante aquela manhã. Que direito tinha Edward de viver num mundo tão distante da realidade?

Mas eram Angkatell, todos eles. E ela... só era Angkatell pela metade! E às vezes, como naquela manhã, não se sentia nem um pouco Angkatell! Era apenas a filha de seu pai.

Lembrou-se do pai com o amor e a contrição que sempre sentia, um homem grisalho, de meia-idade e rosto cansado. Um homem que lutara durante anos para manter um pequeno negócio de família que, independentemente de todo o esforço, estava fadado ao insucesso. Não por incapacidade dele, era a marcha do progresso.

Ainda que pudesse parecer estranho, Midge dedicara-se mais não à sua brilhante mãe Angkatell, e sim a seu quieto e cansado pai. Todas as vezes que voltava de suas visitas a Ainswick, que eram a maior delícia de sua vida, reagia ao ar levemente indagador do rosto cansado do pai com um abraço apertado, dizendo: "Que *bom* voltar para casa, que bom voltar para *casa*."

A mãe morrera quando Midge tinha treze anos. Às vezes, Midge achava que conhecia muito pouco a mãe. Ela fora um pouco obscura, encantadora, alegre. Teria se arrependido do casamento, do casamento que a tirara do círculo do clã Angkatell? Midge não fazia ideia. O pai ficara ainda mais grisalho e calado depois da morte da mulher.

Sua luta contra a extinção do negócio tornara-se cada vez mais desgastante. Morrera tranquila e discretamente quando Midge tinha dezoito anos.

Midge ficara com diversos parentes Angkatell, recebera presentes dos Angkatell, divertira-se com os Angkatell, mas recusara-se a ser financeiramente dependente da boa vontade deles. E, por mais que os amasse, havia momentos, como aquele, em que se sentia súbita e violentamente divergente deles.

Pensou com rancor: "Eles não sabem de *nada*!"

Edward, sensível como sempre, olhava-a com ar confuso. Perguntou gentilmente:

— Eu a perturbei? Por quê?

Lucy invadiu a sala. Estava no meio de uma de suas conversas:

— ...e não se sabe de fato se ela *prefere* White Hart a nós.

Midge olhou-a sem expressão, depois olhou para Edward.

— Não adianta olhar para Edward — disse Lady Angkatell. — Edward não saberia responder; você, Midge, sempre foi tão prática.

— Não sei do que você está falando, Lucy.

Lucy fez ar de surpresa.

— O *interrogatório*, querida. Gerda terá de vir até aqui. Acha que ela deve ficar aqui? Ou no White Hart? As pessoas aqui não são muito agradáveis, é claro... mas, em compensação, no White Hart ela vai ser observada por um mundo de gente e assediada pelos repórteres. Quarta-feira, você sabe, às onze horas. Ou às 11h30? — Um sorriso iluminou o rosto de Lady Angkatell. — Nunca estive num interrogatório! Acho que aquele cinza, e um chapéu é claro, como na igreja, mas *sem* luvas. Sabe — prosseguiu Lady Angkatell, cruzando a sala, levantando o fone e olhando-o intensamente —, acho que já nem *tenho* mais luvas, com exceção de minhas luvas de jardinagem! E, é claro, aquelas longas para usar à noite, que guardo dos tempos da casa do governo. Luva é o tipo da coisa idiota, não acham?

— Só servem para evitar as impressões digitais num crime — comentou Edward, sorrindo.

— Interessante isso que você disse, Edward... muito interessante. Mas o que estou fazendo com isso na mão?

Lady Angkatell olhou o fone com ligeira aversão.

— Ia ligar para alguém?

— Acho que não.

Lady Angkatell sacudiu a cabeça vagamente e, com grande cautela, recolocou o fone no gancho. Olhou de Edward para Midge.

— Você, Edward — continuou —, não deve transtornar Midge. Ela se preocupa mais do que nós com mortes súbitas.

— Minha querida Lucy — exclamou Edward —, eu só estava preocupado com esse lugar onde Midge trabalha. Parece-me totalmente inadequado.

— Edward acha que eu devia ter uma patroa maravilhosa e simpática, que gostasse de mim — replicou Midge secamente.

— Edward, querido — assentiu Lucy, em total acordo.

Ela sorriu para Midge e saiu de novo.

— Sério, Midge — insistiu Edward. — Fiquei preocupado.

Ela o interrompeu:

— Aquela maldita mulher me paga quatro libras por semana. Isso é o que me importa.

Passou apressadamente por ele e saiu para o jardim.

Sir Henry estava sentado no lugar de sempre, no murinho baixo, mas Midge tomou outro caminho e foi para o jardim acima da casa.

Seus parentes eram encantadores, mas, hoje, aquele encanto de nada lhe servia.

David Angkatell estava sentado no banco perto do jardim.

Não havia nada exageradamente encantador em David. Midge dirigiu-se diretamente até ele e sentou-se a seu lado, percebendo, com prazer malicioso, seu ar de espanto.

"Que dificuldade incrível", pensou David, "afastar-se das pessoas".

Ele fora expulso do quarto pela incursão ativa das arrumadeiras, que levavam, de propósito, esfregões e espanadores.

A biblioteca (e a *Enciclopédia Britânica*) não fora o santuário que ele desejara. Por duas vezes, Lady Angkatell entrara esvoaçante, dirigindo-se bondosamente a ele com observações para as quais não parecia haver a menor possibilidade de respostas inteligentes.

Viera para fora a fim de meditar sobre sua posição. O mero fim de semana, no qual se engajara de má vontade, agora se alongara devido às exigências ligadas a uma morte súbita e violenta.

David, que preferia a contemplação de um passado acadêmico, ou a discussão séria dos rumos da esquerda no futuro, não tinha aptidões para lidar com um presente violento e realista. Como dissera a Lady Angkatell, ele não lia o *News of the World*. Mas, agora, o *News of the World* parecia haver chegado à Mansão Hollow.

"Assassinato!" David estremeceu, com aversão. O que pensariam seus amigos? Como, por assim dizer, se devia *agir* na ocasião de um crime? Qual seria a atitude mais correta? Enfado? Desgosto? Ligeira diversão?

Tentando resolver esses problemas em sua mente, não ficou nada satisfeito ao ser perturbado por Midge. Olhou-a sem jeito, quando ela sentou-se a seu lado.

Ficou um tanto assustado com o ar de desafio com que Midge lhe devolvera o olhar. Uma garota desagradável, sem valor intelectual.

— O que acha de seus parentes? — perguntou Midge.

David deu de ombros.

— Será que alguém realmente *pensa* sobre os parentes?

— Será que alguém realmente pensa sobre qualquer coisa? — indagou Midge.

"Sem dúvida", pensou David, "*ela* não pensava". Ele falou, de modo quase afável:

— Eu estava analisando minhas reações ao assassinato.

— É sem dúvida estranho estar *envolvido* num assassinato.

David suspirou:

— Desgastante. — Era essa a melhor atitude. — Todos os clichês que pensávamos existir apenas nas páginas de um livro de detetives!

— Você deve estar arrependido por ter vindo — continuou Midge.

David suspirou, outra vez.

— É, eu podia estar com um amigo meu em Londres. — E acrescentou: — Ele tem uma livraria especializada em títulos de forte teor político.

— Acho que aqui é mais confortável.

— E quem se importa com conforto? — perguntou David, com ar de desprezo.

— Às vezes — disse Midge —, chego a pensar que não me importo com mais nada além de conforto.

— Uma atitude mimada em relação à vida. Se você trabalhasse...

Midge interrompeu-o:

— Mas eu *trabalho*. E é por isso que o conforto me é tão atraente. Camas confortáveis, travesseiros macios, o café da manhã delicadamente servido na mesa de cabeceira, uma banheira de porcelana com saída de água quente... e os deliciosos sais de banho. Aquela espreguiçadeira onde a gente realmente afunda...

Midge fez uma pausa em sua enumeração.

— Os trabalhadores — disse David — deviam ter todas essas coisas.

Mas ficou um pouco em dúvida quanto ao café da manhã delicadamente servido na mesinha de cabeceira. Parecia-lhe absurdamente surreal num mundo organizado com seriedade.

— Concordo plenamente com você — comentou Midge, de modo afetuoso.

Capítulo 15

Hercule Poirot, saboreando uma xícara de chocolate como lanche matinal, foi interrompido pelo tilintar do telefone. Levantou-se e atendeu.

— Alô?

— Monsieur Poirot?

— Lady Angkatell?

— Que maravilha, o senhor já conhece minha voz. Estou atrapalhando?

— Absolutamente. Espero que a senhora não esteja muito abatida devido aos acontecimentos de ontem.

— Abatida, como o senhor disse, de jeito nenhum, mas a gente se sente, acho eu, um tanto *aérea*. Telefonei para saber se o senhor pode vir até aqui. Uma imposição, eu sei, mas é que estou realmente muito aflita.

— Mas certamente, Lady Angkatell. Devo ir agora?

— Bem, é, eu quis dizer agora, mesmo. O mais rápido possível. O senhor é muito amável.

— Não sei por quê. Eu irei pelo bosque, então.

— Oh, é claro... o caminho mais curto. Muitíssimo obrigada, caro Monsieur Poirot.

Demorando-se apenas para escovar algumas partículas de pó da lapela do casaco e para vestir um sobretudo leve, Poirot atravessou a alameda e apressou-se ao longo do caminho através das castanheiras. A piscina estava deserta. A polícia concluíra o trabalho e se fora. Tinha um aspecto inocente e pacífico à luz suave e nevoenta do outono.

Poirot deu uma olhadela rápida no pavilhão. O casaco de raposa prateada fora removido. Mas as seis caixas de fósforos continuavam sobre a mesa, ao lado do canapé. Ficou ainda mais intrigado com aqueles fósforos.

"Não é o melhor lugar para guardarem fósforos", pensou. "É muito úmido. Uma caixa, talvez, por conveniência, mas não seis."

Franziu a testa ao ver a mesa de ferro pintada. A bandeja de copos fora levada. Alguém fizera um rabisco a lápis na mesa, um desenho grotesco de uma árvore que só se vê em pesadelos. Chegou a magoar Hercule Poirot. Ofendia sua mente organizada.

Fez um estalido com a língua, balançou a cabeça e apressou-se rumo a casa, imaginando o motivo desse chamado urgente.

Lady Angkatell esperava-o junto à porta de vidro e o fez entrar na sala de estar vazia.

— Foi muita bondade sua vir aqui, Monsieur Poirot.

Apertou a mão dele afetuosamente.

— Madame, estou a seu dispor.

As mãos de Lady Angkatell flutuaram de modo expressivo. Seus olhos grandes e bonitos arregalaram-se.

— É tão difícil, o senhor entende? O inspetor está entrevistando Gudgeon... não, interrogando... tomando o depoimento. Qual é mesmo o termo usado?... E a verdade é que toda nossa vida aqui depende de Gudgeon, e todos somos solidários a ele. Pois, naturalmente, deve ser terrível para ele ser interrogado pela polícia... até mesmo pelo inspetor Grange, que eu mesma acho muito simpático e que deve ser um chefe de família... tem filhos, e ele os ajuda no Meccano à noite... e uma mulher que mantém a casa imaculada, mas um pouco cheia de quinquilharias...

Hercule Poirot piscava enquanto Lady Angkatell traçava seu esboço imaginário da vida familiar do inspetor Grange.

— Pela maneira como o bigode dele é caído — prosseguiu Lady Angkatell —, chego a pensar que uma casa imaculada demais talvez seja um pouco deprimente... como sabão no rosto das enfermeiras de hospital. Um *brilho*! Mas isso se vê mais no campo, onde as coisas não evoluem tão depressa. Em Londres, as enfermeiras usam quilos de pó de arroz e batons *berrantes*. Mas o que eu ia dizendo, Monsieur Poirot, é que o senhor precisa vir para um almoço *decente* quando toda essa coisa ridícula tiver acabado.

— Muita bondade sua.

— Eu não ligo para a polícia — disse Lady Angkatell. — Na verdade, acho tudo isso muito interessante.

"Permita-me que o ajude como puder", disse ao inspetor Grange. Ele me parece um tipo um tanto confuso, mas metódico. A polícia parece preocupar-se muito com os motivos. Por falar em enfermeiras, acredito que John Christow se envolveu com uma enfermeira de cabelos vermelhos e nariz arrebitado... muito atraente. Mas é claro que isso foi há muito tempo e não deve interessar à polícia. A gente não sabe ao certo quanta coisa a pobre Gerda teve de suportar. Ela é do tipo leal, não acha? Ou talvez acredite no que lhe contam. Acho que, para uma pessoa que não é muito inteligente, o mais sensato é acreditar.

De repente, Lady Angkatell escancarou a porta do escritório e introduziu Poirot, gritando animada:

— Aqui está Monsieur Poirot.

Depois saiu, fechando a porta. O inspetor Grange e Gudgeon estavam sentados à escrivaninha. Um jovem com um caderno de notas encontrava-se num canto. Gudgeon pôs-se respeitosamente de pé.

Poirot desfez-se em desculpas.

— Retiro-me imediatamente. Garanto-lhes que nem imaginava que Lady Angkatell...

— Não, não, nem podia imaginar.

O bigode de Grange parecia mais pessimista que nunca. "Talvez", pensou Poirot, fascinado pelo esboço de Grange recentemente traçado por Lady Angkatell, "tenha havido excesso de limpeza, ou talvez tenham comprado uma mesa de bronze de Benares, de forma que o bom inspetor ficou sem espaço para se locomover".

Furioso, afastou esses pensamentos. A casa limpa do inspetor Grange, mas cheia de quinquilharias, sua mulher, seus filhos viciados em Meccano, tudo não passava de invenção da mente ativa de Lady Angkatell.

Mas a vividez com que se tornavam realidade concreta o interessava. Não deixava de ser um talento.

— Sente-se, Monsieur Poirot — disse Grange. — Quero fazer-lhe uma pergunta, e estou quase acabando aqui.

Voltou a atenção para Gudgeon, que, respeitosamente e quase sob protesto, retomou seu assento, dirigindo um rosto inexpressivo a seu interlocutor.

— Isso é tudo de que se lembra?

— É, sim, senhor. Tudo estava como sempre, senhor. Não havia mal-estar de espécie alguma.

— E há também um casaco de pele... lá no pavilhão perto da piscina. A qual das senhoras pertencia?

— Está se referindo a um casaco de raposa prateada, senhor? Eu o vi ontem, quando fui buscar os copos no pavilhão. Mas não pertence a ninguém desta casa, senhor.

— De quem é, então?

— Talvez pertença à srta. Cray, senhor. Senhorita Veronica Cray, a atriz de cinema. Ela usava algo semelhante.

— Quando?

— Quando esteve aqui, antes de ontem à noite, senhor.

— Mas você não disse que ela era um dos hóspedes.

— Não era hóspede, senhor. A srta. Cray mora em Dovecotes, o... bem... o chalé no alto da alameda, e ela veio até aqui depois do jantar, pedir uma caixa de fósforos.

— E ela levou seis caixas? — perguntou Poirot.

Gudgeon voltou-se para ele.

— Exatamente, senhor. Lady Angkatell, depois de perguntar se tínhamos bastante, insistiu para que ela levasse meia dúzia de caixas.

— Que ela deixou no pavilhão — comentou Poirot.

— Sim, senhor, reparei nisso ontem de manhã.

— Não há muita coisa em que esse homem não repare — comentou Poirot quando Gudgeon saiu, fechando a porta com respeito e sem fazer ruído.

O inspetor Grange simplesmente comentou que os empregados eram o diabo!

— No entanto — continuou, com uma alegria renovada —, sempre há a copeira. As copeiras sempre *falam*. Não são como esses mordomos caladões. — Depois prosseguiu: — Mandei um homem para comandar as investigações na rua Harley. Eu mesmo irei lá mais tarde. É possível que consigamos qualquer coisa por lá. E vou lhe dizer um negócio, a tal mulher do Christow teve de suportar muita coisa. Um desses médicos da moda e suas clientes femininas... nossa, você ficaria surpreso! E Lady Angkatell deu a entender que havia algum problema com uma enfermeira. É claro que ela foi muito vaga.

— É — concordou Poirot. — Não poderia deixar de ser.

Um quadro habilmente montado... John Christow e intrigas amorosas com enfermeiras... As oportunidades da vida de um médico... Muitas razões para o ciúme de Gerda Christow, que culminou, finalmente, num crime.

Sim, um quadro habilmente construído, chamando atenção para o cenário da rua Harley... distante da Mansão Hollow, distante do momento em que Henrietta Savernake, dando um passo à frente, tiraria o revólver da mão de Gerda, que não opôs resistência... Distante do outro momento em que John Christow, agonizante, dissera "Henrietta".

De repente, abrindo os olhos que estiveram semicerrados, Hercule Poirot perguntou com curiosidade irresistível:

— Seus filhos brincam com Meccano?

— Hein, o quê? — o inspetor Grange despertou, desfranzindo o cenho e arregalando os olhos para Poirot. — Por que isso, agora? Bem, para falar a verdade, eles ainda são um pouco novos... mas eu estava pensando em dar um jogo de Meccano para Teddy no Natal. O que o levou a perguntar isso?

Poirot balançou a cabeça.

"O que tornava Lady Angkatell perigosa", pensou ele, "era o fato de que aquelas suposições intuitivas, aleatórias, às vezes estavam certas. Com uma palavra descuidada (aparentemente descuidada) ela montava um quadro. E, se uma parte desse quadro estivesse correta, você não acreditaria, a despeito de si mesmo, na outra metade?...".

O inspetor Grange interveio:

— Há um aspecto que gostaria de discutir com o senhor, Monsieur Poirot. Esta senhorita Cray, a atriz, ela aparece flanando por aqui atrás de fósforos. Se ela queria fósforos, por que não foi até sua casa, que fica a poucos metros? Por que andar meio quilômetro?

Hercule Poirot deu de ombros.

— Devia ter lá seus motivos. Motivos esnobes, diria eu. Meu pequeno chalé não tem importância. Passo lá apenas os fins de semana, mas Sir Henry e Lady Angkatell vivem aqui, pertencem ao condado. A tal Veronica Cray talvez quisesse conhecê-los. E, afinal de contas, arranjou um pretexto.

O inspetor Grange levantou-se.

— Sim — disse ele —, é perfeitamente possível, claro, mas o melhor é não deixar escapar nada. Mesmo assim, não tenho dúvidas de que tudo será devidamente esclarecido. Sir Henry já identificou o revólver como sendo de sua coleção. Parece que estavam mesmo se exercitando com ele na tarde anterior. A sra. Christow só teve o trabalho de entrar no escritório e pegar o revólver e a munição onde vira Sir Henry guardá-los. Tudo muito simples.

— É — murmurou Poirot. — Tudo parece muito simples.

"Ainda assim", pensou ele, "uma mulher como Gerda Christow seria capaz de cometer um crime? Sem subterfúgio ou complexidade... levada à violência pela angústia amarga de uma natureza estreita, mas profundamente amorosa.

"Mas com certeza, com *toda a certeza*, ela devia ter *algum* senso de autopreservação. Ou teria agido naquela cegueira, naquela escuridão de espírito, em que a razão é totalmente posta de lado?"

Lembrou-se de seu rosto vazio, perplexo.

Ele não sabia, simplesmente não sabia.

Mas sentia que precisava saber.

Capítulo 16

Gerda Christow tirou o vestido preto pela cabeça e deixou-o cair sobre uma cadeira.

Seus olhos causavam dó, de tanta insegurança.

— Eu não sei, não sei mesmo. Nada parece ter importância.

— Eu sei, querida, eu sei.

A sra. Patterson era bondosa, mas firme. Sabia exatamente como lidar com pessoas que acabavam de sofrer uma perda. "Elsie é *maravilhosa* numa crise", sua família costumava comentar.

Neste momento, ela se encontrava no quarto de sua irmã Gerda, na rua Harley, sendo maravilhosa. Elsie Patterson era alta e esguia, com gestos enérgicos. Olhava para Gerda com um misto de irritação e compaixão.

"Pobre Gerda... que coisa trágica perder o marido de forma tão violenta. E, a bem da verdade, mesmo agora parecia não haver percebido... bem, as *implicações* propriamente!", refletiu a sra. Patterson. "É claro, Gerda sempre fora terrivelmente lenta. E havia que se considerar o choque também."

Falou com rispidez:

— Acho que você devia ficar com esse crepe preto de doze guinéus.

Sempre era preciso resolver as coisas por Gerda.

Gerda continuava imóvel, a testa franzida. Falou com hesitação:

— Não sei ao certo se John gostaria que eu usasse luto. Acho que o ouvi dizer, certa vez, que não gostaria.

"John", pensou ela. "Se ao menos John estivesse aqui para me dizer o que fazer."

Mas John nunca mais estaria lá. Nunca, nunca, nunca... O carneiro esfriando, congelando na mesa... a batida da porta do consultório, John subindo de dois em dois degraus, sempre apressado, tão cheio de vitalidade, tão vivo...

Vivo...

Caído de barriga para cima ao lado da piscina... o sangue pingando lentamente na beirada... a sensação do revólver em sua mão...

Um pesadelo, um sonho ruim, logo acordaria e nada daquilo seria verdade.

A voz ríspida da irmã cortou seus pensamentos nebulosos.

—Você *tem* de ir de preto ao interrogatório. Seria muito estranho se você aparecesse de azul-brilhante.

— Esse maldito interrogatório! — disse Gerda, semicerrando os olhos.

—Terrível, querida — disse Elsie Patterson rapidamente. — Mas assim que tudo tiver acabado, você vai morar conosco e nós cuidaremos bem de você.

O nevoeiro dos pensamentos de Gerda Christow adensou-se. Falou, e sua voz estava assustada, quase tomada de pânico:

— O que vou fazer sem John?

Elsie Patterson tinha resposta para essa pergunta:

—Você tem seus filhos. Tem de viver para *eles*.

Zena soluçando e gritando "Meu pai morreu!", jogando-se na cama. Terry, pálido, inquisidor, sem verter lágrimas.

"Um acidente com um revólver", ela lhes dissera. "Pobre papai, vítima de um acidente."

Beryl Collins (tão atencioso da parte dela) confiscara os jornais da manhã para que as crianças não os vissem. Alertara os empregados também. Realmente, Beryl fora muito boa e atenciosa.

Terence aproximara-se da mãe na sala de estar escura, os lábios apertados, o rosto quase verde em sua palidez estranha.

— Por que papai levou um tiro?

— Um acidente, querido. Eu... eu nem consigo falar nisso.

— Não foi um acidente. Por que você não diz a verdade? Papai foi assassinado. Foi um crime. É o que dizem os jornais.

—Terry, como você leu os jornais? Pedi à srta. Collins...

Ele balançava a cabeça repetidas vezes, de maneira estranha, como um homem muito velho.

— Eu saí e comprei um jornal, claro. Sabia que devia haver neles qualquer coisa que você não queria que soubéssemos. Caso contrário, por que a srta. Collins os esconderia?

Nunca adiantava esconder a verdade de Terence. Aquela curiosidade dele, estranha, desligada, científica, sempre tinha de ser satisfeita.

— *Por que* ele foi morto, mamãe?

Ela se descontrolou, ficando histérica.

— Não me pergunte sobre isso... não fale sobre isso... eu não consigo falar nisso... é tudo tão terrível.

— Mas eles vão descobrir, não vão? Quero dizer, eles têm de descobrir. É muito importante.

Tão racional, tão seguro. Gerda teve vontade de gritar, de rir e de chorar. Pensou: "Ele não se importa... não consegue se importar... só fica fazendo perguntas. Ora, ele nem sequer chorou."

Terence se afastara, fugindo do comando de tia Elsie, um garotinho solitário, de rosto duro, aflito. Sempre se sentira só. Mas isso não tivera importância até hoje.

Hoje, pensou ele, era diferente. Se ao menos alguém lhe pudesse responder de maneira racional e inteligente...

No dia seguinte, ele e Nicholson Jr. iam fazer nitroglicerina. Ele esperara esse momento com ansiedade. A ansiedade se fora. Não se incomodava se nunca chegasse a fazer nitroglicerina.

Terence quase ficou chocado consigo mesmo. Não se importar mais com experimentos científicos! Mas quando o pai de um sujeito é assassinado... Pensou: "Meu pai, assassinado."

E alguma coisa surgiu, enraizou-se, cresceu... uma raiva lenta.

Beryl Collins bateu à porta do quarto e entrou. Estava pálida, composta e eficiente. Anunciou:

— O inspetor Grange está aqui. — Quando Gerda se assustou e olhou-a desolada, Beryl prosseguiu: — Disse que não havia necessidade de incomodá-la. Falará com a senhora antes de ir, mas são apenas perguntas de rotina sobre a profissão do dr. Christow, e eu mesma posso responder a tudo que ele perguntar.

— Oh, obrigada, Collie.

Beryl saiu rapidamente e Gerda suspirou:

— Collie é tão prestativa. E como é prática.

— Sem dúvida — concordou a sra. Patterson. — Uma excelente secretária, aposto. Mas é feinha, a coitada, não acha? Ah, bem, mas assim é melhor. Especialmente para um homem atraente como John.

Gerda esbravejou:

— O que está insinuando, Elsie? John jamais... ele nunca... você fala como se John fosse capaz de flertar, ou qualquer outra coisa sórdida, se tivesse uma secretária bonita. John não era desse tipo.

— Claro que não, querida — disse a sra. Patterson. — Mas, afinal de contas, sabemos *como* são os homens!

No consultório, o inspetor Grange enfrentava o olhar frio e belicoso de Beryl Collins.

"*Era* belicoso", ele percebeu. "Bem, talvez fosse mesmo natural. Uma figura comum. Nada entre ela e o doutor, creio eu. Talvez *ela* tenha caído por *ele*. Às vezes acontece isso."

"Mas não dessa vez", foi o que concluiu ao se recostar em sua cadeira quinze minutos depois. As respostas de Beryl Collins a suas perguntas tinham sido de uma clareza exemplar. Respondia prontamente e, com certeza, conhecia os hábitos do doutor em todos os detalhes. Mudou de terreno e começou a indagar cautelosamente sobre a relação entre John Christow e a esposa.

— Estavam em excelentes termos — disse Beryl.

— Mas não discutiam de vez em quando, como a maioria dos casais?

O inspetor falava em tom descuidado e confidencial.

— Não me lembro de qualquer discussão. A sra. Christow era muito dedicada ao marido... quase uma escrava, mesmo.

Havia um ligeiro desdém em sua voz. E o inspetor Grange pensou: "Um tanto feminista, esta moça."

E, em voz alta:

— Ela não fazia nada por si mesma?

— Não. Tudo girava em torno do dr. Christow.

— Um tirano, hein?

Beryl ponderou.

— Não, eu não diria bem isso. Mas era o que eu chamaria de um homem egoísta. Partia do princípio de que a sra. Christow sempre concordaria com as ideias *dele*.

— Algum problema com os pacientes... com as mulheres, melhor dizendo? Não tenha medo de ser franca, srta. Collins. É fato que os médicos têm problemas com esse tipo de coisa.

— Oh, esse tipo de coisa! — a voz de Beryl demonstrava desprezo. — O dr. Christow era bastante correto quando tinha problemas *desse* tipo. Sabia lidar com seus pacientes. — E acrescentou: — Era realmente um médico maravilhoso.

Havia uma admiração quase invejosa em sua voz.

— Ele estava envolvido com alguma mulher? — perguntou Grange. — Não seja fiel agora, srta. Collins, é importante que saibamos.

— Sei, posso avaliar. Não que eu saiba.

“Um pouco brusca demais”, pensou ele. “Ela não sabe, mas talvez imagine.”

— E quanto à srta. Henrietta Savernake? — perguntou ele, de supetão.

Beryl apertou os lábios.

— Era uma amiga íntima da família.

— Nenhum... problema entre o dr. e a sra. Christow por causa dela?

— Claro que não.

A resposta fora enfática. (Excessivamente enfática?)

O inspetor tentou uma nova abordagem:

— E quanto à srta. Veronica Cray?

— Veronica Cray?

Na voz de Beryl havia simplesmente espanto.

— Ela era amiga do dr. Christow, não era?

— Nunca ouvi falar nela. Mas o *nome* me parece familiar...

— A atriz de cinema.

O rosto de Beryl iluminou-se.

— Claro! Bem que achei o nome familiar. Mas eu nem sabia que o dr. Christow a conhecia.

Parecia tão segura quanto a isso que o inspetor mudou logo de assunto. Continuou a fazer perguntas sobre o comportamento do dr. Christow no sábado anterior. E aí, pela primeira vez, a confiança das respostas de Beryl falhou. Respondeu, lacônica:

— O comportamento dele *não* era o de sempre.

— Qual a diferença?

— Parecia distraído. Deixou passar muito tempo antes de mandar entrar a última cliente... e quase sempre se apressava em acabar quando ia sair. Cheguei a pensar... é, pensei mesmo que ele tinha alguma coisa em mente.

Mas ela não conseguiu ser mais precisa.

O inspetor Grange não ficou muito satisfeito com suas investigações. Não conseguira sequer aproximar-se do motivo, e o motivo era indispensável para se levar o caso ao promotor público.

Tinha certeza de que Gerda Christow atirara no marido. E imaginava que o motivo tivesse sido ciúme, mas, até então, não encontrara nada que pudesse provar. O sargento Coombes ocupara-se das empregadas, mas todas contavam a mesma história. A sra. Christow adorava o chão onde o marido pisava.

"O que quer que tenha acontecido", pensou ele, "deve ter acontecido na Mansão Hollow". E, lembrando-se da Mansão Hollow, sentira uma vaga inquietação. Eram todos estranhos lá.

O telefone sobre a escrivaninha soou e a srta. Collins atendeu-o.

— É para o senhor, inspetor — disse ela, passando-lhe o fone.

— Alô, aqui é Grange. O quê?

Beryl percebeu a alteração em seu tom de voz e olhou-o com curiosidade. Aquele rosto duro estava impassível como sempre. Ele resmungava e ouvia.

— Sei... sei, já entendi. Vocês têm certeza absoluta, não? Nenhuma margem de erro. Sei... sei... sei, irei já para aí. Já estou quase acabando... Certo.

Desligou o telefone e permaneceu imóvel por alguns segundos. Beryl olhava-o, curiosa.

Depois aprumou-se e perguntou num tom de voz completamente diferente da pergunta anterior.

— A srta. não tem qualquer suposição sobre o caso?

— O que quer dizer?

— Não tem ideia de quem matou o dr. Christow?

Ela respondeu secamente:

— Não faço a menor ideia, inspetor.

Grange falou devagar:

— Quando o corpo foi encontrado, a sra. Christow encontrava-se de pé, ao lado dele, com um revólver na mão...

Deixou, propositadamente, a frase inacabada.

A reação dela veio prontamente. Não exaltada, mas fria e judicial.

— Se o senhor acha que a sra. Christow matou o marido, tenho certeza de que está enganado. A sra. Christow não é uma mulher violenta. É muito meiga e submissa, e era totalmente controlada pelo doutor. Parece-me um tanto ridículo que alguém seja capaz de pensar, por um momento sequer, que ela o tenha matado, não importa que evidências possam existir contra ela.

— Então, se não foi ela, quem foi? — perguntou ele, bruscamente.

— Não faço a menor ideia... — disse Beryl, lentamente.

O inspetor caminhou até a porta. Beryl perguntou:

— O senhor quer ver a sra. Christow antes de ir?

— Não... sim, talvez seja melhor.

Mais uma vez, Beryl pôs-se a pensar: "Aquele não era o mesmo homem que a interrogara antes do telefonema. Que notícia recebera para ficar tão alterado?"

Gerda entrou no consultório, nervosa. Tinha um ar infeliz e atônito. Disse em voz baixa, trêmula:

— O senhor já descobriu qualquer coisa que possa levar ao assassino de John?

— Ainda não, sra. Christow.

— É tão impossível... tão absolutamente impossível.

— Mas aconteceu, sra. Christow.

Ela assentiu, olhando para baixo, torcendo um lencinho nas mãos.

— Seu marido tinha inimigos, sra. Christow? — perguntou ele, educadamente.

— John? Oh, não. Ele era maravilhoso. Todos o adoravam.

— Não consegue pensar em alguém que guardasse rancor dele — fez uma pausa — ou da senhora?

— De mim? — parecia espantada. — Oh, não, inspetor.

O inspetor Grange suspirou.

— E quanto à srta. Veronica Cray?

— Veronica Cray? Oh, aquela que foi pedir fósforos emprestados?

— Essa mesma. A senhora a conhecia?

Gerda abanou a cabeça.

— Nunca a tinha visto antes. John conheceu-a anos atrás... pelo menos foi o que disse.

— Talvez ela guardasse rancor dele, e a senhora não soubesse disso.

Gerda falou com dignidade:

— Não acredito que alguém fosse capaz de guardar rancor de John. Ele era um homem extremamente bom e altruísta... e um dos homens mais nobres...

— Hum — fez o inspetor. — Sei. Está bem. Bom dia, sra. Christow. Já sabe do interrogatório, não? Quarta-feira, às onze horas, em Market Depleach. Vai ser muito simples... nada que possa perturbá-la... provavelmente será adiado por uma semana para que possamos dar prosseguimento às investigações.

— Ah, entendo. Obrigada.

Ela continuou a encará-lo. Ele ficou imaginando se, mesmo agora, ela já se dera conta do fato de ser a principal suspeita.

Chamou um táxi, uma despesa justificável em vista da informação que acabara de receber pelo telefone. Aonde exatamente o levava aquela informação ele não sabia. Solta no ar, parecia totalmente irrelevante, louca. Simplesmente não fazia sentido. Mas, de alguma forma que ele não percebia, tinha de fazer sentido.

A única conclusão que se podia tirar dela era que o caso não era tão simples e direto como imaginara até então.

Capítulo 17

Sir Henry olhava o inspetor Grange com curiosidade. Falou devagar:

— Acho que não o entendi bem, inspetor.

— É muito simples, Sir Henry. Só estou pedindo que o senhor confira sua coleção de armas de fogo. Imagino que estejam todas catalogadas e indexadas.

— Naturalmente. Mas já identifiquei o revólver como pertencente à minha coleção.

— Mas não é tão simples assim, Sir Henry.

Grange fez uma pausa. Seus instintos eram sempre contrários a passar adiante qualquer informação, mas sua mão estava sendo forçada naquele momento específico. Sir Henry era uma pessoa importante. Sem dúvida alguma atenderia o pedido que lhe estava sendo feito, mas também exigiria uma explicação. O inspetor decidiu que tinha de lhe dizer o motivo. Falou calmamente:

— O dr. Christow não foi morto com o revólver que o senhor identificou hoje de manhã.

Sir Henry levantou as sobrancelhas.

— Incrível! — exclamou.

Grange sentiu-se ligeiramente confortado. Incrível era exatamente o que ele pensava. Ficou agradecido a Sir Henry por dizer aquilo, e igualmente agradecido por não dizer nada além daquilo. Naquele momento, só podiam chegar até ali. A coisa era incrível, e, além disso, simplesmente não fazia sentido.

Sir Henry perguntou:

— O senhor tem algum motivo especial para acreditar que a arma que disparou o tiro fatal pertença à minha coleção?

— Não tenho motivo de espécie alguma. Mas, por via das dúvidas, temos de nos certificar de que não pertence.

Sir Henry fez que sim com a cabeça.

— Entendo. Bem, vamos ao trabalho. Vai nos tomar algum tempo.

Abriu a escrivaninha e pegou um volume com capa de couro.

Ao abri-lo, repetiu:

— Vai nos tomar algum tempo...

Alguma coisa na voz dele despertou a atenção de Grange. Olhou rapidamente para cima. Os ombros de Sir Henry estavam um pouco caídos — ele pareceu, de repente, um homem mais velho e mais cansado.

O inspetor Grange franziu a testa.

"Será que algum dia eu vou conseguir entender esse pessoal?", pensou ele.

— Ah...

Grange virou-se. Seus olhos viam a hora no relógio, trinta minutos — vinte minutos — desde que Sir Henry dissera "Vai nos tomar algum tempo".

Grange perguntou bruscamente:

— O que houve, senhor?

— Está faltando um Smith and Wesson calibre 38. Estava num coldre de couro marrom no fundo desta gaveta.

— Ah! — o inspetor manteve a voz calma, mas estava agitado. — E quando o senhor o viu no lugar certo pela última vez?

Sir Henry refletiu durante um ou dois minutos.

— Não é muito fácil responder, inspetor. A última vez que abri esta gaveta foi há cerca de uma semana, e acho... tenho quase certeza de que, se o revólver não estivesse no lugar, eu teria notado. Mas não posso *jurar* que o tenha visto.

A Mansão Hollow

O inspetor Grange assentiu com a cabeça.

— Obrigado, senhor, entendo. Bem, preciso voltar ao trabalho.

Saiu da sala. Um homem atarefado, decidido.

Sir Henry permaneceu imóvel depois que o inspetor saiu, em seguida caminhou lentamente para o terraço. Sua mulher estava ocupada com uma cesta e luvas de jardim. Ela podava uns arbustos raros com uma tesoura.

Acenou para ele alegremente.

— O que o inspetor queria? Espero que não vá aborrecer os empregados outra vez. Sabe, Henry, eles *não gostam* disso. Não conseguem encarar como uma diversão ou uma novidade, como nós.

— Nós encaramos assim?

A voz dele despertou a atenção da mulher. Ela sorriu docemente para ele.

— Como você parece cansado, Henry. Será que deve se preocupar tanto?

— Mas um assassinato *preocupa*, Lucy.

Lady Angkatell pensou por um momento, cortando distraída alguns galhos, depois seu rosto ensombreou-se.

— Oh, céus! Esta é a pior tesoura de poda. É tão fascinante... a gente não consegue parar e acaba cortando mais do que pretendia. O que você dizia... que assassinato preocupa? Ora, Henry, não consigo ver *por quê*. Quero dizer, se alguém tem de morrer, pode ser de câncer, de tuberculose num desses sanatórios limpos e horrorosos, ou de derrame, horrível, com o rosto todo torcido para um lado, ou então pode morrer com um tiro, apunhalado, ou estrangulado, talvez. Mas tudo isso converge para um mesmo fim. Quero dizer, esse alguém morre! É tudo. E toda preocupação se acaba. E os parentes ficam com todos os problemas: as discussões sobre dinheiro, sobre usar luto ou não, e quem vai ficar com a escrivaninha de tia Selina... coisas desse tipo!

Sir Henry sentou-se no topo de uma pedra. Falou:

— As coisas vão ser mais preocupantes do que esperávamos, Lucy.

— Bem, querido, vamos ter de enfrentar. E quando tudo estiver acabado, poderemos ir para algum lugar. Não vamos nos preocupar com os problemas atuais, e sim aguardar o futuro. Fico *realmente* feliz só de pensar nisso. Não seria bom passarmos o Natal em Ainswick... ou a Páscoa, talvez? Que acha?

— Há muito tempo para fazermos planos para o Natal.

— Sim, mas gosto de *ver* as coisas em minha cabeça. Páscoa, talvez... — Lucy sorriu, feliz. — Até lá ela já deverá ter se recuperado.

— Quem? — Sir Henry ficou espantado.

Lady Angkatell respondeu calmamente:

— Henrietta. Acho que se eles se casarem em outubro... outubro do ano que vem, claro, aí sim poderíamos passar o *outro* Natal lá. Estive pensando, Henry...

— Antes não estivesse, querida. Você pensa demais.

— Conhece o celeiro? Dará um estúdio perfeito. E Henrietta vai precisar de um estúdio. Ela tem talento de fato, você sabe. Edward, com certeza, vai se orgulhar muito dela. Dois meninos e uma menina seria ótimo... ou dois meninos e duas meninas.

— Lucy, Lucy! Como você se antecipa.

— Mas, querido — Lady Angkatell arregalou os olhos grandes e bonitos —, Edward jamais se casará com outra mulher que não seja Henrietta. Ele é muito, *muito* obstinado. Nisso, é um pouco parecido com meu pai. Quando enfia uma ideia na cabeça! Então, claro que Henrietta *tem* de se casar com ele. E *vai* se casar, agora que John Christow não está mais no meio do caminho. Ele foi realmente a pior coisa que podia ter acontecido a ela.

— Pobre-diabo!

— Por quê? Porque ele morreu? Ah, bom, todo mundo tem de morrer um dia. Eu não sinto muito pelas pessoas que morrem...

Ele olhou-a com curiosidade.

— Sempre pensei que você gostasse de Christow, Lucy.

— Eu o achava divertido. E ele era charmoso. Mas nunca achei que se devesse dar muita importância a *ninguém*.

E, delicadamente, com um rosto sorridente, Lady Angkatell podou sem remorsos uma videira.

Capítulo 18

Hercule Poirot olhou pela janela e viu Henrietta Savernake aproximando-se da porta da frente.Vestia a mesma roupa verde que usara no dia da tragédia. Trazia consigo um cachorrinho *spaniel*.

Ele dirigiu-se rapidamente à porta da frente e abriu-a. Ela sorriu.

— Posso entrar e conhecer sua casa? Gosto de conhecer as casas das pessoas. Estava apenas levando o cachorro para dar um passeio.

— Mas é claro. Que hábito tão britânico, levar o cachorro para um passeio!

— Eu sei — disse Henrietta. — Também pensei nisso. O senhor conhece aquele belo poema? "Os dias passavam lentamente, um após outro. Eu alimentava os patos, censurava minha mulher, tocava o *Largo* de Haendel no pífano e dava um passeio com o cachorro."

Sorriu novamente, um sorriso brilhante, frágil.

Poirot levou-a até a sala de estar. Ela deu uma olhada na arrumação ordenada e ascética e balançou a cabeça.

— Que beleza — exclamou —, dois de cada coisa. Como o senhor detestaria meu estúdio.

— Por que o detestaria?

— Oh, um monte de argila grudada em tudo quanto é coisa... e, aqui e ali, um exemplar de uma peça de que eu gosto e que, se houvesse dois, seria horrível.

— Mas compreendo isso, Mademoiselle. A senhorita é uma artista.

— E o senhor também não é um artista, Monsieur Poirot?

Poirot inclinou a cabeça para um lado.

— Não deixa de ser uma pergunta. Mas, no cômputo geral, eu diria que não. Já vi crimes considerados artísticos. Eram, se é que me entende, exercícios supremos de imaginação. Mas a solução deles... não, não se necessita de talento criativo. O que eles exigem é uma paixão pela verdade.

— Uma paixão pela verdade — repetiu Henrietta, pensativa. — Sim, percebo como isso o torna perigoso. E a verdade o satisfaria?

Ele olhou-a curiosamente.

— O que quer dizer, srta. Savernake?

— Entendo que o senhor queira *saber*. Mas seria o conhecimento suficiente? Ou o senhor iria adiante e traduziria esse conhecimento em ação?

Ele se interessou pela abordagem dela.

— Está sugerindo que se eu soubesse a verdade sobre a morte do dr. Christow guardaria esse conhecimento só para mim? A *senhorita* conhece a verdade sobre a morte dele?

Henrietta deu de ombros.

— A resposta mais óbvia parece ser Gerda. Mas como é cínico que a mulher ou o marido seja sempre o primeiro suspeito...

— Mas a senhorita não concorda?

— Prefiro sempre manter a mente aberta.

Poirot perguntou calmamente:

— Por que veio aqui, srta. Savernake?

— Devo admitir que não tenho sua paixão pela verdade, Monsieur Poirot. Levar o cachorro para um passeio me pareceu uma excelente desculpa. Mas, é claro, os Angkatell não têm cachorro, como o senhor deve ter reparado naquele dia.

— O fato não me escapou.

— Então pedi emprestado o *spaniel* do jardineiro. Não sou, espero que me entenda, Monsieur Poirot, muito fiel à realidade.

Mais uma vez, aquele sorriso rápido iluminou-lhe o rosto. Ele se pôs a pensar em por quê, de repente, o achou insuportavelmente comovedor. E falou calmamente:

— Não, mas a senhorita é íntegra.

— De onde o senhor tirou essa ideia?

"Ela estava espantada", pensou ele, "quase atônita".

— Porque acredito que seja verdade.

— Íntegra — Henrietta repetiu, pensativa. — Gostaria de saber o que essa palavra significa de fato.

Sentou-se muito quieta, os olhos fixos no tapete, depois levantou a cabeça e olhou-o com firmeza.

— Não quer saber por que vim aqui?

— Talvez a senhorita esteja achando difícil transformar isso em palavras.

— É, creio que sim. O interrogatório, Monsieur Poirot, é amanhã. É preciso decidir logo o quanto...

Parou de falar. Levantou-se, andou lentamente até o consolo da lareira, trocou um ou dois enfeites de lugar e tirou um vaso de margaridas de sua posição, no meio de uma mesa, colocando-o num canto do consolo. Deu um passo atrás, examinando a arrumação com a cabeça inclinada.

— Prefere assim, Monsieur Poirot?

— De modo algum, Mademoiselle.

— Foi o que imaginei — ela riu e colocou tudo em seus lugares originais, com habilidade e rapidez. — Bem, quando a gente quer dizer alguma coisa, o melhor é dizer logo! De qualquer maneira, o senhor é o tipo de pessoa com quem se pode conversar. Aí vai. O senhor acha necessário que a polícia saiba que eu era mais do que a amiga de John Christow?

Sua voz saiu seca e sem emoção. Ela olhava, não para ele, mas para a parede atrás dele. Com um dedo, ela acompanhava a curva do jarro onde estavam as flores roxas. Poirot imaginou que por meio do tato daquele dedo ela dava vazão às emoções.

Hercule Poirot falou claramente e também sem emoção:

— Entendo. Eram amantes?

— Se o senhor prefere colocar nesses termos.

Ele olhou-a com curiosidade.

— Mas foi isso o que disse, Mademoiselle.

— Não.

— Por que não?

Henrietta deu de ombros. Sentou-se ao lado dele no sofá e falou:

— Gosto de descrever as coisas... com a maior exatidão possível.

O interesse de Poirot por Henrietta Savernake tornou-se ainda mais forte. Perguntou:

— Durante quanto tempo foi amante do dr. Christow?

— Seis meses, mais ou menos.

— E será difícil para a polícia descobrir o fato?

Henrietta ponderou.

— Creio que não. Quero dizer, desde que estejam investigando algo no gênero.

— Ah, isso eu lhe garanto.

— Sei, foi o que imaginei. — Fez uma pausa, esticou os dedos sobre o joelho e olhou-os, depois deu uma olhadela rápida e amistosa em Poirot. — Bom, Monsieur Poirot, o que devo fazer? Procurar o inspetor Grange e dizer... o que se diz a um bigode daqueles? É um bigode tão doméstico, tão familiar.

A mão de Poirot levantou-se e acariciou seu adorno orgulhosamente cultivado.

— Ao passo que o meu, Mademoiselle?

— Seu bigode, Monsieur Poirot, é um triunfo artístico. Impossível associá-lo a qualquer outra coisa. E é, tenho certeza, único.

— Sem dúvida alguma.

— E é por esse motivo, provavelmente, que estou aqui conversando com o senhor. Considerando-se que a polícia tenha de saber a verdade sobre mim e John, será necessário tornar do conhecimento público?

— Depende — respondeu Poirot. — Se a polícia achar que esse fato nada tem a ver com o caso, os homens serão discretos. A senhorita... está muito ansiosa quanto a isso?

Henrietta assentiu. Fitou os próprios dedos durante um ou dois minutos e depois, de repente, levantou a cabeça e falou. Sua voz já não era seca e leve.

— Por que tornar as coisas piores do que já estão para a pobre Gerda? Ela adorava John e ele está morto. Ela o perdeu. Por que seria obrigada a suportar mais esse peso?

— É por causa dela que se preocupa?

— Acha que estou sendo hipócrita? Suponho que o senhor esteja pensando que, se eu me preocupasse com a paz de espírito de Gerda, jamais me teria tornado amante de John. Mas o senhor não entende... não é bem assim. Eu não acabei com o casamento dele. Fui apenas uma... de uma procissão.

— Ah, então ele era assim?

Ela se virou para ele rapidamente.

— Não, não, *não*! Não é o que está pensando. E é isso o que mais me preocupa! A ideia falsa que todos farão de John. E é por isso que estou aqui conversando com o senhor... porque tenho uma esperança vaga, difusa, de que será capaz de entender. Quando digo entender, refiro-me ao tipo de pessoa que era John. Posso ver tão bem o que vai acontecer... as manchetes nos jornais... "A vida amorosa de um médico"... Gerda, eu, Veronica Cray. John não era assim... não era, na verdade, um homem que pensava muito em mulheres. Não eram as *mulheres* o que mais o preocupava, era seu *trabalho*. Era para o trabalho que seu interesse, sua ansiedade e, claro, seu espírito de aventura convergiam. Se, num momento qualquer, perguntassem a John qual o nome de mulher que não lhe saía da cabeça, ele responderia: sra. Crabtree.

— Sra. Crabtree? — Poirot estava surpreso. — Quem, então, é essa sra. Crabtree?

Havia qualquer coisa entre lágrimas e riso na voz de Henrietta quando continuou a falar.

— É uma velha. Feia, suja, enrugada, um tanto indomável. John a colocava acima de qualquer pessoa. Está internada no St. Christopher's Hospital. Tem a síndrome de

Ridgeway. É uma doença muito rara, mas, quando se pega, a morte é inevitável, simplesmente não há cura... não sei explicar tecnicamente... é muito complicado... tem a ver com secreção hormonal. Ele estava fazendo algumas experiências e a sra. Crabtree era sua paciente preferida. Ela tem *fibra*, ela *quer* viver... e gostava muito de John. Ela e ele lutavam lado a lado. A síndrome de Ridgeway e a sra. Crabtree eram o que mais ocupava a mente de John há meses, noite e dia. Nada mais tinha importância de fato. É isso o que realmente significa ser um médico como John, não a baboseira da rua Harley e aquelas mulheres ricas e gordas, aquilo era apenas um derivativo. E a intensa curiosidade científica e a realização. Eu... oh, como gostaria que o senhor entendesse.

Suas mãos abriram-se num gesto curioso de desespero, e Hercule Poirot pensou em como eram lindas e sensíveis aquelas mãos.

— A *senhorita* parece entender muito bem — disse ele.

— Ah, sim, eu entendia. John costumava ir à minha casa para conversar, entende? Não exatamente comigo... em parte, eu acho, com ele mesmo. Ele tornava as coisas mais claras assim. Às vezes quase entrava em desespero... não conseguia achar um meio de controlar o aumento de toxicidade... e aí lhe surgia uma ideia para mudar o tratamento. Não consigo explicar o que se passava exatamente... era uma espécie, sim, de *batalha*. O senhor não pode imaginar a... a fúria e a concentração... e, às vezes, a agonia que ele sentia. E, outras vezes, mero cansaço...

Ela permaneceu em silêncio por um ou dois minutos, os olhos obscurecidos pela lembrança.

Poirot falou com curiosidade.

— A senhorita parece ter certo conhecimento técnico, não?

Ela negou com a cabeça.

— Realmente não. Apenas o suficiente para entender o que John falava. Comprei alguns livros e li a respeito.

Calou-se novamente, seu rosto tornou-se mais terno, os lábios entreabertos. "Ela estava lembrando-se", pensou Poirot.

Com um suspiro, voltou ao presente. Olhou-o cheia de esperança.

— Se ao menos eu conseguisse fazê-lo entender...

— Mas conseguiu, Mademoiselle.

—Verdade?

— Claro. Nós reconhecemos a autenticidade quando a ouvimos.

— Obrigada. Mas não vai ser tão fácil explicar ao inspetor Grange.

— Provavelmente não. Ele vai se fixar no ângulo pessoal.

Henrietta falou com veemência:

— Mas isso era tão pouco importante... tão completamente sem importância.

Poirot levantou as sobrancelhas lentamente. Ela respondeu ao protesto não formulado.

— Mas era! Veja bem: depois de certo tempo, eu me coloquei entre John e o que ele pensava. Eu o afetava, como mulher. Não conseguia mais se concentrar como desejava... por minha causa. Começou a ter medo de estar começando a me amar... ele não queria amar ninguém. Ele... ele fazia amor comigo por não querer pensar muito sobre mim. Queria que fosse uma coisa ligeira, fácil, apenas um caso como outros que tivera.

— E a senhorita... — Poirot observava-a atentamente.

— A senhorita preferia que fosse assim.

Henrietta levantou-se. Mais uma vez, seu tom de voz era seco:

— Não, eu não... preferia... assim. Afinal de contas, sou humana...

Poirot esperou um pouco, depois perguntou:

— Então por quê, Mademoiselle?...

— Por quê? — ela se virou para ele. — Eu queria ver John satisfeito, queria que *John* tivesse o que desejava. Queria que ele fosse capaz de levar adiante aquilo de que mais gostava: seu trabalho. Se ele não quisesse se ferir, ser vulnerável de novo... bom... então, para mim estaria tudo bem!

Poirot esfregou o nariz.

— Ainda há pouco, srta. Savernake, a senhorita mencionou Veronica Cray. Ela também era amiga de John Christow?

— Até o último sábado à noite, fazia quinze anos que ele não a via.

— Ele a conheceu quinze anos atrás?

— Estavam noivos e iam se casar. — Henrietta voltou e sentou-se. — Acho que terei de deixar isso mais claro. John amava Veronica desesperadamente. Veronica era, e é, uma cadela de primeira classe. É o suprassumo do egoísmo. A proposta dela era que John abandonasse tudo aquilo de que gostava e se tornasse o maridinho domado da srta. Veronica Cray. John terminou o noivado... e agiu corretamente. Mas sofreu o diabo. Sua única ideia era se casar com uma pessoa o mais diferente de Veronica quanto fosse possível. Casou-se com Gerda, que poderíamos descrever grosseiramente como uma idiota de primeira classe. Tudo muito bem, muito confortável, até o dia em que ele ficou irritado por estar casado com uma mulher tão idiota. Teve diversos casos, nenhum deles importante. Gerda, é claro, nunca soube de nada. Mas eu particularmente acho que durante quinze anos havia algo de errado em John... algo relacionado a Veronica. Ele nunca chegou a esquecê-la realmente. E então, no sábado passado, ele a encontrou de novo.

Depois de uma longa pausa, Poirot recitou, sonhador:

— Saiu com ela, para levá-la a casa, e voltou à Mansão Hollow às três da manhã.

— Como sabe disso?

— Uma empregada estava com dor de dente.

Henrietta não deu importância:

— Lucy tem empregados demais.

— Mas a senhorita sabia disso, não, Mademoiselle?

— Sabia.

— E como soube?

Novamente houve uma pausa infinitesimal. Depois, Henrietta respondeu lentamente:

— Eu estava na janela do meu quarto e vi quando ele voltou.

— Dor de dente, Mademoiselle?

Ela sorriu:

— Outro tipo de dor, Monsieur Poirot.

Ela se levantou, caminhou em direção à porta e Poirot falou:

— Eu a acompanho, Mademoiselle.

Subiram a alameda e cruzaram o portão da plantação de castanheiras.

— Não é necessário passarmos pela piscina. Podemos subir pela esquerda e pegar o caminho lá do alto, passando pelo jardim — disse Henrietta.

Uma trilha íngreme levava ao bosque. Pouco depois, chegaram a uma trilha mais larga que formava um ângulo reto com a encosta do morro, acima das castanheiras. Logo chegaram a um banco e Henrietta sentou-se, Poirot a seu lado. Acima e atrás deles só havia floresta, e abaixo encontrava-se o bosque denso de castanheiras. Diante do banco, um caminho curvo levava para baixo, onde se via apenas uma nesga de água azul.

Poirot observou Henrietta sem falar. Seu rosto havia relaxado, a tensão se fora. Parecia mais redondo e mais jovem. Ele percebeu como devia ter sido quando menina.

Por fim, perguntou gentilmente:

— Em que está pensando, Mademoiselle?

— Em Ainswick.

— O que é Ainswick?

— Ainswick? É um lugar.

Quase em sonho descreveu-lhe Ainswick. A casa branca e graciosa, a grande magnólia sempre crescendo, tudo assentado num anfiteatro de colinas arborizadas.

— Era sua casa?

— Não. Eu vivia na Irlanda. Era onde passávamos, todos nós, as férias. Edward, Midge e eu. Na verdade, era a casa de Lucy. Pertenceu ao pai dela. Depois da morte dele, passou a Edward.

— Não a Sir Henry? Mas é ele quem tem o título.

— Oh, um título de K.C.B. — explicou ela. — Henry era apenas um primo afastado.

— E depois de Edward Angkatell, quem ficará com Ainswick?

— Que coisa estranha. Nunca pensei nisso. Se Edward não se casar...

Ela fez uma pausa. Uma sombra cobriu-lhe o rosto. Hercule Poirot desejou saber exatamente o que pensava Henrietta.

— Eu acho — disse Henrietta lentamente — que vai para David. Então foi por isso...

— Por isso o quê?

— Que Lucy o convidou... David e Ainswick? — ela sacudiu a cabeça. — Não combinam.

Poirot apontou o caminho diante deles.

— Foi por aqui, Mademoiselle, que desceu até a piscina ontem?

Henrietta estremeceu ligeiramente.

— Não, foi pelo outro caminho, mais perto da casa. Foi Edward quem desceu por aqui. — Virou-se para ele de repente. — Precisamos falar sobre isso de novo? Odeio a piscina. Chego a odiar a Mansão Hollow.

Poirot murmurou:

I hate the dreadful Hollow behind the little wood.
Its lips in the field above are dabbled with bloodred heath;
The red-ribb'd ledges drip with a silent horror of blood,
And Echo there, whatever is ask'd her, answers "Death".

Henrietta olhou-o com ar espantado.

— Tennyson — disse Hercule Poirot, balançando a cabeça com orgulho. — A poesia de seu Lord Tennyson.

Henrietta repetia:

— "E o Eco, não importa o que se lhe pergunte..." — continuou, quase para si mesma. — Mas é claro... agora entendo... é isso mesmo: eco!

— O que quer dizer com eco?

— Este lugar... a própria Mansão Hollow! Cheguei quase a ver antes... no sábado, quando Edward e eu subimos

A Mansão Hollow 159

até o alto. Um eco de Ainswick. E é isso o que somos nós, os Angkatell. Ecos! Não somos reais... não da forma como John era real. — Virou-se para Poirot. — Gostaria que o senhor o tivesse conhecido, Monsieur Poirot. Todos nós somos sombras comparados a John. John era realmente vivo.

— Percebi isso quando ele estava morrendo, Mademoiselle.

— Eu sei. Dava para sentir... E John está morto, e nós, os ecos, vivos... Parece... você sabe, uma piada de mau gosto.

De novo a juventude desaparecera de seu rosto. Seus lábios estavam retorcidos, amargos pela dor súbita.

Quando Poirot falou, fazendo uma pergunta, por um momento ela não percebeu o que ele falava.

— Desculpe-me. O que disse, Monsieur Poirot?

— Estava perguntando se sua tia, Lady Angkatell, gostava do dr. Christow.

— Lucy? A propósito, ela é minha prima, não tia. Sim, ela gostava muito dele.

— E seu... O sr. Edward Angkatell também é seu primo?... Ele gostava do dr. Christow?

— Não particularmente. Mas eles mal se conheciam.

"A voz dela", pensou ele, "estava um pouco constrangida ao responder".

— E... mais um primo? O sr. David Angkatell?

Henrietta sorriu.

— David, acho eu, odeia todos nós. Passa o tempo todo enfiado na biblioteca lendo a *Enciclopédia Britânica*.

— Ah, um temperamento sério.

— Tenho pena de David. Teve uma vida difícil em casa. A mãe dele era desequilibrada... uma inválida. Agora, a única forma de se proteger é tentar sentir-se superior a todos. Tudo vai muito bem enquanto dá certo, mas, de vez em quando, a proteção desmorona e o vulnerável David sai pela brecha.

— Ele se sentia superior ao dr. Christow?

— Tentou. Mas acho que não conseguiu. Imagino que John Christow era o tipo de homem que David gostaria de ser. Consequentemente, não gostava de John.

Poirot assentiu, pensativo.

— Sei... autoconfiança, segurança, virilidade. Todas as qualidades másculas mais intensas. Interessante... muito interessante.

Henrietta não respondeu.

Por entre as castanheiras, lá embaixo na piscina, Hercule Poirot viu um homem abaixar-se, procurando qualquer coisa. Pelo menos era o que parecia.

Murmurou:

— Que será...

— Como?

— Aquele é um dos homens do inspetor Grange — disse Poirot. — Parece estar procurando qualquer coisa.

— Pistas, imagino. Os policiais não procuram pistas? Cinzas de cigarro, pegadas, fósforos queimados.

A voz dela tinha um tom de amarga zombaria. Poirot respondeu com seriedade.

— Procuram coisas assim, e às vezes encontram. Mas as verdadeiras pistas, srta. Savernake, num caso como este, geralmente são encontradas nas relações pessoais dos envolvidos.

— Acho que não entendi muito bem.

— Pequenas coisas — disse Poirot, a cabeça jogada para trás, os olhos semicerrados. — Não cinza de cigarro, ou a marca de um salto de borracha, mas um gesto, um olhar, uma atitude inesperada...

Henrietta dirigiu-lhe ab-ruptamente o olhar. Poirot sentiu os olhos dela, mas não moveu a cabeça. Ela perguntou:

— Está pensando... em alguma coisa em particular?

— Estava pensando na maneira como a senhorita se adiantou para tirar o revólver da mão de Gerda, deixando-o cair na piscina.

Ele sentiu que ela se assustou um pouco. Mas a voz de Henrietta saiu normal e calma.

— Gerda, Monsieur Poirot, é uma pessoa bastante desastrada. Naquele momento de choque, e se o revólver ainda estivesse carregado, ela seria capaz de atirar e... ferir alguém.

— Mas a *senhorita* é que foi desastrada, não é mesmo, deixando-o cair na piscina?

— Bem... eu também fiquei chocada. — Fez uma pausa. — O que está insinuando, Monsieur Poirot?

Poirot aprumou-se, virou a cabeça e falou de maneira ríspida e categórica:

— Se houvesse impressões digitais naquele revólver, ou seja, impressões deixadas *antes de a sra. Christow pegá-lo*, seria interessante saber de quem eram. E isso jamais saberemos.

Henrietta falou, calma, mas com firmeza:

— Ou seja, está sugerindo que talvez fossem *minhas*. O senhor está insinuando que matei John e deixei o revólver ao lado dele para que Gerda o pegasse e fosse vista segurando a "criança"? É o que está insinuando, não é? Mas ora, Monsieur Poirot, se eu tivesse feito isso, acho que o senhor me creditaria inteligência suficiente para limpar as impressões digitais antes!

— Mas, sem dúvida alguma, a senhorita é inteligente bastante para perceber que se tivesse feito isso, Mademoiselle, e se o revólver não tivesse *outras impressões digitais senão as da sra. Christow*, seria uma coisa verdadeiramente extraordinária, uma vez que todos praticaram com o revólver no dia anterior! É pouco provável que Gerda Christow tivesse limpado as impressões *antes* de usá-lo. Por que o faria?

Henrietta falou lentamente:

— Então o senhor realmente acha que matei John?

— Antes de morrer, o dr. Christow disse "Henrietta".

— E o senhor acha que foi uma acusação? Mas não foi.

— Então o que foi?

Henrietta esticou o pé e fez um desenho com o dedão. Disse em voz baixa:

— O senhor está se esquecendo... do que eu lhe contei não faz muito tempo. Quero dizer, nosso tipo de relacionamento.

— Ah, sim... que ele era seu amante. E então, ao morrer, diz "Henrietta". Muito emocionante.

Ela o fulminou com os olhos.

— O deboche é necessário?

— Não estou debochando. Mas não gosto que mintam para mim, e é isso, acho eu, que a senhorita está tentando fazer.

Henrietta replicou calmamente:

— Já disse ao senhor que não sou muito fiel à verdade. Mas quando John disse "Henrietta" não estava me acusando de havê-lo assassinado. O senhor não entende que pessoas do meu tipo, que *criam* coisas, são incapazes de tirar uma vida? Eu não mato gente, Monsieur Poirot. Eu não *conseguiria* matar ninguém. Esta é a verdade nua e crua. O senhor desconfia de mim simplesmente porque meu nome foi murmurado por um homem agonizante que mal sabia o que estava dizendo.

— O dr. Christow sabia perfeitamente o que estava dizendo. A voz dele era tão consciente e viva quanto a de um médico realizando uma operação vital que pede à enfermeira, firme e urgentemente: "Enfermeira, fórceps, por favor."

— Mas...

Ela parecia perdida, atônita. Hercule Poirot prosseguiu rapidamente:

— E não é só pelo que o dr. Christow falou ao morrer. Não acredito, nem por um momento, que a senhorita seja capaz de um crime premeditado. Isso, não. Mas pode ter disparado aquele tiro num momento repentino de feroz ressentimento... e, *nesse caso*, Mademoiselle, a senhorita dispõe de imaginação e habilidade criativa para ocultar suas pistas.

Henrietta levantou-se. Permaneceu de pé por um momento, pálida e abatida, olhando para ele. Falou com um sorriso súbito, arteiro:

— E eu que pensei que o senhor gostasse de mim.

Hercule Poirot suspirou. Respondeu com tristeza:

— É justamente isso o que mais me dói. Pois eu gosto.

Capítulo 19

Quando Henrietta o deixou, Poirot permaneceu sentado até avistar, lá embaixo, o inspetor Grange passando pela piscina, com um andar desenvolto e decidido, e tomando o caminho ao lado do pavilhão.

O inspetor caminhava com determinação.

Devia estar indo, portanto, ou a Resthaven ou a Dovecotes. Poirot ficou a imaginar qual dos dois lugares.

Levantou-se e tomou o mesmo caminho por onde viera. Se o inspetor Grange ia visitá-lo, estava interessado em ouvir o que tinha a lhe dizer.

Mas ao chegar a Resthaven não havia nem sinal de visitante. Poirot olhou pensativamente para a alameda, na direção de Dovecotes. Veronica Cray, ele sabia, não voltara a Londres.

Sentiu aumentar sua curiosidade a respeito de Veronica Cray. As claras e brilhantes peles de raposa, a pilha de caixas de fósforos, aquela invasão súbita e mal-explicada da noite de sábado e, finalmente, a revelação de Henrietta Savernake sobre John Christow e Veronica.

"Era", pensou ele, "um molde interessante". Sim, era dessa forma que via: um molde.

Um traçado de emoções entrelaçadas e o choque de personalidades. Um traçado estranho e embaralhado, com linhas escuras de ódio e desejo no meio.

"Gerda Christow *atirara* no marido? Ou não era tão simples assim?"

Pensou sobre sua conversa com Henrietta e concluiu que não era tão simples.

Henrietta chegara à conclusão de que ele suspeitava dela, mas, na verdade, em sua mente, não fora tão longe. Para ser franco, não fora além da crença de que Henrietta sabia de alguma coisa. Sabia de alguma coisa ou estava escondendo alguma coisa, qual dos dois?

Balançou a cabeça, insatisfeito.

A cena junto à piscina. Uma cena arranjada. Uma cena de palco.

164   Agatha Christie

Encenada por quem?

Encenada *para* quem?

A resposta para a segunda pergunta, tinha quase certeza, era "Hercule Poirot". Ele achara isso na ocasião. Mas achara, também, que era uma impertinência, uma piada.

Era ainda uma impertinência, mas não uma piada.

E a resposta para a primeira pergunta?

Sacudiu a cabeça. Não sabia. Não fazia a menor ideia.

Mas semicerrou os olhos e evocou os personagens, todos eles, vendo-os nitidamente em sua imaginação. Sir Henry, honrado, responsável, um administrador de confiança do império. Lady Angkatell, ilusória, evasiva, inesperada e assustadoramente graciosa, com aquele poder mortal de sugestão inconsequente. Henrietta Savernake, que amara John Christow mais do que a si mesma. O gentil e negativo Edward Angkatell. A moça morena e positiva chamada Midge Hardcastle. O rosto atônito, perplexo de Gerda Christow segurando um revólver. A personalidade de adolescente ofendido de David Angkatell.

Estavam todos lá, presos e embaralhados nas malhas da lei. Ligados, por curto período, pelas consequências inexoráveis de uma morte súbita e violenta. Cada um deles tinha sua própria tragédia e explicação, sua própria história.

E, em algum lugar dessa interação de personagens e emoções, encontrava-se a verdade.

Para Hercule Poirot, só uma coisa o fascinava mais do que o estudo dos seres humanos, e essa coisa era a busca da verdade.

Estava decidido a saber toda a verdade sobre a morte de John Christow.

— Mas é claro, inspetor — disse Veronica. — Farei o possível para ajudá-lo.

— Obrigado, srta. Cray.

Veronica Cray não era, de forma alguma, nada do que o inspetor imaginava.

Preparara-se para o encanto, a artificialidade, e até mesmo, possivelmente, para atitudes melodramáticas. Não teria ficado absolutamente surpreso se ela houvesse representado qualquer tipo de encenação.

A bem da verdade, ele desconfiava bastante, ela devia estar representando. Mas não era o tipo de encenação que ele esperava.

Seu encanto feminino não estava desgastado e o glamour não era enfatizado.

Ao contrário, tinha a impressão de estar sentado diante de uma mulher excessivamente atraente, com roupas caras, que também era uma boa mulher de negócios. "Veronica Cray", pensou ele, "não era tola".

— Desejamos apenas uma simples confirmação, srta. Cray. A senhorita esteve na Mansão Hollow no sábado à noite?

— Estive, pois não tinha fósforos em casa. Às vezes esquecemos como essas coisas são importantes no campo.

— E a senhorita andou até a Mansão Hollow? Por que não pediu a seu vizinho, Monsieur Poirot?

Ela sorriu. Um sorriso soberbo, confiante, de uma pessoa habituada às câmeras.

— Eu não sabia quem era meu vizinho, caso contrário teria ido lá. Pensei que fosse um estrangeiro qualquer e que talvez, o senhor entende, se tornasse impertinente morando tão perto.

"Sim", pensou Grange, "bastante plausível. Já elaborara a resposta para essa ocasião".

— A senhorita conseguiu os fósforos — disse ele. — E reconheceu no dr. Christow um velho amigo, não é mesmo?

Ela assentiu.

— Pobre John. Sim, eu não o via há quinze anos.

— Verdade? — Havia um ceticismo educado no tom do inspetor.

—Verdade. — O tom dela era firmemente positivo.

— Ficou satisfeita ao vê-lo?

— Muito satisfeita. É sempre maravilhoso encontrar um velho amigo...Você não acha, inspetor?

— Em algumas ocasiões, talvez.

Veronica Cray prosseguiu, sem esperar mais perguntas:

— John me trouxe para casa. O senhor vai querer saber se ele disse alguma coisa que possa ter qualquer ligação com a tragédia, e eu tenho pensado sobre nossa conversa com muito cuidado. Mas realmente não houve sugestão de espécie alguma.

— Sobre o que conversaram, srta. Cray?

— Velhos tempos. "Lembra-se disso e daquilo?" — ela sorriu, pensativa. — Nós nos conhecemos no sul da França. John realmente mudara muito pouco... mais velho, é claro, e mais seguro. Ele devia ser bem-conhecido em sua profissão. Não me falou nada de sua vida pessoal. Apenas tive a impressão de que sua vida conjugal não era, talvez, absurdamente feliz... mas foi apenas uma impressão muito vaga. Imagino que a mulher dele, pobre coitada, seja uma dessas mulheres apagadas, ciumentas... provavelmente sempre criando caso em relação às pacientes mais bonitas.

— Não — disse Grange. — Ela não parece mesmo ser desse tipo.

Veronica retrucou rapidamente:

— O senhor quer dizer... estava tudo *reprimido*? Sei... sei, percebo que isso deve ser muito mais perigoso.

— Pelo que percebo, a senhorita acha que a sra. Christow o matou, não?

— Eu não devia ter dito isso. Não se deve comentar antes do julgamento, não é mesmo? Sinto muitíssimo, inspetor. Foi minha empregada quem me disse que ela foi encontrada ao lado do corpo, ainda com o revólver na mão. O senhor sabe como, nesses lugares calmos do campo, os fatos são exagerados e os criados realmente não guardam segredo.

— Os criados podem ser muito úteis algumas vezes, srta. Cray.

— Sei, e imagino que consigam muitas informações por intermédio deles, não?

Grange prosseguiu, impassível:

— A questão, é claro, é saber quem tinha um motivo...

Fez uma pausa. Veronica disse, com um sorriso breve e arteiro:

— E a esposa é sempre a primeira suspeita? Mas que cinismo! Mas geralmente há o que se chama "a outra". Imagino que se leve em consideração que *ela* também pode ter um motivo.

— A senhorita acha que havia outra mulher na vida do dr. Christow?

— Bem... é, imagino que houvesse. Apenas uma impressão, o senhor sabe.

— As impressões podem ser muito úteis às vezes — disse Grange.

— Eu fiquei com a impressão, pelo que ele me disse, de que aquela escultora era, bem, uma amiga muito íntima. Mas o senhor, certamente, já está a par de tudo isso.

— Somos obrigados a investigar todas essas coisas, é claro.

A voz do inspetor Grange era estritamente neutra, mas ele viu, sem dar a impressão de ter visto, um brilho rápido e desdenhoso de satisfação naqueles grandes olhos azuis.

Fez uma pergunta, em tom bastante oficial:

— O dr. Christow a trouxe para casa, pelo que a senhorita disse. A que horas lhe deu boa-noite?

— Que engraçado, não me lembro mesmo! Conversamos durante um bom tempo, isso eu sei. Devia ser muito tarde.

— Ele entrou?

— Entrou, ofereci-lhe um drinque.

— Sei. Pensei que essa conversa tivesse sido no... bem... no pavilhão da piscina.

Viu as pestanas dela tremerem. Houve um brevíssimo momento de hesitação antes que ela respondesse:

— O senhor é *mesmo* um detetive, não é? Sim, nós nos sentamos lá e ficamos conversando e fumando durante algum tempo. Como sabe disso?

O rosto dela tinha a expressão satisfeita e ansiosa de uma criança que pede a revelação de um truque de mágica.

— A senhorita esqueceu suas peles por lá, srta. Cray. — E acrescentou, sem ênfase: — E os fósforos.

— Ah, é, claro.

— O dr. Christow retornou à Mansão Hollow às três da manhã — anunciou o inspetor, ainda sem ênfase.

— Era tão tarde assim? —Veronica parecia espantada.

— Era, sim, srta. Cray.

— Claro, tínhamos tanta coisa para conversar... depois de tantos anos sem nos vermos.

— A senhorita tem certeza de que passou tanto tempo sem ver o dr. Christow?

— Já lhe disse que não o via há quinze anos.

—Tem certeza de que não há engano? Tenho a impressão de que a senhorita o via com muita frequência.

— O que o leva a pensar assim?

— Este bilhete, por exemplo. — O inspetor Grange tirou um bilhete do bolso, olhou-o, pigarreou e leu-o:

Por favor, venha até aqui hoje pela manhã. Preciso vê-lo, Veronica.

— Bom... é. — Ela sorriu. — Está um pouco categórico, talvez. Bom, acho que Hollywood talvez deixe as pessoas... bom, um tanto arrogantes.

— O dr. Christow veio até sua casa na manhã seguinte, atendendo o chamado.Vocês discutiram. A senhorita se importa de me dizer qual foi o motivo da discussão, srta. Cray?

O inspetor abrira suas baterias. Foi bastante hábil para perceber o lampejo de raiva, o aperto mal-humorado dos lábios. Ela retrucou:

— Nós não discutimos.

— Oh, sim, discutiram, srta. Cray. Suas últimas palavras foram:"Acho que o odeio como jamais imaginei ser capaz de odiar alguém."

Ela ficou calada. Ele podia senti-la pensando, pensando rápida e cautelosamente. Outras mulheres teriam se apressado em responder. Mas Veronica Cray era esperta demais para fazer tal coisa.

Deu de ombros e falou com descontração:

— Sei. Mais histórias dos criados. Minha empregadinha tem uma imaginação um tanto fértil. Existem diferentes maneiras de dizer as coisas, o senhor sabe. Posso garantir--lhe que não estava sendo melodramática. Foi apenas um comentário de flerte. Estávamos apenas nos exercitando verbalmente.

— Aquelas palavras não eram para ser levadas a sério?

— Claro que não. E posso lhe assegurar, inspetor, que eu não via John Christow há quinze anos. O senhor mesmo poderá verificar esse fato.

Mais uma vez ela estava equilibrada, imparcial, segura de si.

Grange não argumentou nem prosseguiu no assunto. Levantou-se.

— Por enquanto é só, srta. Cray — disse ele de modo agradável.

Saiu de Dovecotes, desceu a alameda e entrou no portão de Resthaven.

Hercule Poirot encarava o inspetor com ar de extrema surpresa. E, com ar de quem não acredita no que diz, perguntou:

— O revólver que Gerda Christow estava segurando e que logo em seguida caiu na piscina não foi o revólver que disparou o tiro fatal? Mas isso é extraordinário.

— Exatamente, Monsieur Poirot. Dito claramente, não faz sentido.

Poirot murmurou suavemente:

— Não, não faz sentido... Mesmo assim, inspetor, tem de fazer sentido, não?

O inspetor respondeu enfaticamente:

— Isso mesmo, Monsieur Poirot. Temos de arranjar um meio de fazer sentido, mas no momento não vejo como. A verdade é que não iremos muito adiante antes de descobrirmos o revólver que *foi* usado. Pertencia à coleção de Sir Henry, sem dúvida, pelo menos está faltando um, e isso significa que a coisa toda ainda está presa à Mansão Hollow.

— É — murmurou Poirot. — Ainda está presa à Mansão Hollow.

— Parecia um caso simples, direto — prosseguiu o inspetor. — Bom, não é tão simples nem tão direto.

— Não — respondeu Poirot —, não é simples.

— Temos de admitir a possibilidade de que a coisa tenha sido encenada. Ou seja, que tudo foi arrumado para incriminar Gerda Christow. Mas, nesse caso, por que não deixar o revólver certo ao lado do corpo para que ela o pegasse?

— Talvez ela não pegasse.

— É verdade, mas mesmo que não pegasse, uma vez que não havia impressões digitais de ninguém, ou seja, o revólver foi limpo depois de usado, ela provavelmente continuaria como suspeita. E era isso que o assassino queria, não?

— Era?

Grange arregalou os olhos.

— Bom, se você cometesse um crime faria o possível para colocar a culpa o mais rápido possível em outra pessoa, não é mesmo? Seria a reação normal de um criminoso.

— É... é — disse Poirot. — Mas talvez tenhamos, neste caso, um tipo incomum de criminoso. É possível que *essa* seja a solução para nosso problema.

— Qual é a solução?

Poirot respondeu, pensativo:

— Um tipo incomum de assassino.

O inspetor Grange olhou-o com curiosidade. Perguntou:

— Mas então, qual *era* a intenção do assassino? Aonde ele ou ela estava querendo chegar?

Poirot estendeu as mãos com um suspiro.

— Não faço ideia... não faço a menor ideia. Mas me parece... vagamente...

— Sim?

— Que o assassino seja alguém que desejasse matar John Christow, sem querer incriminar Gerda Christow.

— Hum! E a bem da verdade desconfiamos dela logo no início.

— Ah, sim, mas isso era apenas uma questão de tempo, antes de os fatos sobre o revólver virem à luz, o que necessariamente implicaria um novo ângulo. E, nesse intervalo, o assassino teve tempo...

— Tempo para fazer o quê?

— Ah, *mon ami*, aí é que você me pegou. Mais uma vez, serei obrigado a dizer que não sei.

O inspetor Grange atravessou a sala uma ou duas vezes. Depois parou diante de Poirot.

— Vim procurá-lo esta tarde, Monsieur Poirot, por dois motivos. O primeiro é porque sei, e é bastante sabido na polícia, que o senhor é um homem de vasta experiência e que já fez algumas descobertas ardilosas nesse tipo de problema. Este é o motivo número um. Mas há um outro motivo. O senhor estava lá. O senhor é uma testemunha ocular. O senhor *viu* o que aconteceu.

Poirot fez um gesto afirmativo.

— Sim, eu vi o que aconteceu... mas os olhos, inspetor Grange, não são testemunhas dignas de confiança.

— O que quer dizer com isso, Monsieur Poirot?

— Os olhos veem, às vezes, o que se *quer* que eles vejam.

— Acha, então, que a coisa foi planejada de antemão?

— Desconfio que sim. Era exatamente, se é que me entende, uma cena de teatro. O que *vi* era bastante claro. Um homem que acabara de levar um tiro e a mulher que atirou nele segurando o revólver que acabara de usar. Isso foi o que eu *vi*, mas agora já sabemos que um detalhe desse quadro está errado. O revólver *não* fora usado para matar John Christow.

— Hum! — O inspetor puxou o bigode caído firmemente para baixo. — Então você está querendo chegar aos outros detalhes do quadro que também possam estar errados?

Poirot assentiu:

— Havia mais três pessoas presentes: três pessoas que *aparentemente* acabavam de chegar à cena. Mas isso também pode não ser verdade. A piscina é cercada por um denso bosque de castanheiras novas. Da piscina saem cinco trilhas: uma para a casa, uma para o bosque, uma para o jardim lá em cima, uma desce da piscina até a fazenda e uma para essa alameda aqui. Dessas três pessoas, cada uma chegou por um caminho diferente: Edward Angkatell veio do bosque, Lady Angkatell subiu da fazenda e Henrietta Savernake veio do jardim lá de cima. Esses três chegaram à cena do crime quase simultaneamente, e poucos minutos depois de Gerda Christow. Mas um desses três, inspetor, poderia estar na piscina *antes* de Gerda Christow chegar, poderia ter matado John Christow, tomado uma das trilhas e depois, dando meia-volta, poderia ter chegado ao mesmo tempo que os outros.

O inspetor Grange concordou:

— É, é possível.

— E uma outra possibilidade, que não foi considerada no momento: alguém pode ter vindo pela trilha dessa alameda, matado John Christow e fugido pelo mesmo caminho sem ser visto.

Grange falou:

— Você está absolutamente certo. Existem mais dois suspeitos, além de Gerda Christow. Temos o mesmo motivo: ciúme. Trata-se, definitivamente, de um crime passional. Havia mais duas mulheres envolvidas com John Christow.

Fez uma pausa e prosseguiu:

— Christow foi visitar Veronica Cray naquela manhã. Tiveram uma briga. Ela lhe disse que faria com que se arrependesse pelo que ele fizera, e disse também que o odiava mais do que jamais pensou ser capaz de odiar alguém.

— Interessante — murmurou Poirot.

— Ela acaba de chegar de Hollywood e, pelo que leio nos jornais, eles dão um bocado de tiros por lá de vez em quando. Ela pode ter ido pegar as peles que esquecera no pavilhão na noite anterior. Talvez tenham se encontrado... eles podem ter se inflamado... ela atirou nele... e depois, ouvindo alguém se aproximar, pode ter fugido pelo mesmo caminho por onde veio.

Fez uma pausa momentânea e acrescentou, irritado:

— E aí chegamos à parte em que tudo fica emaranhado. O maldito revólver! A não ser — disse, com os olhos brilhando — que ela o tenha matado com o próprio revólver e tenha deixado cair aquele que pegara da coleção de Sir Henry, para jogar as suspeitas sobre o pessoal da Mansão Hollow. Talvez não soubesse que somos capazes de identificar o revólver usado a partir das marcas do estriamento.

— Quantas pessoas será que sabem disso?

— Fiz essa pergunta a Sir Henry. Ele disse que muita gente deve saber por causa das histórias de detetive que são escritas. Deu o exemplo de uma nova, *A pista da fonte gotejante*, que, pelo que disse, o próprio John Christow estava lendo no sábado, e que enfatizava justamente esse ponto.

— Mas, de alguma forma, Veronica Cray teria de ter conseguido tirar o revólver do escritório de Sir Henry.

— Exatamente, e isto significa premeditação. — O inspetor deu outro puxão no bigode, depois olhou para Poirot. — Mas você mesmo sugeriu outra possibilidade, Monsieur Poirot. Henrietta Savernake. E é justamente aí que entra de novo nossa testemunha ocular, ou, melhor dizendo, testemunha auditiva. O dr. Christow, quando estava morrendo, disse "Henrietta". O senhor ouviu... todos ouviram, embora o sr. Angkatell pareça não haver entendido bem.

— Edward Angkatell não ouviu? Interessante.

— Mas os outros ouviram. A própria srta. Savernake disse que ele tentou falar com ela. Lady Angkatell diz que ele abriu os olhos, viu a srta. Savernake, e falou "Henrietta". Parece-me que ela não deu muita importância a isso.

Poirot sorriu.

— Não... ela não daria importância a isso.

— Agora, Monsieur Poirot, o que acha? O senhor estava lá... viu... ouviu. O dr. Christow estaria tentando dizer a todos que Henrietta o matara? Em suma, essa palavra era uma *acusação*?

Poirot respondeu lentamente:

— Eu não achei, na hora.

— Mas e agora, Monsieur Poirot? O que acha *agora*?

Poirot suspirou. Depois falou, devagar:

— Talvez tenha sido. Não posso dizer mais que isso. É uma impressão provocada apenas pela pergunta que me fez e, depois de passado um tempo, existe uma tentação de ler nas coisas um significado que não havia no momento.

Grange então falou apressadamente:

— Claro, tudo isso é confidencial. O que Monsieur Poirot pensou não é uma evidência, sei disso. Quero apenas uma sugestão.

— Oh, entendo bem... e a impressão de uma testemunha ocular pode ser muito útil. Mas sinto-me humilhado em ter de dizer que minhas impressões de nada valem. Eu estava com a ideia falsa, induzido pela evidência visual de que a sra. Christow acabara de matar o marido; de forma que, quando o dr. Christow abriu os olhos e disse "Henrietta", eu jamais poderia ter pensado numa acusação. É tentador agora, analisando os fatos, ver coisas que não existiam.

— Entendo o que quer dizer — falou Grange. — Mas me parece que, como "Henrietta" foi a última palavra do dr. Christow, só pode ter tido dois significados. Ou foi uma acusação ou então... bem, puramente emocional. Ela era a mulher por quem ele estava apaixonado e ele estava morrendo. Agora, com tudo isso em mente, o que lhe soa melhor?

Poirot, extremamente agitado, suspirou, mexeu-se, fechou os olhos, abriu-os de novo, estendeu as mãos e disse:

— A voz dele continha premência... é tudo o que posso dizer: *premência*. Não me pareceu nem acusatória, nem emocional... mas premente, sim! E de uma coisa estou certo. Ele tinha pleno uso de suas faculdades. Ele falou como um médico, um médico que tem, digamos, uma cirurgia de urgência em suas mãos, como um paciente se esvaindo em sangue, talvez. — Poirot deu de ombros. — É o melhor que posso fazer pelo senhor.

— Médico, é? — retrucou o inspetor. — Bem, pode ser, é um *terceiro* enfoque. Ele levou um tiro, desconfiou que estava morrendo, queria que fizessem alguma coisa o mais rápido possível. E, como Lady Angkatell disse, se a srta. Savernake foi a primeira pessoa que ele viu ao abrir os olhos, então apelou para ela. Embora não me pareça muito satisfatório.

— Nada neste caso é muito satisfatório — comentou Poirot com algum azedume.

Uma cena de crime, arranjada e encenada para enganar Hercule Poirot — e que realmente o enganara! Não, não era satisfatório.

O inspetor Grange olhava pela janela.

— Olá, aí vem Clark, meu sargento. Parece que descobriu qualquer coisa. Estava trabalhando junto aos empregados. Ele tem o toque amigável. É um sujeito bonitão, tem jeito com as mulheres.

O sargento Clark entrou um tanto ofegante. Estava visivelmente satisfeito consigo mesmo, embora o disfarçasse sob um comportamento respeitosamente oficial.

— Achei melhor vir até aqui para lhe fazer o relato, sabendo onde o senhor estava.

Hesitou, lançando um olhar de dúvida a Poirot, cuja aparência estrangeira, exótica, não se enquadrava em sua noção de reserva oficial.

— Desembuche logo, rapaz — disse Grange. — Não ligue para Monsieur Poirot. Ele conhece muito mais coisa desse jogo do que você será capaz de aprender nos próximos anos.

— Sim, senhor. É isso, senhor. Consegui uma informação da copeira...

Grange interrompeu-o. Voltou-se para Poirot com ar de triunfo.

— O que foi que eu lhe disse? Sempre há esperança onde há uma copeira. Que os céus nos ajudem quando os empregados forem tão escassos que ninguém mais possa ter uma copeira. As copeiras falam, as copeiras tagarelam. Elas são tão reprimidas, tão mantidas no devido lugar pela cozinheira e pelos demais criados, que faz parte da natureza humana falar sobre o que sabem a alguém que queira ouvir. Continue, Clark.

— Foi o que a moça disse, senhor. Que no domingo à tarde ela viu Gudgeon, o mordomo, atravessar o *hall* com um revólver na mão.

— Gudgeon?

— Sim, senhor. — Clark consultou um caderninho. — São as palavras dela: "Não sei o que fazer, mas acho que devo dizer o que vi naquele dia. Eu vi o sr. Gudgeon, ele estava de pé no *hall*, com um revólver na mão. O sr. Gudgeon parecia muito estranho mesmo." Não creio — declarou Clark, interrompendo a leitura — que essa parte de parecer estranho tenha qualquer significado. Ela provavelmente tirou isso da cabeça. Mas achei que o senhor devia tomar conhecimento imediatamente.

O inspetor Grange levantou-se, com a satisfação de um homem que tem uma tarefa diante de si e para a qual está bem-capacitado.

— *Gudgeon?* — disse ele. — Vou ter uma palavrinha com o sr. Gudgeon imediatamente.

Capítulo 20

Outra vez sentado no escritório de Sir Henry, o inspetor Grange encarava o rosto impassível do homem diante dele.

Até então, as honras cabiam a Gudgeon.

— Sinto muito, senhor — repetiu ele. — Suponho que devesse ter mencionado a ocorrência, mas escapou-me à memória.

Olhou com ar desculposo do inspetor para Sir Henry.

— Foi por volta das 17h30, se não me engano, senhor. Eu estava atravessando o hall para ver se havia alguma carta para enviar quando vi um revólver na mesa de centro. Supus que fosse da coleção de meu patrão, então peguei-o e trouxe-o para cá. Havia um espaço vazio na prateleira ao lado do consolo, então recoloquei-o no devido lugar.

— Mostre-me — pediu Grange.

Gudgeon levantou-se e caminhou até a prateleira em questão, tendo o inspetor bem a seu lado.

— Era este aqui, senhor.

O dedo de Gudgeon indicou uma pequena pistola Mauser no final da fileira. Calibre 25, uma arma bastante pequena. Certamente, não era a que matou John Christow.

Grange, os olhos fixos no rosto de Gudgeon, falou:

— Isto é uma pistola automática, não um revólver.

Gudgeon tossiu.

— Verdade, senhor? Receio não ter muito conhecimento sobre armas de fogo. Talvez tenha usado o termo revólver num sentido genérico, senhor.

— Mas tem certeza de que foi essa a arma que você achou no hall e trouxe para cá?

— Oh, sim, senhor, quanto a isso não há a menor dúvida.

Grange o deteve quando Gudgeon estava prestes a esticar o braço.

— Não toque nela, por favor. Preciso examiná-la para descobrir as impressões digitais e ver se está carregada.

— Não creio que esteja carregada, senhor. Nenhuma arma da coleção de Sir Henry é guardada carregada. E quanto a impressões digitais, eu a poli com meu lenço antes de guardá-la, senhor, de forma que o senhor encontrará apenas minhas impressões digitais.

— Por que fez isso? — perguntou Grange rispidamente.

Mas o sorriso de desculpas de Gudgeon não se alterou.

— Achei que podia estar empoeirada, senhor.

A porta se abriu e Lady Angkatell entrou. Sorriu para o inspetor.

— Que bom vê-lo aqui, inspetor Grange. Que história é essa de revólver e Gudgeon? Aquela menina na cozinha está se debulhando em lágrimas. A sra. Medway ficou implicando com ela. Mas é claro que a moça fez bem em dizer o que viu, se achava que devia fazer isso. Sempre achei certo e errado uma coisa muito complicada... é fácil, sabe, se o certo é desagradável e o errado, agradável, porque aí a gente sabe onde está pisando. Mas, quando é o contrário, é muito confuso... Inspetor, o senhor não acha que todo mundo deve fazer o que acha certo? O que foi que você disse sobre a pistola, Gudgeon?

Gudgeon respondeu com ênfase cheia de respeito:

— A pistola estava no *hall*, senhora, na mesa de centro. Não sei como foi parar lá. Trouxe-a para cá e coloquei-a no devido lugar. Foi isso que eu disse ao inspetor e ele entendeu.

Lady Angkatell abanou a cabeça e falou gentilmente:

— Você realmente não devia ter dito isso, Gudgeon. Eu mesma vou conversar com o inspetor.

Gudgeon fez um ligeiro movimento, e Lady Angkatell falou, cheia de encanto:

— Aprecio seus motivos, Gudgeon. Sei como você sempre procura nos poupar trabalho e preocupações. — E acrescentou, numa dispensa gentil: — Por enquanto é só.

Gudgeon hesitou, lançou uma rápida olhadela em direção a Sir Henry e depois ao inspetor, fez uma reverência e caminhou até a porta.

Grange fez menção de detê-lo, mas, por algum motivo que ele mesmo não foi capaz de definir, deixou o braço cair novamente. Gudgeon saiu e fechou a porta.

Lady Angkatell jogou-se numa cadeira e sorriu para os dois homens. Falou informalmente:

— Sabem, acho que foi realmente encantador da parte de Gudgeon. Um tanto feudal, se é que me entendem. É, feudal é a palavra certa.

Grange falou, muito empertigado:

— Devo supor, Lady Angkatell, que a senhora sabe de mais coisas sobre esse assunto?

A Mansão Hollow   179

— Claro. Gudgeon não o encontrou no hall coisa nenhuma. Encontrou-o quando tirou os ovos.

— Os ovos? — O inspetor Grange arregalou os olhos.

— Da cesta — disse Lady Angkatell.

Ela parecia achar que agora tudo estava claro. Sir Henry falou gentilmente:

— É preciso que você seja um pouco mais explícita, querida. O inspetor Grange e eu ainda estamos perdidos.

— Oh! — Lady Angkatell arrumou-se para ser explícita. — A pistola que vocês viram estava *dentro* da cesta, *debaixo* dos ovos.

— Que cesta e que ovos, Lady Angkatell?

— A cesta que levei para a fazenda. A pistola estava dentro dela e aí coloquei os ovos em cima da pistola e me esqueci completamente. E quando encontramos o pobre John Christow morto na piscina o choque foi tão grande que larguei a cesta e Gudgeon segurou-a em tempo... Por causa dos ovos, claro. Se a cesta tivesse caído, eles teriam quebrado. E ele trouxe a cesta para casa. E, mais tarde, pedi a ele que escrevesse a data nos ovos, o que sempre faço, caso contrário, às vezes a gente come os ovos mais frescos antes dos mais antigos... e ele disse que já havia providenciado tudo. Agora, falando no assunto, lembro que ele foi um tanto enfático. E foi isso o que eu quis dizer com feudal. Ele achou a pistola e colocou-a aqui de novo. Acho realmente que foi porque havia polícia na casa. Os criados sempre ficam tão preocupados com a polícia. Eu acho muito bonito e leal... mas também um tanto idiota, porque, é claro, inspetor, é a verdade que o senhor quer ouvir, não é?

E Lady Angkatell concluiu o discurso dando ao inspetor um sorriso brilhante.

— A verdade é o lugar aonde estou disposto a chegar — declarou Grange, um tanto mal-humorado.

Lady Angkatell suspirou.

— Tudo parece tão confuso, não é? Quero dizer, todas essas pessoas sendo perseguidas. Não creio que seja lá quem for que tenha atirado em John Christow tenha realmente desejado matá-lo... não seriamente. Se foi Gerda, tenho certeza de que não desejou. A bem da verdade, acho surpreendente ela não ter errado... é o que se esperaria de Gerda. E ela é uma criatura tão boa, tão meiga. E se o senhor mandá-la para a prisão e a enforcarem, o que vai ser dos filhos dela? E se ela realmente matou John, deve estar terrivelmente arrependida. Já é terrível para as crianças terem um pai que foi assassinado, mas será infinitamente pior para elas se a mãe for enforcada pelo crime. Às vezes, acho que vocês policiais não *pensam* nessas coisas.

— Não estamos pensando em prender ninguém no momento, Lady Angkatell.

— Bem, isso me parece razoável. Mas achei desde o início, inspetor Grange, que o senhor é um homem sensato.

Novamente aquele sorriso encantador, quase ofuscante.

O inspetor Grange piscou um pouco. Não conseguiu evitar a digressão, mas entrou firmemente no assunto em questão.

— Como a senhora disse há pouco, Lady Angkatell, é a verdade o que desejo. A senhora tirou a pistola daqui... a propósito, que arma era?

Lady Angkatell indicou com a cabeça a prateleira ao lado do consolo.

— A segunda de lá para cá. Uma Mauser calibre 25.

Qualquer coisa na maneira tecnicamente precisa com que ela falou pareceu destoante para Grange. De alguma forma, ele não esperava que Lady Angkatell, que até aquele momento ele rotulara em sua mente como uma pessoa "vaga" e "ligeiramente pancada", descrevesse uma arma de fogo com tal precisão técnica.

— A senhora tirou a pistola dali e colocou-a na cesta. Para quê?

— Sabia que ia fazer essa pergunta. — O tom de voz de Lady Angkatell, inexplicavelmente, era quase triunfante. — E é claro que deve haver alguma razão. Não acha, Henry? — ela se dirigiu ao marido. — Você não acha que eu devo ter tido algum motivo para pegar uma pistola naquela manhã?

— Eu diria que sim, querida — respondeu Sir Henry, rígido.

—A gente faz as coisas — disse Lady Angkatell, o olhar perdido e pensativo — e depois não se lembra do motivo. Mas acho, sabe, inspetor, que sempre deve haver alguma razão, se realmente se parar para pensar. Eu devia ter *alguma* ideia na cabeça quando pus a Mauser na minha cesta de ovos. — Apelou para ele. — O que o senhor acha que pode ter sido?

Grange olhou-a fixamente. Ela não demonstrava embaraço — apenas uma ansiedade infantil. Ficou atônito. Jamais conhecera alguém como Lucy Angkatell e, por um momento, ficou sem saber como agir.

— Minha mulher — disse Sir Henry — é extremamente distraída, inspetor.

— É o que parece — disse Grange, de forma não muito educada.

— Para que o *senhor* acha que eu peguei a pistola? — Lady Angkatell perguntou-lhe confidencialmente.

— Não faço a menor ideia, Lady Angkatell.

—Vim até aqui — rememorou Lady Angkatell. — Estivera falando com Simmons sobre as fronhas... e lembro-me vagamente de ter andado até o consolo da lareira... pensando que precisávamos comprar um atiçador novo... o cura, não o reitor...

O inspetor Grange arregalou os olhos. Sentia a cabeça girar.

— E lembro-me de ter pegado a Mauser... era uma arma bonitinha, jeitosa, sempre gostei dela... coloquei-a na cesta... tinha pegado a cesta na sala de flores. Mas havia tanta coisa em minha cabeça. Simmons, o senhor sabe, e a trepadeira nos astropólios... desejando que a sra. Medway fizesse um "preto de camisa" realmente *saboroso*...

— "Preto de camisa"? — o inspetor Grange foi obrigado a interrompê-la.

— Chocolate, sabe, e ovos... e depois se cobre tudo com creme batido. O tipo de doce que um estrangeiro apreciaria num almoço.

O inspetor Grange falou de modo brusco e vigoroso, sentindo-se como um homem que espana finas teias de aranha que lhe turvam a visão.

— A senhora carregou a pistola?

Ele esperava assustá-la — talvez até mesmo amedrontá-la um pouco, mas Lady Angkatell apenas considerou a pergunta com uma espécie de atenção desesperada.

— E agora? Mas que estupidez. Não consigo me lembrar. Mas acho que sim, não acha, inspetor? Quero dizer, para que serve uma pistola sem munição? Gostaria de poder lembrar exatamente o que se passava em minha cabeça naquele momento.

— Minha querida Lucy — disse Sir Henry —, o que se passa ou não se passa em sua cabeça é o que desespera as pessoas que a conhecem há anos.

Ela presenteou-o com um sorriso muito doce.

— Mas eu *estou* tentando me lembrar, querido. A gente faz coisas tão curiosas. Outro dia de manhã, tirei o fone do gancho e me peguei olhando para ele um tanto assustada. Não conseguia imaginar o que eu queria com aquilo.

— Presumivelmente ia telefonar para alguém — retrucou o inspetor friamente.

— Não, isso é que é o mais engraçado, não ia. Depois me lembrei: estava querendo descobrir por que a sra. Mears, a mulher do jardineiro, segura o bebê de maneira tão esquisita, e aí peguei o fone para tentar, bem, ver como se segura um bebê, e é claro que percebi depois que me parecera estranho porque a sra. Mears é canhota e a cabeça do bebê fica do outro lado.

Olhou, triunfante, de um para o outro.

"Bem", pensou o inspetor, "acho que é possível existirem pessoas assim".

Mas não se sentiu muito seguro quanto a isso.

"A coisa toda", pensou ele, "podia ser um intrincado de mentiras". A copeira, por exemplo, dissera claramente que Gudgeon segurava um revólver. Ainda assim, não se podia concluir muita coisa a partir disso. A moça não entendia nada de armas de fogo. Ela ouvira falar num revólver, ligado ao crime, e revólver ou pistola seria tudo uma coisa só.

Tanto Gudgeon como Lady Angkatell haviam especificado a pistola Mauser, mas nada havia que confirmasse tal afirmação. Talvez fosse de fato o revólver que estava faltando que estivesse na mão de Gudgeon, e ele podia tê-lo devolvido, não ao escritório, mas à própria Lady Angkatell. Todos os criados pareciam absolutamente enfeitiçados por aquela maldita mulher.

E na hipótese de ela haver matado John Christow? (Mas por quê? Ele não atinava.) Será que, mesmo assim, eles a apoiariam e continuariam a mentir por ela? Teve a desagradável sensação de que fariam exatamente isso.

E agora essa história fantástica de não ser capaz de se lembrar — certamente ela pensaria numa desculpa melhor do que essa. E aparentava tanta naturalidade — nem um pouco embaraçada ou apreensiva. Raios, ela dava a impressão de estar falando literalmente a verdade.

Levantou-se.

— Quando se lembrar de mais alguma coisa, diga-me, por favor, Lady Angkatell — disse ele secamente.

— Claro que direi, inspetor — respondeu ela. — Às vezes as coisas nos ocorrem de repente.

Grange saiu do escritório. No *hall*, afrouxou o colarinho com o dedo e respirou fundo.

Sentia-se totalmente embaralhado. O que precisava mesmo era de seu cachimbo mais velho e mais feio, de um gole de cerveja e de um bom bife com fritas. Qualquer coisa simples e objetiva.

Capítulo 21

No estúdio, Lady Angkatell esvoaçava de um lado para o outro, tocando nos objetos aqui e ali com um titubeante dedo indicador. Sir Henry recostava-se em sua cadeira, observando-a. Finalmente, perguntou:

— Por que pegou a pistola, Lucy?

Lady Angkatell voltou e afundou graciosamente numa cadeira.

— Não sei bem ao certo, Henry. Acho que tinha algumas ideias esparsas sobre um acidente.

— Acidente?

— É. Todas aquelas raízes de árvores, sabe — explicou Lady Angkatell vagamente —, para o lado de fora... tão fácil, só tropeçar numa delas. Alguém poderia ter dado alguns tiros no alvo e deixado uma bala no pente, por falta de cuidado, é claro, mas as pessoas *são* descuidadas. Sempre achei, sabe, que um acidente seria a maneira mais fácil de fazer uma coisa desse tipo. A pessoa sentiria terrivelmente, é claro, e poria a culpa em si mesma...

Sua voz sumiu aos poucos. Seu marido continuou imóvel, sem despregar os olhos do rosto dela. Falou novamente, com a mesma voz calma e cuidadosa.

— Quem deveria sofrer... o acidente?

Lucy virou ligeiramente a cabeça, olhando-o com ar de surpresa.

— John Christow, é claro.

— Santo Deus, Lucy... — ele parou de falar.

Ela replicou com sinceridade:

— Oh, Henry, tenho andado tão preocupada. Sobre Ainswick.

— Sei. Então é Ainswick. Você sempre se preocupou demais com Ainswick, Lucy. Às vezes chego a pensar que é a única coisa que a preocupa de fato.

— Edward e David são os últimos... os últimos Angkatell. E David não conta, Henry. Ele nunca vai se casar... por causa da mãe dele e aquelas coisas todas. Ele vai herdar a propriedade quando Edward morrer e não vai se casar, e você e eu estaremos mortos há muito tempo, bem antes de ele ser um homem de meia-idade. Ele será o último dos Angkatell e a coisa toda vai desaparecer aí.

— E isso tem tanta importância, Lucy?

— Claro que tem! *Ainswick!*

—Você devia ter nascido menino, Lucy.

Mas ele sorriu um pouco, pois não conseguia imaginar Lucy sendo outra coisa que não feminina.

— Tudo depende do casamento de Edward... e Edward é tão obstinado... aquela cabeça dura, como a do pai. Eu tinha esperança de que, algum dia, ele esquecesse Henrietta e se casasse com uma moça simpática, mas vejo agora que não adianta ter esperanças. Então pensei que o caso de Henrietta com John seguisse um curso normal. Os casos de John, imagino eu, nunca eram muito duradouros. Mas eu o vi olhando para ela outro dia. Ele realmente *gostava* dela. Se ao menos John saísse da vida dela, pensei que Henrietta se casaria com Edward. Ela não é o tipo de pessoa que alimenta uma lembrança e vive no passado. Então, entende, tudo se resumia a isso: livrar-se de John Christow.

— Lucy. Você não... O que foi que você fez, Lucy?

Lady Angkatell levantou-se de novo. Tirou duas flores mortas de um vaso.

— Querido, você não pensou, nem por um minuto, que *eu* matei John Christow, pensou? Tive aquela ideia idiota de um acidente. Mas depois, sabe, lembrei-me de que nós *convidáramos* John Christow, e isso não é o mesmo que ele pedir para vir. Não se pode convidar alguém para ser seu hóspede e depois arranjar um acidente para essa pessoa. Até mesmo os árabes têm um comportamento especial quanto à hospitalidade. Portanto, não se preocupe, está bem, Henry?

Ela ficou olhando para ele, com um sorriso brilhante, afetuoso. Ele falou pesadamente:

— Sempre me preocupo com você, Lucy.

— Não há necessidade, querido. E, como você viu, a bem da verdade, tudo deu certo. Livramo-nos de John sem realmente termos feito nada. E isso me lembra — disse Lady Angkatell, reminiscente — aquele homem em Bombaim que foi tão grosseiro comigo. Foi atropelado por um bonde três dias depois.

Ela destrancou a porta de vidro e saiu para o jardim.

Sir Henry permaneceu sentado, imóvel, observando sua figura alta e esguia descer o caminho. Parecia velho e cansado, e seu rosto era o rosto de um homem que vivia à beira do medo.

Na cozinha, uma chorosa Doris Emmott murchara diante da severa reprimenda do sr. Gudgeon. A sra. Medway e a srta. Simmons agiam como uma espécie de coro grego.

— Agindo precipitadamente e chegando a conclusões de uma forma como só fazem as moças inexperientes.

— É isso mesmo — disse a sra. Medway.

— Se você me vir com uma pistola na mão, a coisa mais certa que tem a fazer é chegar perto de mim e dizer: "Sr. Gudgeon, poderia ter a bondade de me dar uma explicação?"

— Ou poderia ter me procurado — interrompeu a sra. Medway. — *Eu* estou sempre pronta a dizer a uma jovem que não conhece o mundo como ela deve agir.

— O que você *não* deveria ter feito — disse Gudgeon severamente — é sair tagarelando com um policial... e que não passava de um sargento, além do mais! Nunca se envolva com a polícia além do inevitável. Já é bastante desagradável termos de aturá-los dentro de casa.

— Extremamente desagradável — murmurou a srta. Simmons. — Uma coisa dessas *nunca* me aconteceu antes.

— Todos nós sabemos — prosseguiu Gudgeon — como é a patroa. Nada do que ela faça jamais me causará surpresa, mas a polícia não a conhece como nós, e deve estar fora de cogitação que a patroa se preocupe com perguntas e suspeitas idiotas só porque anda por aí com armas de fogo. É o tipo da coisa que ela é capaz de fazer, mas a mente dos policiais só vê crimes e coisas sórdidas no gênero. A patroa é uma senhora muito distraída, incapaz de maltratar uma mosca, mas não se pode negar que ela ponha as coisas em lugares estranhos. Jamais esquecerei — disse Gudgeon com sentimento — quando ela trouxe para casa uma lagosta viva e colocou-a na bandeja de cartas do *hall*. Pensei que estava tendo visões!

— Isso deve ter acontecido antes do meu tempo — disse a srta. Simmons, com curiosidade.

A sra. Medway confirmou essa revelação dando uma rápida olhadela na pecadora Doris.

— Depois falaremos nisso — disse ela. — Agora, Doris, saiba que só tivemos essa conversa com você para o seu próprio bem. É *comum* envolver-se com a polícia, e não se esqueça disso. Agora, pode continuar com os legumes e tenha mais cuidado que ontem com as ervilhas.

Doris fungou.

— Sim, sra. Medway — disse ela, arrastando-se até a pia.

A sra. Medway falou de modo agourento:

— Estou com o pressentimento de que não conseguirei ter a mão leve para fazer minhas massas. Esse maldito interrogatório amanhã. Sinto uma gastura toda vez que penso nisso. Uma coisa dessas... acontecendo *conosco*.

Capítulo 22

A tranca do portão deu um estalido e Poirot olhou pela janela a tempo de ver o visitante que se aproximava pela porta da frente. Soube imediatamente quem era. E ficou a imaginar o que teria levado Veronica Cray a procurá-lo.

Trazia consigo um leve perfume delicioso, um perfume que Poirot reconheceu. Vestia uma roupa de *tweed* e borzeguins, como Henrietta usara — mas era, decidiu ele, muito diferente de Henrietta.

— Monsieur Poirot — a voz dela era deliciosa, um pouco emocionada. — Só agora vim a descobrir quem é meu vizinho. E sempre desejei muito conhecê-lo.

Ele tomou a mão estendida da moça e fez uma mesura.

— Encantado, Madame.

Ela aceitou a mesura com um sorriso, e recusou chá, café ou mesmo um drinque.

— Não, vim apenas conversar com o senhor. Conversar seriamente. Estou preocupada.

— Está preocupada? Sinto muito ouvir tal coisa.

Veronica sentou-se e suspirou.

— É sobre a morte de John Christow. O interrogatório é amanhã. Sabia disso?

— Sim, sim, sabia.

— E a coisa toda é tão extraordinária...

Ela perdeu a voz.

— A maioria das pessoas realmente não acreditaria. Mas o senhor, sim, eu acho, pois conhece alguma coisa da natureza humana.

— Conheço um pouco da natureza humana — admitiu Poirot.

— O inspetor Grange veio ver-me. Pôs na cabeça que eu briguei com John. O que, de certa forma, é verdade, mas não da maneira como ele interpretou. Eu lhe disse que não via John há quinze anos, ele simplesmente não acreditou. Mas é verdade, Monsieur Poirot.

— Sendo verdade — disse Poirot —, pode ser facilmente provado. Então, por que se preocupar?

Ela retribuiu o sorriso dele da maneira mais amigável possível.

— A verdade é que eu simplesmente não tive coragem de contar ao inspetor o que aconteceu de fato na noite de sábado. É tão absolutamente fantástico que ele por certo não acreditaria. Mas senti que precisava contar a alguém. Por isso vim procurá-lo.

— Sinto-me lisonjeado — disse Poirot calmamente.

Esse fato, ele percebeu, ela punha fora de dúvida. "Era uma mulher", pensou, "que se sentia muito segura quanto ao efeito que produzia. Tão segura que, ocasionalmente, era capaz de cometer um engano".

— John e eu ficamos noivos há quinze anos. Ele estava muito apaixonado por mim... e tanto que eu às vezes chegava a ficar alarmada. Queria que eu abandonasse o cinema... que eu desistisse de ter qualquer ideia ou vida própria. Ele era tão possessivo e dominador que senti que não suportaria viver com ele até o fim, então terminei o noivado. Acho que o choque foi muito violento para ele.

Poirot fez um estalido discreto e solidário com a língua.

— Só voltei a vê-lo no sábado à noite. Ele me levou até a casa. Eu disse ao inspetor que conversamos sobre o passado, o que, de certa forma, é verdade. Mas houve muito mais que isso.

— Sim?

— John ficou desvairado... completamente desvairado. Queria abandonar a mulher e os filhos, queria que eu me divorciasse do meu marido para que me casasse com ele. Disse que nunca me esqueceu, que no momento em que me viu o tempo parou.

Ela fechou os olhos, engoliu em seco. Sob a maquiagem, seu rosto estava pálido.

Abriu os olhos de novo e sorriu quase timidamente para Poirot.

— O senhor acredita que um... um sentimento desses seja possível? — perguntou.

— Acho possível, sim — disse Poirot.

— Jamais esquecer... continuar esperando... planejando... desejando. Empenhar-se de corpo e alma para conseguir aquilo que se deseja. Existem homens assim, Monsieur Poirot.

— Sim... e mulheres também.

Ela lhe lançou um olhar duro.

— Estou falando de homens... sobre John Christow. Bem, foi isso o que aconteceu. Protestei no início, achei graça, recusei-me a levá-lo a sério. Depois disse que ele estava louco. Já era bastante tarde quando ele voltou para casa. Conversamos e conversamos. Mas ele continuava com a mesma determinação.

Ela engoliu novamente.

— Foi por isso que mandei um bilhete na manhã seguinte. Não podia deixar as coisas como estavam. Tinha de fazer com que ele percebesse que o que ele queria era... impossível.

— E *era* impossível?

— Claro que era impossível! Ele veio. Recusava-se a ouvir o que eu tinha a dizer. Continuava a insistir. Disse-lhe que de nada adiantava, que eu não o amava, que eu o odiava... — fez uma pausa, respirando fundo. — Tive de ser grosseira. Então nos separamos com raiva... E agora... ele está morto.

Ele viu as mãos dela se juntarem, viu os dedos torcidos e os nós salientes. Eram mãos grandes, um tanto cruéis.

A forte emoção que ela sentia comunicava-se a ele. Não era piedade, não era tristeza... era raiva. "A raiva", pensou ele, "de uma egoísta frustrada".

— Bem, Monsieur Poirot? — sua voz era controlada e suave de novo. — O que devo fazer? Contar a história, ou guardá-la para mim? Foi o que aconteceu, mas é difícil acreditar.

Poirot olhou-a. Um olhar longo, meditativo.

Ele não acreditava que Veronica Cray tivesse dito a verdade; ainda assim, havia um inegável tom de sinceridade. "Aquilo acontecera", pensou ele, "mas não daquela forma".

E, subitamente, ele percebeu. Era uma história verdadeira, mas invertida. Ela é que fora incapaz de esquecer John Christow. E ela é que fora repelida e frustrada. E agora, incapaz de suportar em silêncio a raiva furiosa de uma tigresa privada daquilo que considerava sua presa legítima, inventara uma versão da verdade que satisfazia seu orgulho ferido e alimentava um pouco o apetite doloroso por um homem que ficara além do alcance de suas garras.

Impossível admitir que ela, Veronica Cray, não conseguisse o que desejava! Então trocara tudo.

Poirot respirou fundo e falou.

— Se tudo isso tivesse alguma relação com a morte de John Christow, a senhorita teria de contar, mas se não tem, e não vejo por que tenha, então acho perfeitamente justificável que guarde para si.

Ele desejou saber se a desapontara. Tinha um pressentimento de que, no atual estado de espírito, ela gostaria de ver sua história numa página de jornal. Ela fora procurá-lo: por quê? Para experimentar sua história? Testar a reação dele? Ou usá-lo, induzi-lo a passar a história adiante?

Se sua resposta tranquila a desapontou, ela não o demonstrou. Levantou-se e estendeu para ele uma de suas mãos longas, bem-tratadas.

— Obrigada, Monsieur Poirot. O que o senhor acaba de dizer parece-me eminentemente sensato. Estou muito contente por ter vindo aqui. Eu... eu achava que alguém devia saber.

— Respeitarei sua confiança, Madame.

Depois que ela saiu, ele abriu um pouco a janela. Os perfumes o afetavam. Ele não gostou do perfume de Veronica. Era caro, mas empanturrante, dominador como sua personalidade.

Ficou imaginando, ao sacudir as cortinas, se Veronica Cray matara John Christow.

Ela deve ter tido vontade de matá-lo — ele acreditava nisso. Teria sentido prazer em apertar o gatilho, teria gostado de vê-lo cambalear e cair.

Mas por trás daquele ódio vingativo havia algo de frio e sagaz, algo que avaliava as chances, uma inteligência fria, calculista. Por mais que Veronica Cray desejasse matar John Christow, ele duvidava que ela corresse esse risco.

Capítulo 23

O interrogatório chegou ao fim. Fora mera formalidade e, embora avisados de antemão, quase todos ficaram com a sensação desagradável de anticlímax.

Adiado por mais duas semanas, a pedido da polícia.

Gerda viera de Londres com a sra. Patterson, num Daimler alugado. Trajava um vestido preto e um chapéu que não combinava e parecia nervosa e assustada.

Quando estava prestes a entrar de novo no Daimler, parou ao ver Lady Angkatell aproximando-se.

— Como vai, querida? Não tem dormido muito mal, espero. Acho que a coisa toda foi melhor do que se esperava, não? É uma pena que não tenha ficado conosco na Mansão Hollow, mas entendo como seria desgastante.

A sra. Patterson falou com sua voz firme, lançando um olhar recriminador à irmã, por não apresentá-la adequadamente:

— Foi ideia da sra. Collins... ir e voltar no mesmo dia. É caro, sem dúvida, mas achamos que valia a pena.

— Ah, realmente concordo com você.

A sra. Patterson baixou a voz.

—Vou levar Gerda e as crianças direto para Bexhill. Ela precisa é de descanso e sossego. Os repórteres! A senhora não faz ideia! Simplesmente esvoaçando na rua Harley.

Um jovem disparou uma câmera e Elsie Patterson empurrou a irmã para dentro do carro e partiram.

Os outros viram momentaneamente o rosto de Gerda sob o inadequado chapéu de brim. Era um rosto vazio, perdido, perplexo, como o de uma criança demente.

Midge Hardcastle murmurou entre os dentes:

— Pobre coitada.

Edward falou, irritado:

— O que é que todo mundo via em John Christow? Aquela mulher miserável parece estar com o coração totalmente partido.

— Ela era totalmente envolvida por ele — disse Midge.

— Mas por quê? Era um sujeito egoísta, boa companhia, de certa forma, mas... — fez uma pausa. Depois perguntou: — O que você achava dele, Midge?

"Eu?", Midge pensou.

— Acho que eu o respeitava — falou, finalmente, ainda um pouco surpresa com as próprias palavras.

— Respeitava? Por quê?

— Bem, ele conhecia seu trabalho.

— Está pensando nele como médico?

— É.

Não houve mais tempo.

Henrietta levaria Midge para Londres em seu carro. Edward almoçaria na Mansão Hollow e depois seguiria com David no trem da tarde. Disse vagamente a Midge que ela precisava ir almoçar com ele um dia desses, e Midge disse que seria muito agradável, mas que não podia tirar mais de uma hora para almoço. Edward sorriu com encanto e disse:

— Ah, é uma ocasião especial. Tenho certeza de que entenderão.

Depois dirigiu-se a Henrietta:

— Ligarei para você, Henrietta.

— Ligue, sim, Edward. Mas é possível que eu tenha de sair muito.

— Sair?

Ela deu um sorriso rápido, zombeteiro.

— Para afogar as mágoas. Não espera que eu fique sentada em casa me derretendo, não é?

— Eu não a entendo mais, Henrietta — disse ele, lentamente. — Você está bem diferente.

O rosto dela tornou-se mais brando. Inesperadamente falou:

— Querido Edward. — E deu um apertão no braço dele.

Depois voltou-se para Lucy Angkatell:

— Posso voltar quando quiser, não posso, Lucy?

— Claro, querida. De qualquer forma, haverá outro interrogatório daqui a duas semanas.

Henrietta caminhou até o carro, estacionado na praça do mercado. As malas dela e as de Midge já estavam lá.

Entraram e partiram.

O carro subiu a ladeira íngreme e chegou ao cume do morro. Abaixo delas, as folhas marrons e douradas tremiam um pouco no frio de um dia cinzento de outono.

— Estou contente por me afastar — disse Midge subitamente —, até mesmo de Lucy. Embora seja muito querida, ela me dá arrepios.

Henrietta olhava intensamente seu pequenino espelho retrovisor.

Disse sem prestar atenção:

— Lucy tem de dar seu colorido pessoal... até mesmo a um assassinato.

— Sabe, eu nunca havia pensado em assassinatos antes.

— Por que pensaria? É o tipo da coisa em que não se vive pensando. É uma palavra de onze letras em palavras cruzadas, ou um atrativo mote para um bom livro. Mas a coisa real...

Fez uma pausa. Midge concluiu:

— *É* real! E é isso que assusta.

Henrietta falou:

— Você não precisa ficar assustada. Você está fora disso. Talvez seja a única que esteja.

Midge respondeu:

— Todos nós estamos fora disso agora. Conseguimos livrar-nos.

Henrietta murmurou:

— Será?

Ela estava olhando para o retrovisor novamente. Súbito, pisou fundo no acelerador. O carro respondeu. Ela olhou o velocímetro. Estavam a mais de oitenta. Pouco depois, o ponteiro chegou aos noventa.

Midge olhou de lado para o perfil de Henrietta. Não era costume de Henrietta dirigir perigosamente. Ela gostava de velocidade, mas as curvas da estrada não justificavam aquele ritmo. Havia um sorriso maldoso pairando nos lábios de Henrietta.

— Olhe lá para trás, Midge — disse ela. —Veja aquele carro lá.

— Sim?

— É um Ventnor 10.

— É? — Midge não estava particularmente interessada.

— São carrinhos úteis, baixo consumo de gasolina, bom desempenho na estrada, mas não são rápidos.

— Não?

"Curioso", pensou Midge, "como Henrietta sempre fora fascinada por carros e por seus desempenhos".

— Como eu disse, eles não correm muito... mas aquele carro, Midge, está conseguindo manter a mesma distância, embora estejamos a mais de noventa.

Midge olhou-a, assustada.

—Você quer dizer que...

Henrietta assentiu.

— A polícia, acho, tem motores especiais em carros de aspecto comum.

Midge falou:

—Você quer dizer que eles continuam a nos vigiar?

— Parece-me um tanto óbvio.

Midge estremeceu.

— Henrietta, você entendeu o significado daquele segundo revólver?

— Não, mas deixa Gerda de fora. Além disso, parece não levar a nada.

— Mas se era um dos revólveres de Henry...

— Não sabemos se era. Ainda não foi descoberto, lembre-se.

— Não, isso é verdade. Pode ter sido alguém de fora. Sabe quem eu gostaria que tivesse matado John, Henrietta? Aquela mulher.

—Veronica Cray?

— É.

Henrietta não falou nada. Continuou a dirigir, com os olhos fixos na estrada.

—Você não acha possível? — persistiu Midge.

— *Possível*, sim — disse Henrietta, lentamente.

— Então você não acha...

— Não adianta nada acharmos uma coisa só porque *queremos* que seja verdadeira. É a solução perfeita, deixando todos nós de fora!

— Nós? Mas...

— Nós estamos envolvidos: todos nós. Até mesmo você, Midge, querida... Embora seja muito difícil eles arranjarem um motivo para você ter matado John. Claro que eu *gostaria* que tivesse sido Veronica. Nada me daria maior satisfação do que vê-la representar maravilhosamente, como diria Lucy, no banco dos réus!

Midge deu-lhe uma rápida olhada.

— Diga-me, Henrietta, essa coisa toda fez você se sentir vingativa?

— Você quer dizer — Henrietta parou momentaneamente — porque eu amava John?

— É.

Quando ela falou, Midge percebeu, com uma ligeira sensação de choque, que aquela era a primeira vez que o fato em si fora dito com todas as palavras. O fato de que Henrietta amava John Christow era aceito por todos eles, por Lucy e Henry, por Midge, até por Edward, mas, até então, nenhum deles passara da mera insinuação com palavras.

Houve uma pausa enquanto Henrietta parecia estar pensando. Depois falou, pensativa:

— Não sei explicar o que sinto. Talvez nem eu mesma saiba.

Passavam agora sobre a Albert Bridge.

Henrietta falou:

— Vamos comigo até o estúdio, Midge. Tomaremos um chá e depois levo-a para casa.

Em Londres, a luz curta da tarde estava sumindo. Estacionaram na porta do estúdio e Henrietta pôs a chave na fechadura. Entrou e acendeu a luz.

— Que frio — disse ela. — É melhor ligarmos o aquecimento. Oh, droga... pretendia comprar fósforos no caminho.

— Não serve isqueiro?

— O meu não está bom e, de qualquer maneira, é difícil acender o aquecedor a gás com isqueiro. Fique à vontade. Tem um velhinho cego ali na esquina. Sempre compro fósforos com ele. Vou demorar um ou dois minutos.

Sozinha no estúdio, Midge ficou examinando os trabalhos de Henrietta. Teve uma sensação de arrepio por estar compartilhando o estúdio com aquelas criações de madeira e bronze.

Havia uma cabeça de bronze com os molares salientes e um chapéu de estanho, provavelmente um soldado do Exército Vermelho, e havia uma estrutura etérea, de alumínio, em forma de fitas torcidas, que a intrigou um bocado. Havia uma imensa rã estática de granito róseo e, no final do estúdio, deparou com uma figura de madeira de tamanho quase natural.

Midge a examinava quando a chave girou na porta e Henrietta entrou ligeiramente sem fôlego.

Midge voltou-se.

— O que é isso, Henrietta? É um tanto assustador.

— Isso? Isso é *O adorador*. Vai para o International Group.

Midge repetiu, os olhos fixos na escultura:

— É assustador.

Ajoelhando-se para acender o aquecedor, Henrietta falou sem pestanejar:

— Interessante isso que você disse. Por que acha assustador?

— Eu acho... porque não tem rosto.

— Tem toda a razão, Midge.

— Está muito bom, Henrietta.

Henrietta falou casualmente:

— É uma bela peça de madeira branca.

Levantou-se. Jogou sua grande mochila e os casacos sobre o divã, e duas caixas de fósforos em cima da mesa.

Midge foi surpreendida pela expressão em seu rosto, que adquirira, subitamente, um júbilo inexplicável.

— Agora, ao chá — a voz de Henrietta tinha a mesma alegria cálida que Midge percebera em seu rosto.

Dava a impressão de uma nota destoante, mas Midge esqueceu-se, no meio da corrente de pensamento desencadeada pela visão, das duas caixas de fósforos.

— Lembra-se daqueles fósforos que Veronica Cray levou?

— Lucy insistindo em impingir-lhe meia dúzia de caixas? Lembro.

— Alguém chegou a descobrir se ela tinha fósforos no chalé todo o tempo?

— Acho que a polícia descobriu. Eles são muito cuidadosos.

Um sorriso ligeiramente triunfante desenhava-se nos lábios de Henrietta. Midge sentiu-se confusa, quase repelida.

Pensou: "Será que Henrietta realmente gostava de John? Será possível? Vai ver que não."

Um arrepio breve e desolado atravessou-lhe o corpo ao refletir: "Edward não vai precisar esperar muito..."

Não era generoso de sua parte não permitir que esse pensamento lhe trouxesse conforto. Queria que Edward fosse feliz, não queria? Era como se não pudesse ter Edward para si. Para Edward, ela seria sempre a "pequena Midge". Nada mais que isso. Nunca uma mulher a ser amada.

Edward, infelizmente, era do tipo fiel. Bem, o tipo fiel geralmente conseguia aquilo que queria.

Edward e Henrietta em Ainswick... era o final certo para a história. Edward e Henrietta vivendo felizes para sempre.

Ela via tudo isso claramente.

— Anime-se, Midge — disse Henrietta. — Não se deixe deprimir por um crime. Que tal sairmos mais tarde e jantarmos juntas?

Mas Midge disse rapidamente que precisava voltar para casa. Tinha coisas a fazer, cartas para escrever. Na verdade, era melhor voltar assim que acabasse a xícara de chá.

— Está bem. Eu a levo.

— Posso pegar um táxi.

— Bobagem. Vamos usar o carro, ele está aqui.

Saíram para o ar úmido da tardinha. Ao passarem pelo final do *mews*, Henrietta apontou para um carro estacionado.

— Um Ventnor 10. Nossa sombra. Vai nos seguir. Você vai ver.

— Que coisa mais imbecil!

— Você acha? Eu não ligo mesmo.

Henrietta deixou Midge em casa, voltou para o *mews* e guardou o carro na garagem.

Depois tornou a entrar no estúdio.

Durante alguns minutos, ficou distraidamente tamborilando os dedos no consolo. Depois suspirou e murmurou para si mesma:

— Bom... ao trabalho. Não há tempo a perder.

Tirou a roupa de *tweed* e enfiou-se num macacão. Uma hora e meia depois, recuou e estudou o que acabara de fazer. Havia pedaços de argila em seu rosto e o cabelo estava em desalinho, mas balançou apreciativamente a cabeça para o modelo sobre o suporte.

Assemelhava-se grosseiramente a um cavalo. A argila fora jogada de forma irregular. Era o tipo de cavalo que teria provocado uma apoplexia no coronel de um regimento de cavalaria, tão diferente que era de qualquer cavalo de carne e osso jamais parido. Também teria causado desgosto aos caçadores irlandeses, ancestrais de Henrietta. Mesmo assim era um cavalo, um cavalo concebido no abstrato.

Henrietta imaginou o que o inspetor Grange acharia dele se o visse, e sua boca se abriu um pouco, divertida, imaginando o rosto dele.

Capítulo 24

Edward Angkatell parou hesitante no turbilhão de trânsito de pedestres da avenida Shaftesbury. Tomava coragem para entrar no estabelecimento que trazia um cartaz em letras douradas: "Madame Alfrege".

Algum instinto obscuro não permitira que ele simplesmente telefonasse e convidasse Midge para almoçar. Aquele fragmento de conversa telefônica ouvido na Mansão Hollow o perturbara — mais ainda, chocara-o. Percebera na voz de Midge a submissão, uma subserviência que acirrara seus sentimentos.

Midge, a liberada, a alegre, a sincera, ter de adotar aquela atitude. Ter de se submeter, como visivelmente se submetera, à grosseria e à insolência do outro lado da linha. Estava tudo errado, a coisa toda estava errada! E então, quando ele demonstrara sua preocupação, ela o enfrentara francamente, com a verdade ofensiva de que era preciso manter o emprego, e que os empregos não estavam fáceis e que o abandono de um emprego trazia mais insatisfações do que a mera execução de tarefas estipuladas.

Até então, Edward aceitara vagamente o fato de que um grande número de moças tinha "emprego" hoje em dia. Se algum dia se dera ao trabalho de pensar sobre isso, concluíra que, de um modo geral, as jovens trabalhavam porque gostavam de trabalhar; satisfaziam seu sentido de independência e davam novo interesse à própria vida.

O fato de que um expediente das nove às seis, com uma hora para almoço, afastava uma moça da maioria dos prazeres e descansos de uma classe abastada simplesmente não ocorrera a Edward. Midge, a não ser que sacrificasse a hora de almoço, não podia visitar uma galeria de arte, não podia ir a um concerto vespertino, sair da cidade num belo dia de verão, almoçar tranquilamente num restaurante afastado, mas, em vez disso, tinha de relegar suas excursões ao campo às tardes de sábado e, aos domingos, tinha de almoçar rapidamente num Lyons superlotado ou numa lanchonete — e isso era uma descoberta nova e desagradável. Gostava demais de Midge. Pequena Midge, era assim que pensava nela. Chegando a Ainswick, tímida e de olhos grandes, para as férias, muito calada de início, mas depois explodindo em entusiasmo e afeição.

A tendência de Edward a viver exclusivamente no passado, e a aceitar duvidosamente o presente como algo ainda não testado, retardara seu reconhecimento de Midge como uma adulta que ganhava a própria vida.

Fora naquela noite na Mansão Hollow, quando ele entrara com frio e trêmulo por causa daquele choque estranho e perturbador com Henrietta, e quando Midge ajoelhou-se para acender o fogo, que ele percebera pela primeira vez que Midge não era uma criança afetuosa, mas uma mulher. Fora uma visão perturbadora, e sentiu-se, por um momento, como se houvesse perdido alguma coisa, alguma coisa que era uma parte preciosa de Ainswick. E dissera impulsivamente, dando vazão àquele sentimento subitamente despertado: "Gostaria de vê-la mais vezes, pequena Midge..."

De pé, à luz da lua, conversando com uma Henrietta que não era mais a Henrietta familiar que ele amara por tanto tempo, fora tomado de súbito pânico. E ficara mais perturbado ainda ao perceber o molde em que se encaixava sua vida. A pequena Midge também fazia parte de Ainswick — mas aquela não era mais a pequena Midge, e sim uma adulta corajosa e de olhos tristes que ele não conhecia.

Desde então ficara com essa preocupação na mente e se permitira muita autorreprovação por sua atitude impensada de nunca dar importância à felicidade ou ao conforto de Midge. A ideia de seu emprego incompatível em Madame Alfrege preocupava-o ainda mais, e ele decidira finalmente ver por si mesmo como era aquela loja de roupas onde ela trabalhava.

Edward espiou criticamente um vestido preto com um cinto dourado estreito na vitrine, um conjunto de calças compridas simples e elegante e um vestido de noite de renda colorida um tanto berrante.

Edward não entendia nada de roupas de mulheres, a não ser por instinto, mas ficou com a impressão desagradável de que todas aquelas peças, de certa forma, eram de tipo vulgar. "Não," pensou ele, "aquele lugar não era digno dela. Alguém, talvez Lucy Angkatell, precisava tomar alguma providência".

Superando a timidez com esforço, Edward aprumou os ombros ligeiramente caídos e entrou.

Ficou momentaneamente paralisado pelo embaraço. Duas mulherezinhas coquetes, de cabelo louro-platinado e vozes estridentes, examinavam vestidos numa caixa de mostruário, atendidas por uma balconista morena. No final da loja, uma mulher baixa, de nariz grande, cabelos vermelhos tingidos com *henna* e uma voz desagradável discutia com uma freguesa robusta e atônita sobre algumas alterações num vestido de noite. De um cubículo adjacente, elevou-se uma voz malcriada de mulher.

— Horrível... simplesmente horrível. Será que não pode me arranjar uma coisa *decente* para vestir?

Em resposta, ouviu o murmúrio delicado de Midge — uma voz respeitosa, persuasiva.

— Este modelo vinho é realmente muito elegante. E achei que combinaria com a senhora. Se quisesse experimentá-lo...

— Não vou perder meu tempo experimentando coisas que sei que não prestam. Não custa ter um pouco de trabalho. Eu disse que não queria nada em vermelho. Se ao menos escutasse o que lhe dizem...

Edward ficou vermelho de raiva. Esperava que Midge jogasse o vestido na cara daquela mulher odiosa. Em vez disso, ela murmurou:

—Vou dar outra olhada. A senhora gosta de verde, não? Ou deste pêssego?

— Pavoroso, simplesmente pavoroso! Não, eu não vou ver mais nada. Pura perda de tempo...

Mas agora Madame Alfrege, afastando-se da freguesa robusta, aproximou-se de Edward e olhava-o com ar indagador.

Ele se empertigou.

— É... eu poderia falar... a srta. Hardcastle está?

A Mansão Hollow   203

As sobrancelhas de Madame Alfrege levantaram-se, mas ela percebeu o corte Savile Row das roupas de Edward e produziu um sorriso cuja graça era mais desagradável do que fora sua demonstração de mau humor.

De dentro do cubículo, a voz malcriada elevou-se rispidamente:

— Cuidado! Como você é desajeitada. Desarrumou minha rede de cabelo!

E a voz de Midge, falhando:

— Sinto muito, Madame.

— Que falta de jeito! — a voz parecia abafada. — Não, pode deixar que eu faço sozinha. Meu cinto, por favor.

— A srta. Hardcastle estará livre dentro de um minuto — disse Madame Alfrege. Seu sorriso agora era maldoso.

Uma mulher de cabelos cor de areia, de aspecto mal-humorado, emergiu do cubículo carregando diversos embrulhos e saiu para a rua. Midge, num sóbrio vestido preto, abriu a porta para ela. Estava pálida e parecia infeliz.

—Vim buscá-la para almoçarmos — disse Edward, sem preâmbulos.

Midge olhou apressadamente o relógio.

— Só saio depois das 13h15 — começou ela.

Eram 13h10.

Madame Alfrege falou graciosamente:

— Pode sair agora se quiser, srta. Hardcastle, já que seu *amigo* veio convidá-la.

— Oh, obrigada, Madame Alfrege — murmurou Midge, e depois para Edward: — Estarei pronta em um minuto — e desapareceu nos fundos da loja.

Edward, que se encolhera sob o impacto da grande ênfase dada por Madame Alfrege à palavra amigo, esperava, muito encabulado.

Madame Alfrege estava prestes a entabular uma conversa com ele quando a porta se abriu e entrou uma mulher de aspecto opulento com um pequinês, e os instintos comerciais de Madame Alfrege levaram-na à recém-chegada.

Midge reapareceu vestida em seu casaco e, pegando-a pelo cotovelo, Edward guiou-a loja afora, para a rua.

— Meu Deus — disse ele —, é esse tipo de coisa que você tem de aguentar? Eu ouvi aquela maldita mulher falar com você, detrás da cortina. Como é que você aguenta, Midge? Por que você não jogou a droga daqueles babados na cara dela?

— Eu logo perderia o emprego se agisse assim.

— Mas você não tem vontade de jogar tudo naquelas mulheres?

Midge respirou fundo.

— Claro que tenho. E às vezes, especialmente no final das semanas quentes de liquidação de verão, tenho medo de perder a cabeça e mandar todo mundo para o inferno em lugar de "Sim, Madame", "Não, Madame", "Vou ver se temos outra coisa, Madame".

— Midge, querida Midge, você não merece isso!

Midge riu um pouco trêmula.

— Não fique tão aflito, Edward. Por que você inventou de vir até aqui? Por que não telefonou?

— Queria ver com meus próprios olhos. Estava preocupado. — Fez uma pausa e depois explodiu. — Ora, Lucy não falaria com um criado da maneira como aquela mulher falou com você. Não está nada certo você ter de suportar tanta insolência e grosseria. Santo Deus, Midge, minha vontade é tirá-la dali e levá-la diretamente para Ainswick. Minha vontade é chamar um táxi, enfiá-la dentro dele e levá-la para Ainswick no trem das 14h15.

Midge parou. Sua indiferença calculada abandonou-a. Tivera uma manhã exaustiva, com fregueses exasperantes e a Madame no ápice da implicância. Voltou-se para Edward com um olhar súbito de ressentimento.

— Então por que não o faz? Veja quantos táxis!

Ele encarou-a, espantado com aquela fúria repentina. Ela prosseguiu, inflamada de raiva:

— Por que você tem de aparecer e *dizer* essas coisas? Não é isso que você está sentindo. Você acha que as coisas ficam mais fáceis, depois de uma manhã infernal, quando alguém me lembra que existem lugares como Ainswick? Você acha que fico agradecida a você só por ficar tagarelando o quanto gostaria de me tirar disso tudo? Tudo muito bonito, mas nada sincero. Você não está sentindo nada disso. Você não sabe que eu seria capaz de vender minha alma para pegar o trem das 14h15 para Ainswick e me livrar de tudo isso? Eu não tolero nem *pensar* em Ainswick, entende? Você não faz por mal, Edward, mas você é cruel! Dizendo coisas... apenas *dizendo* coisas...

Olharam-se no rosto, incomodando seriamente a turba de almoço da avenida Shaftesbury. Mesmo assim, não tinham consciência de nada, além dos dois. Edward encarava-a como um homem subitamente despertado de um sonho.

— Está bem, então... — disse ele. — Você vai para Ainswick no trem das 14h15!

Levantou a bengala e chamou um táxi que passava. O carro parou junto ao meio-fio. Edward abriu a porta e Midge, ligeiramente tonta, entrou. Edward disse ao motorista: "Estação Paddington", e sentou-se ao lado da moça.

Permaneceram em silêncio. Os lábios de Midge estavam bem apertados. Seus olhos eram desafiadores e belicosos. Edward olhava fixamente para a frente.

Enquanto esperavam que o sinal da rua Oxford abrisse, Midge falou de modo desagradável:

— Parece que tirei sua máscara.

Edward retrucou prontamente:

— Não era máscara.

O táxi deu a partida com um arranco.

Somente quando o táxi dobrou à esquerda na rua Edgware e tomou Cambridge Terrace, foi que Edward subitamente recobrou a atitude normal diante da vida.

— Não podemos pegar o trem das 14h15. — Batendo de leve no vidro, disse ao motorista: — Vá para o Berkeley.

Midge falou friamente:

— Por que não podemos ir no das 14h15? Ainda são 13h25.

Edward sorriu para ela.

—Você não trouxe sua bagagem, pequena Midge. Não tem camisolas, escova de dentes ou botinas. Mas temos o das 16h15, você sabe. Vamos almoçar agora e resolver as coisas.

Midge suspirou.

—Você é exatamente isso, Edward. Sempre se lembra do lado prático. Os impulsos não o levam longe, não é mesmo? Oh, bem, foi um sonho bom enquanto durou.

Ela escorregou o braço para perto do dele e deu-lhe aquele velho sorriso.

— Desculpe-me por ter parado na calçada e dito aqueles desaforos como uma megera — disse ela. — Mas você sabe, Edward, você *foi* irritante.

— Sei — disse ele. — Devo ter sido.

Entraram felizes no Berkeley, lado a lado. Conseguiram uma mesa perto da janela e Edward pediu um excelente almoço.

Ao acabarem o frango, Midge suspirou e disse:

— Preciso me apressar. Minha hora de almoço acabou.

— Hoje você vai ter uma hora de almoço decente, nem que eu tenha de voltar lá e comprar metade das roupas daquela loja!

— Querido Edward, como você é bom!

Comeram *crêpes suzette* e depois o garçom trouxe o café. Edward mexeu o açúcar com a colher.

Falou gentilmente:

—Você realmente ama Ainswick, não é?

— Será que precisamos falar sobre Ainswick? Já sobrevivi a não pegarmos o trem das 14h15, e percebo que o das 16h15 já está fora de cogitação, mas não fique me maltratando.

Edward sorriu.

— Não, não estou propondo que peguemos o das 16h15. Mas estou sugerindo que você vá para Ainswick, Midge. Estou sugerindo que você vá para sempre... quero dizer, se é que vai me suportar.

Ela o encarou por sobre a borda da xícara de café, depois colocou-a no pires com uma das mãos que conseguiu manter firme.

— O que você quer dizer, Edward?

— Estou sugerindo que se case comigo, Midge. Não creio que seja uma proposta muito romântica. Sou um cachorro velho, sei disso, e não muito habilidoso em coisa alguma. Apenas leio livros e divago. Mas, ainda que eu não seja uma pessoa muito emocionante, conhecemo-nos há muito tempo e acho que Ainswick em si... bom, compensaria. Acho que você vai ser feliz em Ainswick, Midge. Você aceita?

Midge engoliu em seco uma ou duas vezes, depois falou:

— Mas eu pensei... Henrietta... — e parou.

Edward falou, a voz tranquila e sem emoção.

— Sim, pedi Henrietta em casamento três vezes. Todas as vezes ela recusou. Henrietta sabe o que não quer.

Houve um silêncio e depois Edward falou:

— Bem, querida, o que você diz?

Midge olhou para ele. A voz estava embargada:

— Parece-me tão extraordinário... o paraíso servido num prato, por assim dizer, no Berkeley!

O rosto dele se iluminou. Pôs as mãos sobre as dela por um breve momento.

— O paraíso servido num prato — repetiu ele. — Então é assim que você se sente em relação a Ainswick. Oh, Midge, como fico feliz.

Continuaram ali sentados, felizes. Edward pagou a conta e acrescentou uma enorme gorjeta. As pessoas no restaurante iam escasseando. Midge falou com esforço:

— Temos de ir. Acho melhor eu voltar para Madame Alfrege. Afinal de contas, ela está contando comigo. Não posso simplesmente desaparecer.

— Não, acho que você vai ter de voltar e se demitir, ou entregar sua carta, ou o que quer que seja. Em todo caso, você não vai continuar trabalhando lá. Não admitirei. Mas, em primeiro lugar, acho melhor irmos até uma daquelas lojas da rua Bond onde vendem anéis.

208   Agatha Christie

— Anéis?

— É comum, não é?

Midge riu.

À luz fraca da joalheria, Midge e Edward curvavam-se sobre brilhantes anéis de noivado, enquanto um vendedor discreto os observava afavelmente.

Edward falou, empurrando uma bandeja coberta de veludo:

— Esmeraldas, não.

"Henrietta de *tweed* verde. Henrietta num vestido de noite como jade chinesa... Não, esmeraldas, não", pensou Edward.

Midge afastou uma fina punhalada de seu coração.

— Escolha para mim — disse para Edward.

Ele se curvou sobre a bandeja diante deles. Escolheu um anel com um solitário. Não era um diamante muito grande, mas uma pedra de cor e brilho bonitos.

— Gosto desse.

Midge assentiu. Ela amou aquele exemplar do gosto melindroso e infalível de Edward. Colocou-o no dedo, enquanto Edward e o vendedor se afastaram.

Edward fez um cheque no valor de 342 libras e voltou sorrindo para Midge.

—Vamos, e sejamos rudes com Madame Alfrege.

Capítulo 25

— Mas, queridos, eu fico *tão* satisfeita!

Lady Angkatell estendeu uma mão frágil para Edward e tocou Midge suavemente com a outra.

—Você fez bem, Edward, em fazê-la sair daquela loja horrível e trazê-la diretamente para cá. Ela vai ficar aqui, é claro, e se casar por aqui. St. George's, vocês sabem, fica a cinco quilômetros daqui pela estrada, embora a apenas um quilômetro e meio pelo bosque, mas acho que não se costuma ir a um casamento pelo bosque. E creio que vai ter de ser o vigário. Pobre homem, tem resfriados tão horríveis todos os outonos. Já o cura, ele tem uma daquelas vozes altas anglicanas, e a coisa toda seria muito mais impressionante e religiosa, se é que me entendem. É tão difícil manter pensamentos reverentes quando alguém está falando pelo nariz.

"Tratava-se", pensou Midge, "de uma recepção bastante *lucyesca*". Dava-lhe vontade tanto de rir como de chorar.

— Adoraria me casar aqui perto, Lucy — disse ela.

— Então está combinado, querida. Cetim branco, acho, e um livro de orações de marfim, *sem* buquê. Damas de honra?

— Não. Não quero confusão. Quero um casamento tranquilo.

— Entendo, querida, e acho que talvez você tenha razão. Sendo o casamento no outono, quase sempre é crisântemo, uma flor tão sem inspiração, sempre achei. E, a não ser que se perca muito tempo escolhendo-as, as damas de honra nunca vão exatamente *iguais*, e quase sempre uma fica tão sem graça que estraga todo o efeito... mas tem de haver pelo menos uma, que é geralmente a irmã do noivo. Mas, é claro — Lady Angkatell sorriu —, Edward não tem irmãs.

— Isso parece ser um ponto a meu favor — disse Edward, sorrindo.

— Mas as crianças são realmente a pior coisa de um casamento — prosseguiu Lady Angkatell, continuando alegremente sua cadeia de pensamento. — Todo mundo diz "Que gracinha!", mas, santo Deus, quanta *ansiedade*! Pisam no véu, ou então choram pela babá, e geralmente passam mal. Eu sempre fico imaginando como uma noiva consegue passar pela nave da igreja normalmente, quando está tão insegura quanto ao que está acontecendo atrás de si.

— Não precisa haver nada atrás de mim — disse Midge, alegremente. — Nem mesmo um véu. Posso me casar de saia e blusa.

— Oh, não, Midge, assim parece uma viúva. Não, vai ser cetim branco, e *não* de Madame Alfrege.

— Claro que não vai ser de Madame Alfrege — disse Edward.

— Vou levá-la à Mireille — disse Lady Angkatell.

— Querida Lucy, não tenho condições de ir à Mireille.

— Bobagem, Midge. Henry e eu vamos dar-lhe o enxoval. E Henry, é claro, vai entregá-la ao noivo. Espero que o cós da calça dele não esteja muito apertado. Já faz quase dois anos desde que fomos a um casamento pela última vez. E eu irei de...

Lady Angkatell fez uma pausa e fechou os olhos.

— Sim, Lucy...

— Azul-hortênsia — anunciou Lady Angkatell com voz enlevada. — Acho, Edward, que você vai convidar um de seus amigos para padrinho, caso contrário, é claro, há David. Não consigo deixar de acreditar que seria maravilhoso para David. Iria torná-lo equilibrado, sabe, e ele sentiria que todos nós gostamos dele. Isso, tenho certeza, é muito importante para David. Deve ser duro, sabe, a pessoa sentir que é inteligente e intelectual, mas que ninguém a acha melhor que os outros por causa disso! Mas é claro que não deixaria de ser arriscado. Ele provavelmente perderia a aliança, ou a deixaria cair no último minuto. Acho que Edward ficaria muito aborrecido. Mas seria agradável, de certa forma, nos restringirmos às mesmas pessoas que recebemos aqui para o crime.

Lady Angkatell pronunciou as últimas palavras no tom mais casual possível.

Midge não conseguiu deixar de dizer:

— Lady Angkatell recebeu alguns convidados para um crime neste outono.

— É — disse Lucy, pensativa. — Acho que *realmente* soou assim. Uma reunião para um tiro. Sabem, quando penso nisso, sinto que foi exatamente isso que aconteceu!

Midge estremeceu ligeiramente e falou:

— Bem, de qualquer forma, está tudo acabado.

A Mansão Hollow 211

— Não está exatamente acabado. O interrogatório foi apenas adiado. E aquele simpático inspetor Grange mantém seus homens em toda parte, simplesmente bisbilhotando pelo bosque de castanheiras, espantando todos os faisões, e aparecendo, como aqueles palhaços que pulam de dentro das caixas, nos lugares mais inesperados.

— O que estão procurando? — perguntou Edward. — O revólver que matou John?

— Imagino que sim. Chegaram mesmo a revistar a casa com um mandado de busca. O inspetor pediu muitas desculpas, estava até tímido, mas é claro que eu lhe disse que seria um prazer. Foi realmente muito interessante. Eles olharam absolutamente *tudo*. Eu os segui, sabem, e sugeri um ou dois lugares que eles nem sequer tinham pensado. Mas não encontraram nada. Foi um grande desapontamento. Pobre inspetor Grange, está emagrecendo bastante, e não para de puxar aquele bigode. A mulher dele devia preparar-lhe alimentos especialmente nutritivos, tantas são suas preocupações, mas tenho a vaga ideia de que ela deve ser uma daquelas mulheres que se preocupam mais em ter um linóleo realmente polido do que em preparar uma refeição saborosa. O que me lembra de que preciso falar com a sra. Medway. É engraçado como os empregados não suportam a polícia. O suflê de queijo que ela fez ontem à noite estava praticamente intragável. Os suflês e as massas geralmente refletem o equilíbrio de uma pessoa. Se não fosse Gudgeon, que os mantém unidos, acho que metade dos empregados teria ido embora. Por que vocês dois não vão dar um bom passeio e ajudam a polícia a procurar o revólver?

Hercule Poirot sentava-se no banco que dava para o bosque de castanheiras, acima da piscina. Não tinha a sensação de estar invadindo uma propriedade porque Lady Angkatell lhe pedira amavelmente que andasse por onde quisesse, a qualquer momento. Era a afabilidade de Lady Angkatell que Hercule Poirot considerava naquele momento.

De vez em quando, ouvia o barulho de um graveto quebrando-se nos bosques acima, ou avistava uma figura movendo-se no bosque de castanheiras, abaixo.

Logo depois Henrietta se aproximou, vindo da alameda. Parou um instante ao avistar Poirot, depois sentou-se ao lado dele.

— Bom dia, Monsieur Poirot. Acabo de vir de sua casa. Mas o senhor não estava. O senhor está com um aspecto bem atlético. Está presidindo à caçada? O inspetor parece bastante ativo. O que estão procurando, o revólver?

— É, srta. Savernake.

— E vão encontrá-lo, o senhor acha?

— Acho que sim. Dentro em breve, não é mesmo?

O olhar da moça era indagador.

— Então já tem ideia de onde esteja?

— Não. Mas *acho* que será encontrado logo. Já é hora de ser encontrado.

— O senhor diz coisas estranhas, Monsieur Poirot!

— Coisas estranhas acontecem aqui. Voltou logo de Londres, Mademoiselle.

O rosto dela endureceu. Deu uma risadinha curta, amarga.

— O assassino sempre volta ao local do crime? É uma antiga superstição, não é? Então o senhor *realmente* acha... que fui eu! O senhor não acredita, então, quando eu lhe digo que não seria capaz... que não *conseguiria* matar ninguém?

Poirot não respondeu logo. Finalmente falou, pensativo:

— Desde o início, tive a impressão de que esse crime ou foi muito simples, tão simples que é difícil acreditar em sua simplicidade (e a simplicidade, Mademoiselle, por estranho que pareça, pode levar a erros), ou então foi extremamente complexo. Ou seja, estamos lutando contra uma mente capaz de invenções intrincadas e engenhosas, de forma que, toda vez que pensávamos estar a caminho da verdade, estávamos realmente sendo levados por uma trilha que se afastava da verdade com uma guinada e que nos levava... a nada. Essa futilidade aparente, essa contínua esterilidade não são *naturais*, são artificiais, *planejadas*. Uma mente muito sutil e engenhosa está tramando contra nós todo o tempo... e com sucesso.

— Bem — disse Henrietta. — E o que isso tem a ver comigo?

— A mente que está tramando contra nós é uma mente criativa, Mademoiselle.

— Sei... e é aí que eu entro?

Ficou calada, os lábios apertados amargamente. Do bolso do casaco tirou um lápis e pôs-se a desenhar, displicentemente, o esboço de uma árvore fantástica na madeira do banco, pintada de branco, olhando o desenho com a testa franzida.

Poirot observava-a. Alguma coisa mexeu em sua mente — na tarde do crime, na sala de estar de Lady Angkatell, olhando para uma pilha de escores de *bridge*; na manhã seguinte, de pé ao lado da mesa de ferro pintada do pavilhão, e uma pergunta que fizera a Gudgeon.

Falou:

— Foi isso que a senhorita desenhou no seu escore de *bridge*, uma árvore.

— Foi. — Henrietta pareceu tomar consciência, subitamente, do que fazia. — Ygdrasil, Monsieur Poirot. — Ela riu.

— Por que esse nome, Ygdrasil?

Ela explicou a origem de Ygdrasil.

— E então, quando "rabisca"... é essa a palavra, não é?... é sempre Ygdrasil que desenha?

— É. Rabiscar é uma coisa engraçada, não é?

— Aqui no banco... no escore de *bridge* sábado à noite... no pavilhão na manhã de domingo...

A mão que segurava o lápis enrijeceu e parou. Falou num tom de brincadeira despreocupada:

— No pavilhão?

— É, na mesa de ferro redonda.

— Ah, isso deve ter sido... no sábado à tarde.

— Não foi no sábado à tarde. Quando Gudgeon levou os copos para o pavilhão, por volta do meio-dia no domingo, não havia qualquer desenho na mesa. Perguntei-lhe e ele foi bastante seguro.

— Então deve ter sido... — ela hesitou por um momento — ...claro, no domingo à tarde.

Ainda sorrindo amigavelmente, Poirot sacudiu a cabeça.

— Não creio. Os homens de Grange ficaram nos arredores da piscina durante toda a tarde de domingo, fotografando o corpo, tirando o revólver da água. Só saíram ao anoitecer. Teriam visto qualquer pessoa entrar no pavilhão.

Henrietta falou lentamente:

— Agora me lembro. Fui até lá tarde da noite... depois do jantar.

A voz de Poirot retrucou bruscamente:

— As pessoas não "rabiscam" no escuro, srta. Savernake. Está querendo me dizer que foi até o pavilhão à noite, ficou de pé junto a uma mesa e desenhou uma árvore sem conseguir enxergar o que estava desenhando?

Henrietta falou calmamente:

— Estou lhe dizendo a verdade. Naturalmente, o senhor não acredita. Tem suas próprias ideias. A propósito, quais são suas ideias?

— Estou sugerindo que a senhorita esteve no pavilhão *no domingo, depois do meio-dia*, depois que Gudgeon levou os copos lá para fora. Que a senhorita ficou ao lado da mesa observando alguém, ou esperando alguém, e, inconscientemente, pegou um lápis e desenhou Ygdrasil sem ter se dado conta do que estava fazendo.

— Eu não estive no pavilhão no domingo de manhã. Sentei-me um pouco no terraço, depois peguei uma cesta de jardinagem e subi até o canteiro de dálias, cortei umas flores e prendi alguns dos crisântemos que estavam caídos. Então, à uma hora, desci para a piscina. Já disse isso tudo ao inspetor Grange. Em momento algum me aproximei da piscina antes de uma hora, logo depois de John ter levado o tiro.

— Essa — disse Hercule Poirot — é a sua versão. Mas Ygdrasil, Mademoiselle, depõe contra a senhorita.

— Eu estava no pavilhão e matei John, é isso o que quer dizer?

— A senhorita estava lá e matou o dr. Christow, ou a senhorita estava lá e viu quem matou o dr. Christow, ou uma outra pessoa que conhecia Ygdrasil estava lá e deliberadamente desenhou-a na mesa para jogar as suspeitas sobre a *senhorita*.

Henrietta ergueu-se. Voltou-se para ele de queixo levantado.

— O senhor ainda acha que matei John Christow. O senhor acha que pode provar que eu o matei. Bem, só digo uma coisa: o senhor nunca conseguirá prová-lo. *Nunca!*

— A senhorita se acha mais inteligente que eu?

— O senhor nunca conseguirá prová-lo — disse Henrietta, e, dando-lhe as costas, desceu pelo caminho tortuoso que levava à piscina.

Capítulo 26

Grange foi a Resthaven tomar uma xícara de chá com Hercule Poirot. O chá correspondeu exatamente às suas expectativas — estava extremamente fraco, e ainda por cima era chá da China.

"Esses estrangeiros", pensou Grange, "não sabem preparar um chá. E não se pode ensiná-los". Mas não se incomodou muito. Estava em tal condição de pessimismo que mais uma coisa insatisfatória na verdade lhe dava certa satisfação.

— O interrogatório adiado já é depois de amanhã — disse ele —, e aonde chegamos? A lugar nenhum. Mas que diabo, aquele revólver tem de estar em *algum lugar*! Este maldito campo... quilômetros de bosques. Precisaríamos de um exército para dar uma busca adequada. Como achar uma agulha num palheiro? Pode estar em qualquer lugar. O fato é que somos obrigados a admitir que talvez *jamais* encontremos esse revólver.

—Vocês vão encontrá-lo — disse Poirot, confiante.

— Bem, não vai ser por falta de esforço.

—Vão encontrá-lo, mais cedo ou mais tarde. E eu diria mais cedo. Mais uma xícara de chá?

— Aceito, sim... não, sem água quente.

— Não está muito forte?

— Oh, não, não está muito forte — o inspetor estava consciente da atenuação do significado.

Bebeu desanimado, aos golinhos, o líquido pálido, cor de palha.

— Este caso está me desmoralizando, Monsieur Poirot... desmoralizando! Não consigo pegar o jeito desse pessoal. Eles *parecem* prestativos... mas tudo o que dizem parece levar-nos a uma busca inútil.

— Levar? — disse Poirot. Seus olhos pareciam surpresos. — Sei, entendo. *Levar...*

O inspetor detalhava seus dissabores.

—Veja só o revólver. Christow levou um tiro, segundo o depoimento médico, apenas um ou dois minutos antes de sua chegada. Lady Angkatell trazia aquela cesta de ovos, a srta. Savernake trazia uma cesta de jardinagem cheia de flores mortas, e Edward Angkatell vestia um casaco largo de caça, com bolsos grandes cheios de cartuchos. Qualquer um deles poderia ter levado o revólver consigo. Não estava escondido num canto junto da piscina. Meus homens vasculharam tudo, de forma que essa hipótese está definitivamente descartada.

Poirot assentiu. Grange continuou:

— Gerda Christow foi usada... mas por quem? E é aí que todas as pistas que sigo parecem sumir no ar.

— Os depoimentos sobre como passaram a manhã são satisfatórios?

— Os *depoimentos*, sim. A srta. Savernake estava trabalhando no jardim. Lady Angkatell recolhia os ovos. Edward

Angkatell e Sir Henry estiveram atirando, separadamente, no final da manhã, Sir Henry voltou para casa e Edward Angkatell desceu pelo bosque. Aquele rapaz estava no quarto dele, lendo. Lugar engraçado para se ler num dia bonito, mas ele é do tipo caseiro, livresco. A srta. Hardcastle levou um livro para o pomar. Tudo soa muito natural e plausível, e não há meio de confirmarmos. Gudgeon levou uma bandeja com copos para o pavilhão por volta do meio-dia. Não sabe dizer onde estavam e o que estavam fazendo. De certa forma, você sabe, há alguma coisa contra quase todos eles.

— É mesmo?

— Claro que a pessoa mais óbvia é Veronica Cray. Ela discutira com Christow, odiava-o profundamente, é *provável* que o tenha matado... mas não consigo encontrar a menor prova de que *realmente* o tenha feito. Nenhuma evidência de que tenha tido oportunidade de pegar revólveres da coleção de Sir Henry. Ninguém a viu ir ou voltar da piscina naquele dia. E o revólver desaparecido definitivamente não está com ela.

— Ah, já verificou isso?

— O que acha? A evidência em si teria justificado um mandado de busca, mas não foi necessário. Ela foi muito simpática. Não está em nenhum lugar daquele bangalô de latão. Depois que o inquérito foi adiado, fingimos deixar de lado a srta. Cray e a srta. Savernake, mas vigiamos onde iam e o que faziam. Pusemos um homem nos estúdios cinematográficos para observar Veronica e não vimos nenhum sinal de que ela tenha tentado esconder o revólver por lá.

— E Henrietta Savernake?

— Nada, também. Voltou diretamente para Chelsea e, desde então, a temos mantido sob vigilância. O revólver não está em seu estúdio ou com ela. Também foi muito simpática em relação à busca, parecia estar se divertindo. Algumas de suas fantasias deram o que pensar a nosso homem. Disse que não entendia por que certas pessoas gostavam de fazer aquele tipo de coisa: estátuas cheias de calombos e inchadas, pedaços de bronze e de alumínio de formas engraçadas, cavalos que dificilmente se reconhece como cavalos.

Poirot mexeu-se um pouco.

— Cavalos, você disse?

— Bem, *um* cavalo. Se é que se pode chamar aquilo de cavalo! Se as pessoas querem modelar um cavalo, por que não procuram um cavalo para *olhar*!

— Um *cavalo* — repetiu Poirot.

Grange virou a cabeça.

— O que há nisso que o interessa tanto, Monsieur Poirot? Não consigo perceber.

— Associação, uma questão de psicologia.

— Associação de palavras? Cavalo e carroça? Cavalinho de balanço? Cavalo de pau? Não, não entendo. Não importa, o fato é que um ou dois dias depois a srta. Savernake fez as malas e voltou para cá. Sabia disso?

— Sabia, já conversei com ela e já a vi passeando pelo bosque.

— Agitada, sim. Bem, ela tinha um caso com o doutor, isso é certo, e a palavra dele "Henrietta", pouco antes de morrer, é quase uma acusação. Mas não é o suficiente, Monsieur Poirot.

— Não — disse Poirot, pensativo —, não é o suficiente.

Grange falou pesadamente:

— Há alguma coisa na atmosfera daqui... a gente fica completamente embaralhado! É como se todos *soubessem* de alguma coisa. Lady Angkatell, por exemplo, em momento algum explicou decentemente *por que* levou um revólver naquele dia. É uma coisa totalmente louca... às vezes eu acho que ela é louca.

Poirot abanou a cabeça levemente.

— Não, ela não é louca.

— E Edward Angkatell, também. Pensei que ia encontrar alguma culpa *nele*. Lady Angkatell disse... não, insinuou que ele era apaixonado há anos pela srta. Savernake. Bem, isso lhe dava um motivo. E agora descubro que foi com a *outra* moça, srta. Hardcastle, que ele noivou. O argumento contra *ele* ruiu por terra.

Poirot fez um murmúrio solidário.

— E há ainda aquele rapaz — prosseguiu o inspetor. — Lady Angkatell deixou escapar qualquer coisa sobre ele. A mãe dele, parece, morreu num hospício... mania de perseguição... pensava que todo mundo conspirava para matá-la. Bem, você sabe o que isso pode significar. Se o rapaz tivesse herdado essa característica específica de insanidade talvez tivesse posto na cabeça algumas ideias sobre o dr. Christow... talvez tivesse imaginado que o doutor estava pretendendo certificar-se de sua sanidade mental. Não que Christow fosse esse tipo de médico. Afecções nervosas do tubo digestivo e doenças da supra... supra qualquer coisa. Era essa a especialidade de Christow. Mas se o rapaz tivesse algum problema, *poderia* imaginar que Christow estava aqui para observá-lo. Tem um comportamento extraordinário, aquele jovem, nervoso como um gato.

Grange permaneceu sentado, infeliz, por um ou dois minutos.

— Entende o que quero dizer? São todas suspeitas vagas, levando a *lugar nenhum*.

Poirot mexeu-se novamente. Murmurou baixinho:

— *Levar*, não *trazer*. *De*, não *para*. *Lugar nenhum* em vez de *algum lugar*... Sim, claro, *tem* de ser isso.

Grange olhou-o fixamente. Falou:

— São estranhos, todos esses Angkatell. E chego a jurar, às vezes, que eles sabem de tudo.

Poirot falou calmamente.

— E *sabem*.

— Quer dizer que eles sabem, todos eles, quem foi? — o inspetor perguntou, incrédulo.

Poirot assentiu.

— Sim, eles sabem. Já pensei sobre isso algumas vezes. Agora tenho certeza.

— Sei. — O rosto do inspetor estava carrancudo. — E estão escondendo entre eles? Bem, eu ainda vou derrotá-los. *Eu vou descobrir aquele revólver.*

"Aquele era", refletiu Poirot, "exatamente o tema da canção do inspetor".

Grange prosseguiu com rancor:

— Daria qualquer coisa para ir à forra com eles.

— Com...

— Todos eles! Me enrolando! Sugerindo coisas! Insinuando! Ajudando meus homens... *ajudando*! Tudo muito impalpável, como teia de aranha, nada tangível. Eu só desejo um *fato* concreto!

Hercule Poirot estivera olhando pela janela durante alguns momentos. Seus olhos foram atraídos por uma irregularidade na simetria de seus domínios.

Então falou:

— Quer um fato concreto? *Eh bien*, a não ser que eu esteja muito enganado, há um fato concreto na cerca ao lado de meu portão.

Desceram o jardim. Grange ajoelhou-se, afastou os gravetos para ver com maior clareza aquilo que fora jogado entre eles. Deu um suspiro profundo ao ser revelada uma coisa preta e de aço.

— É um revólver, sem dúvida — disse ele.

Por um breve momento, seus olhos pousaram dubiamente em Poirot.

— Não, não, meu amigo — disse Poirot. — *Eu* não matei o dr. Christow nem coloquei o revólver perto de minha própria cerca.

— Claro que não foi o senhor, Monsieur Poirot! Sinto muito! Bem, aqui está ele. Parece-se com o que desapareceu do escritório de Sir Henry. Poderemos verificar logo que soubermos o número. Depois veremos se foi o revólver que matou Christow. Agora é fácil.

Com um cuidado infinito e usando um lenço de seda, retirou o revólver da cerca.

— Para nos darmos um descanso, vamos ver as impressões digitais. Tenho a sensação, sabe, de que nossa sorte virou finalmente!

— Não deixe de me manter informado.

— Pode deixar, Monsieur Poirot. Eu lhe telefono.

Poirot recebeu dois telefonemas. Um veio na mesma noite. O inspetor estava exultante.

— É o senhor, Monsieur Poirot? Bem, aí vai a bomba: é o tal revólver mesmo. O revólver que sumira da coleção de Sir Henry, o revólver que matou John Christow! Isso é definitivo. Além disso, está cheio de impressões. Polegar, indicador, parte do dedo médio. Não lhe disse que nossa sorte tinha mudado?

— Já identificou as impressões digitais?

— Ainda não. Com toda a certeza, não são da sra. Christow. As dela nós temos. Pelo tamanho, parecem mais de homem que de mulher. Amanhã irei à Mansão Hollow, darei meu recado e pegarei as impressões de todos. E então, Monsieur Poirot, *nós saberemos onde estamos*!

— Espero que sim, tenho certeza — disse Poirot, polidamente.

O segundo telefonema veio no dia seguinte e a voz que falou não era mais exultante. Em tons de indisfarçável tristeza, Grange falou:

— Quer ouvir as últimas? Aquelas impressões não pertencem a ninguém envolvido no caso! Nada disso! Não são de Edward Angkatell, nem de David, nem de Sir Henry. Não são de Gerda Christow, nem da Savernake, nem da nossa Veronica, nem da moça morena! Nem mesmo da copeira, que dirá dos outros empregados!

Poirot emitiu uns ruídos de condolências. A voz triste do inspetor Grange prosseguiu:

— De forma que parece, enfim, que *foi* trabalho de alguém de fora. Ou seja, alguém que tinha alguma coisa contra o dr. Christow, e que desconhecemos totalmente. Alguém invisível e inaudível que pegou dois revólveres no escritório, e que fugiu, depois de atirar, pelo caminho que dá na alameda. Alguém que pôs o revólver em sua cerca e depois sumiu no ar!

— Gostaria de tirar *minhas* impressões digitais, meu amigo?

— Não acharia mal, não! Uma coisa eu não entendo, sabe, Monsieur Poirot. O senhor estava no local e, levando tudo em consideração, o senhor é, sem a menor sombra de dúvida, a personagem mais suspeita neste caso!

Capítulo 27

O magistrado pigarreou e olhou com expectativa para o presidente do júri.

Este olhou para um pedaço de papel que tinha nas mãos. Seu pomo de adão subia e descia excitadamente. Leu em voz cuidadosa:

— Concluímos que a vítima morreu em consequência de crime doloso perpetrado por pessoa ou pessoas desconhecidas.

Poirot assentiu calmamente de seu canto, junto da parede.

Não havia outro veredicto possível.

Do lado de fora, os Angkatell pararam um pouco para conversar com Gerda e sua irmã. Gerda usava a mesma roupa preta. Seu rosto tinha a mesma expressão perdida, infeliz. Desta vez não havia Daimler. O serviço de trens, explicou Elsie Patterson, era realmente muito bom. Um rápido até Waterloo e então pegariam facilmente o trem das 13h20 para Bexhill.

Lady Angkatell, segurando a mão de Gerda, murmurou:

— Você não deve deixar de nos visitar, querida. Um almoço, talvez, um dia em Londres? Espero que, de vez em quando, venha fazer umas compras.

— Eu... eu não sei — disse Gerda.

Elsie Patterson falou:

— Precisamos apressar-nos, querida, nosso trem... — e Gerda afastou-se com uma expressão de alívio.

Midge falou:

— Pobre Gerda. O único proveito que tirou da morte de John foi se libertar de sua terrível hospitalidade, Lucy.

A Mansão Hollow 223

— Como você é má, Midge. Ninguém pode dizer que não tentei.

—Você fica muito pior quando tenta, Lucy.

— Bem, é muito agradável pensar que está tudo acabado, não é? — disse Lucy Angkatell, sorrindo para todos. — Exceto, é claro, para o pobre inspetor Grange. Sinto tanta pena dele... Será que ele ficaria satisfeito, vocês acham, se o convidássemos para almoçar? Como *amigo*, é claro.

— Acho melhor o deixarmos em paz, Lucy — disse Sir Henry.

— Talvez você tenha razão — concordou Lady Angkatell, pensativa. — E, de qualquer forma, o almoço de hoje não é dos mais convenientes. Perdizes com couve, e aquele delicioso suflê surpresa que a sra. Medway faz tão bem. Não tem nada a ver com o tipo de almoço do inspetor Grange. Um bom bife, um pouco malpassado, e uma bela e tradicional torta de maçãs, sem nenhum enfeite, ou talvez com montinhos de maçã. Isso é o que eu prepararia para o inspetor Grange.

— Seus instintos sobre alimentação sempre parecem muito sensatos, Lucy. Acho melhor voltarmos para casa e comermos aquelas perdizes. Devem estar deliciosas.

— Bem, eu achei que deveríamos fazer *alguma* comemoração! É maravilhoso, não é, sabermos que tudo se resolveu da melhor forma?

— É... é.

— Sei no que você está pensando, Henry, mas não se preocupe. Cuidarei disso hoje à tarde.

— O que está tramando, Lucy?

Lady Angkatell sorriu para ele.

— Está tudo bem, querido. Só vou pôr algumas coisas em ordem.

Sir Henry olhou-a em dúvida.

Quando chegaram à Mansão Hollow, Gudgeon saiu para abrir a porta do carro.

— Tudo foi resolvido satisfatoriamente, Gudgeon — disse Lady Angkatell. — Por favor, diga à sra. Medway e

224 Agatha Christie

aos outros. Sei como tudo isso tem sido desagradável para todos vocês e gostaria de dizer-lhes, agora, o quanto Sir Henry e eu apreciamos a lealdade demonstrada por todos vocês.

— Temos estado muito preocupados com os senhores, minha senhora — disse Gudgeon.

— Muito simpático da parte de Gudgeon — disse Lucy ao entrar na sala de estar —, mas está realmente desgastado. Eu realmente quase me *diverti* com tudo... tão diferente, sabem, do que a gente está acostumada. Você não acha, David, que uma experiência dessas abriu sua mente? Deve ser tão diferente de Cambridge.

— Estou em Oxford — disse David friamente.

Lady Angkatell falou de modo vago:

— A maravilhosa regata. Tão inglês, não acha? — e caminhou em direção ao telefone.

Levantou o fone e, segurando-o na mão, prosseguiu:

— Espero sinceramente, David, que você volte e se hospede conosco novamente. É tão difícil, não é, conhecermos as pessoas quando há um crime... É praticamente impossível manter de fato uma conversa intelectual.

— Obrigado — disse David. — Mas dentro em breve irei para Atenas, para a Escola Britânica.

Lady Angkatell voltou-se para o marido.

— Quem está na embaixada agora? Ah, claro, Hope-Remington. Não, acho que David não gostará deles. Aquelas filhas deles são tão cordiais. Jogam hóquei e críquete e aquele jogo engraçado de pegar uma coisa na rede.

Parou de falar, olhando para o fone.

— Agora, o que estou fazendo com isto?

— Talvez fosse ligar para alguém — disse Edward.

— Acho que não — ela o recolocou no lugar. — Você gosta de telefones, David?

Era o tipo da pergunta, David refletiu irritado, que ela faria; o tipo da pergunta para a qual não havia resposta inteligente. Ele respondeu friamente que imaginava serem úteis.

— Você quer dizer — perguntou Lady Angkatell —, como máquinas de moer carne? Mesmo assim, ninguém...

Parou de falar quando Gudgeon apareceu no portal para anunciar o almoço.

— Mas você gosta de perdizes — disse Lady Angkatell, ansiosa.

David admitiu que gostava de perdizes.

— Às vezes acho que Lucy é um pouco pancada — disse Midge, enquanto ela e Edward afastavam-se da casa e subiam para o bosque.

As perdizes e o suflê surpresa estavam excelentes, e, com o final do interrogatório, um peso desaparecera da atmosfera.

Edward falou, pensativo:

— Sempre achei que Lucy tem uma mente brilhante, que se expressa como num jogo de adivinhar palavras. A mistura de metáforas... o martelo pula de prego em prego e nunca deixa de atingir cada um deles no meio da cabeça.

— Mesmo assim — disse Midge com sobriedade —, Lucy às vezes me assusta. — E acrescentou, com ligeiro tremor: — Esta casa tem me assustado ultimamente.

— A Mansão Hollow?

Edward fitou-a, atônito.

— Sempre me faz lembrar um pouco de Ainswick — disse ele. — Não é, claro, a mesma coisa.

Midge interrompeu-o:

— É exatamente isso, Edward. Fico assustada com as coisas que não são reais. Não se sabe, entende, o que está por *trás* delas. Parece... oh, parece uma *máscara*.

— Você não deve ser tão imaginativa, pequena Midge.

Era o velho tom, o tom indulgente que usara anos atrás. Na ocasião, ela gostava dele, mas agora perturbava-a. Ela se esforçava para tornar claro o que queria dizer e, afinal, mostrar a ele que, por trás daquilo que ele chamava fantasia, havia pelo menos uma forma difusa de realidade apreendida.

— Consegui superar isso em Londres, mas, agora que estou aqui, tudo voltou de novo. Tenho a sensação de que todos sabem quem matou John Christow. Que a única pessoa que não sabe... sou *eu*.

Edward falou, irritado:

— Precisamos falar ou pensar em John Christow? Ele está morto. Morto e enterrado.

Midge murmurou:

Ele está morto e enterrado, senhora,
Ele está morto e enterrado.
Sobre sua cabeça uma touceira de grama verde,
E sobre seus pés uma pedra.

Ela pôs a mão no braço de Edward.

— Quem *realmente* o matou, Edward? Pensamos que tivesse sido Gerda, mas não foi Gerda. Então quem foi? Diga-me o que *você* acha. Será que foi alguém de quem nunca ouvimos falar?

Ele falou irritado:

— Todas essas especulações parecem-me absolutamente inúteis. Se a polícia não consegue descobrir ou encontrar provas suficientes, então tudo será necessariamente arquivado e nós ficaremos livres disso.

— Eu sei... mas é o fato de não sabermos.

— Por que quereríamos saber? O que John Christow tinha a ver conosco?

"*Conosco*," pensou ela, "com Edward e comigo? Nada!". Um pensamento reconfortante — ela e Edward, unidos, uma entidade a dois. Mas mesmo assim — mesmo assim — John Christow, por mais que repousasse em seu túmulo e por mais que seu corpo tivesse sido encomendado, não estava suficientemente enterrado. "Ele está morto e enterrado, senhora..." Mas John Christow não estava morto e enterrado, por mais que Edward assim o desejasse. John Christow ainda estava ali, na Mansão Hollow.

Edward perguntou:

— Aonde estamos indo?

Alguma coisa em seu tom de voz surpreendeu-a. Ela disse:

— Que tal irmos até o alto do morro? Vamos?

— Se você quiser.

Por alguma razão, ele não queria. Ela gostaria de saber por quê. "Geralmente, era seu passeio favorito. Ele e Henrietta quase sempre..." O pensamento apareceu de estalo e se interrompeu. "Ele e Henrietta!" Ela perguntou:

— Você já esteve aqui neste outono?

Ele respondeu rispidamente:

— Henrietta e eu subimos aqui naquela primeira tarde.

Prosseguiram em silêncio.

Chegaram finalmente ao topo e sentaram-se na árvore caída.

Midge pensou: "Ele e Henrietta sentaram-se aqui, talvez."

Ela girava e girava o anel no dedo. O diamante brilhava friamente. "*Esmeraldas, não*", ela lembrou-se das palavras de Edward.

Midge falou com ligeiro esforço:

— Será maravilhoso estar de novo em Ainswick no Natal.

Ele pareceu não ouvir. Estava distante.

Ela pensou: "Está pensando em Henrietta e em John Christow."

Sentado ali ele dissera alguma coisa a Henrietta, ou ela lhe dissera alguma coisa. Henrietta podia saber o que não queria, mas ele ainda pertencia a Henrietta. "E sempre", pensou Midge, "pertenceria a Henrietta...".

Uma pontada atravessou-lhe todo o corpo. O mundo feliz e fervilhante no qual vivera na última semana estremeceu e quebrou-se.

Ela pensou: "Não posso viver assim, com Henrietta sempre em sua mente. Eu não suporto. Eu não aguento."

O vento suspirava por entre as árvores, as folhas caíam ligeiro, quase não havia folhas douradas, só marrons.

— Edward! — exclamou ela.

A urgência em sua voz despertou-o. Ele virou a cabeça.

— Sim?

— Sinto muito, Edward. — Seus lábios tremiam, mas ela se esforçava para que a voz saísse calma e controlada. — Tenho de lhe dizer. Não adianta. Não posso me casar com você. Não daria certo, Edward.

— Mas Midge... certamente Ainswick...

Ela interrompeu-o:

— Não posso me casar com você só por causa de Ainswick, Edward. Você... você tem de entender isso.

Ele suspirou, um suspiro longo e suave. Era como um eco de folhas mortas desprendendo-se delicadamente dos galhos das árvores.

— Entendo o que quer dizer. É, acho que tem razão.

— Foi muito bonito de sua parte pedir-me em casamento, bonito e doce. Mas não adiantaria, Edward. Não daria *certo*.

Ela talvez tivesse uma esperança longínqua de que ele argumentasse, tentasse persuadi-la, mas ele dava a impressão, simplesmente, de estar sentindo a mesma coisa que ela. Aqui, com o fantasma de Henrietta atrás dele, ele também, aparentemente, via que não daria certo.

— Não — disse ele, fazendo eco às palavras da moça —, não daria certo.

Ela tirou o anel do dedo e entregou-o a ele.

Ela sempre amaria Edward, Edward sempre amaria Henrietta, e a vida não passava de um inferno monótono, imutável.

A voz dela estava um pouco embargada:

— É um lindo anel, Edward.

— Gostaria que você o guardasse, Midge. Gostaria que ficasse com ele.

Ela abanou a cabeça.

— Não posso fazer isso.

Ele falou, torcendo os lábios de modo ligeiro e jocoso:

— Eu não o darei a mais ninguém, você sabe.

Foi tudo muito amigável. Ele não sabia — jamais saberia — exatamente o que ela estava sentindo. O paraíso servido num prato; e o prato se quebrara e o paraíso escorregara por entre seus dedos, ou, talvez, jamais tivesse estado ali.

Naquela tarde, Poirot recebeu a terceira visita.

Fora visitado por Henrietta Savernake e por Veronica Cray. Dessa vez era Lady Angkatell. Chegou flutuando pelo caminho com sua aparência usual de insubstancialidade.

Ele abriu a porta e ela ficou sorrindo para ele.

—Vim visitá-lo — ela anunciou.

Da mesma forma que uma fada concederia um favor a um simples mortal.

— Estou encantado, Madame.

Levou-a até a sala de estar. Ela sentou-se no sofá e sorriu mais uma vez.

Hercule Poirot pensou: "Ela está velha, seus cabelos estão grisalhos, há rugas em seu rosto. Ainda assim, ela tem magia, sempre terá magia..."

Lady Angkatell falou suavemente:

— Quero que faça uma coisa para mim.

— Pois não, Lady Angkatell?

— Em primeiro lugar, preciso conversar com o senhor... sobre John Christow.

— Sobre o dr. Christow?

— É. Parece-me que a única coisa que nos resta a fazer é pôr um ponto final em tudo. O senhor entende o que quero dizer, não?

— Não tenho certeza de haver entendido, Lady Angkatell.

Ela jogou-lhe um daqueles adoráveis e brilhantes sorrisos e pôs uma de suas mãos brancas na manga do paletó de Poirot.

— Caro Monsieur Poirot, o senhor sabe perfeitamente. A polícia terá de caçar o dono daquelas impressões digitais, mas não vai descobrir. E, no fim, será obrigada a arquivar tudo. Mas receio, sabe, que *o senhor* não arquive.

— Não, eu não arquivarei — disse Hercule Poirot.

— Foi exatamente o que pensei. E foi por isso que vim. É a verdade que o senhor quer, não é?

— Certamente desejo a verdade.

— Percebo que não me expliquei muito bem. Estou tentando descobrir *por que* o senhor não deixará as coisas morrerem. Não é por causa de seu prestígio, ou porque o senhor queria enforcar um assassino... uma morte tão desagradável, sempre achei... tão *medieval*. É apenas porque, creio eu, o senhor deseja *saber*. O senhor entende o que quero dizer, não? Se o senhor soubesse a verdade... se lhe *dissessem* a verdade, eu acho... acho que, talvez, o senhor se desse por satisfeito. O senhor ficaria satisfeito, Monsieur Poirot?

— Está se oferecendo para me contar a verdade, Lady Angkatell?

Ela concordou.

— Então a senhora sabe a verdade?

Os olhos dela se arregalaram.

— Ah, sim, sei há muito tempo. *Gostaria* de lhe dizer. E então poderíamos chegar a um acordo... bem, para que se dê o caso por encerrado.

Ela sorriu para ele.

— Aceita a barganha, Monsieur Poirot?

Hercule Poirot fez algum esforço para responder:

— Não, Madame, não aceito a barganha.

Ele queria, e queria terrivelmente deixar a coisa toda morrer, simplesmente porque Lady Angkatell lhe pedira.

Lady Angkatell sentou-se muito empertigada por um momento. Depois levantou as sobrancelhas.

— Gostaria de saber... — disse ela — ...gostaria de saber se o senhor realmente avalia o que está fazendo.

Capítulo 28

Midge, deitada de olhos secos e abertos no escuro, virava-se agitadamente sobre o travesseiro.

Ouviu uma porta ser destrancada, passos no corredor diante de sua porta.

Eram a porta de Edward e os passos de Edward.

Acendeu a luz ao lado da cama e olhou o relógio que ficava na mesa, ao lado do abajur.

Faltavam dez minutos para as três.

Edward passando no corredor e descendo as escadas àquela hora da manhã. Era estranho.

Todos se haviam deitado cedo, às 22h30. Ela não dormira, ficara deitada lá com as pálpebras queimando e com uma angústia seca, dolorosa, açoitando-a febrilmente.

Ouvira o relógio bater no andar de baixo, ouvira as corujas piando lá fora. Sentira aquela depressão que alcança seu ponto crítico às duas da madrugada. Pensara consigo mesma: "Eu não aguento, não aguento. A manhã já vem, mais um dia. Dia após dia para ser vivido."

Banida por iniciativa própria de Ainswick, de todo o encanto e felicidade de Ainswick, que poderia ter sido seu.

Mas antes o banimento, antes a solidão, antes uma vida monótona e desinteressante do que viver com Edward e o fantasma de Henrietta. Até aquele dia no bosque, ela não conhecia a própria capacidade de sentir um ciúme tão amargo.

E, afinal de contas, Edward jamais dissera que a amava. Afeição, bondade, ele nunca fingira mais que isso. Ela aceitara a limitação, e somente quando percebeu que isso significava viver junto com um Edward cuja mente e coração tinham Henrietta como hóspede permanente, descobriu que, para ela, a afeição de Edward não era suficiente.

Edward passando por sua porta, descendo as escadas da frente...

Era estranho, muito estranho. Aonde estaria indo?

A inquietação cresceu dentro dela. Era apenas uma parte da inquietação que a Mansão Hollow lhe transmitia ultimamente. O que Edward iria fazer lá embaixo a essa hora da manhã? Teria saído?

Finalmente, sentiu que não podia mais permanecer inativa. Levantou-se, vestiu um roupão e, pegando uma lanterna, abriu a porta e saiu para o corredor.

Tudo estava às escuras, nenhuma luz fora acesa. Midge virou à esquerda e chegou ao alto da escada. Lá embaixo, tudo estava escuro também. Desceu correndo as escadas e, depois de um momento de hesitação, acendeu a luz do hall. Tudo era silêncio. A porta da frente estava fechada e trancada. Experimentou a porta lateral, mas essa, também, estava trancada.

Edward, então, não saíra. Onde estaria?

E, subitamente, ela ergueu a cabeça e cheirou.

Um cheiro leve, um cheiro muito distante de gás.

A porta de baeta que dava para as dependências da cozinha estava escancarada. Atravessou-a. Uma luz distante brilhava pela porta aberta da cozinha. O cheiro de gás tornara-se muito mais forte.

Midge atravessou correndo o corredor e entrou na cozinha. Edward estava deitado no chão, com a cabeça dentro do forno a gás, ligado no máximo.

Midge era uma moça rápida, prática. Seu primeiro gesto foi abrir o basculante. Não conseguiu destrancar a janela e, enrolando o braço num pedaço de pano, quebrou o vidro. Depois, prendendo a respiração, abaixou-se, arrastou e puxou Edward para longe do forno e fechou as torneiras de gás.

Ele estava inconsciente, com uma respiração estranha, mas ela sabia que ele não podia estar inconsciente há muito tempo. Devia estar apenas desmaiado. O vento que soprava através da janela e da porta aberta dissipava rapidamente o cheiro de gás. Midge arrastou Edward para um local próximo à janela, onde ele receberia maior quantidade de ar. Ela sentou-se e abraçou-o com seus braços jovens e fortes.

Ela falou o nome dele, primeiro suavemente, depois com um desespero crescente.

— Edward, Edward, Edward, Edward...

Ele estremeceu, gemeu, abriu os olhos e fitou-a.

— Forno a gás — disse Edward, bem baixinho.

Os olhos de Midge procuraram o fogão.

— Eu sei, querido, mas por quê... *por quê?*

Ele tremia todo agora, as mãos frias e sem vida.

— Midge? — disse ele.

Havia uma espécie de surpresa agradável e de prazer em sua voz.

— Ouvi quando você passou por minha porta — disse ela. — Eu não sabia... Eu desci.

Ele suspirou, um suspiro profundo, como se viesse de muito longe.

— Melhor saída — disse ele. E aí, inexplicavelmente, ela se lembrou da conversa de Lucy na noite da tragédia, lembrou-se do *News of the World*.

— Mas, Edward, por quê?... *por quê?*

Ele olhou para ela, e o vazio, a escuridão fria de seu olhar assustaram-na.

— Porque sei agora que nunca servi para nada. Sempre um fracasso. Sempre ineficaz. São homens como Christow que fazem as coisas. Eles atingem o sucesso e as mulheres os admiram. Eu não sou nada... nem mesmo estou suficientemente vivo. Herdei Ainswick e tenho renda suficiente para me manter, caso contrário eu teria fracassado. Nunca fui competente em carreira alguma... nunca fui muito bom como escritor. Henrietta não me quis. Ninguém me quis. Aquele dia... no Berkeley... eu pensei... mas era a mesma história. Você também não tem culpa, Midge. Nem mesmo por Ainswick poderia me tolerar. Então, achei melhor sumir de vez.

As palavras dela saíram num turbilhão.

— Querido, querido, você não entendeu. Foi por causa de Henrietta... porque pensei que você ainda amasse muito Henrietta.

— Henrietta? — ele murmurou vagamente, como se falasse a uma pessoa infinitamente distante. — Sim, eu a amei demais.

E de mais longe ainda, ela ouviu-o murmurar:

— Está tão frio.

— *Edward*... meu querido.

Seus braços apertaram-no firmemente. Ele sorriu para ela, murmurando:

—Você é tão quente, Midge... tão quente.

"Sim", pensou ela, "aquilo, sim, era o desespero". Uma coisa fria, uma coisa de frieza e solidão infinitas. Até então, nunca compreendera que o desespero era uma coisa fria. Pensara nele como uma coisa quente e apaixonada, uma coisa violenta, um desespero de sangue quente. Mas não era assim. *Isso* era o desespero, essa escuridão exterior e total feita de frieza e solidão. E o pecado do desespero, de que os padres falavam, era um pecado frio, o pecado de afastar-se de todos os contatos quentes e humanos.

Edward falou novamente:

—Você é tão quente, Midge.

E, subitamente, com uma confiança alegre e orgulhosa, ela pensou: "Mas é isso que ele *quer*, é isso que lhe posso dar!" Eles eram frios, todos os Angkatell. Até mesmo Henrietta tinha em si algo de fogo-fátuo, da frieza mágica e esquiva do sangue dos Angkatell. Deixar Edward amar Henrietta como um sonho intangível e impossível. O calor, a permanência, a estabilidade eram suas necessidades reais. Era a companhia diária e o amor e o riso em Ainswick.

Ela pensou: "Edward precisa é de alguém que acenda o fogo na lareira, e *eu* sou a pessoa capaz de fazer isso."

Edward olhou para cima. Viu o rosto de Midge curvado sobre ele, as cores quentes de sua pele, a boca generosa, os olhos firmes e os cabelos escuros que pendiam por detrás de sua testa como duas asas.

Ele sempre vira Henrietta como uma projeção do passado. Na mulher adulta, ele procurava e só queria ver a menina de dezessete anos que fora seu primeiro amor. Mas agora, olhando para Midge, teve a sensação estranha de estar vendo uma Midge contínua. Viu aquela garota de escola com os cabelos presos em duas marias-chiquinhas, viu as ondas escuras emoldurando seu rosto atual, e viu exatamente como ficariam aquelas asas quando os cabelos não fossem mais escuros, e sim grisalhos.

"Midge", pensou ele, "é *real*. A única coisa real que jamais conheci...". Ele sentia seu calor e sua força morena, positiva, viva, *real*! "Midge", pensou ele, "é a rocha sobre a qual posso construir minha vida...".

— Midge, querida — disse ele —, eu a amo tanto, nunca mais me abandone.

Ela curvou-se e ele sentiu o calor de seus lábios sobre os dele, sentiu seu amor envolvendo-o, protegendo-o, e a felicidade floresceu naquele deserto frio onde vivera por tanto tempo.

Subitamente, Midge falou com uma risada trêmula:

— Olhe, Edward, um besouro veio nos espiar. Não é um besouro *engraçadinho*? Nunca pensei que pudesse gostar tanto de um besouro!

E acrescentou, sonhadora:

— Como a vida é estranha. Aqui estamos nós, sentados no chão de uma cozinha que ainda cheira a gás, entre besouros, e sentindo como se fosse o paraíso.

Ele murmurou, sonhador:

— Eu ficaria aqui para sempre.

— É melhor irmos dormir um pouco. São quatro horas. Como vou explicar aquela janela quebrada para Lucy?

"Felizmente", refletiu Midge, "Lucy é uma pessoa extraordinariamente fácil de aceitar explicações!".

Imitando os próprios hábitos de Lucy, Midge entrou no quarto dela às seis horas.

Fez uma narrativa direta dos fatos.

— Essa noite, Edward desceu e pôs a cabeça dentro do forno — disse. — Felizmente, eu ouvi e fui atrás dele. Quebrei a janela porque não consegui abri-la de imediato.

Lucy, Midge tinha de admiti-lo, era maravilhosa.

Sorriu docemente, sem o menor sinal de surpresa.

— Querida Midge, você sempre foi tão prática. Tenho certeza de que será sempre o maior conforto de Edward.

Depois que Midge saiu, Lady Angkatell ficou pensando. Em seguida levantou-se e entrou no quarto do marido, que, casualmente, estava destrancado.

— Henry.

— Minha querida Lucy! Os galos nem cantaram ainda.

— Não, mas escute, Henry, é muito importante. Precisamos comprar um fogão elétrico para nos desfazermos do antigo, a gás.

— Por quê, ele está funcionando bem, não está?

— Ah, está sim, querido. Mas é o tipo da coisa que desperta nas pessoas algumas ideias, e nem todo mundo é tão prático quanto Midge.

Ela saiu furtivamente. Sir Henry virou-se com um grunhido. Logo depois acordou com um susto, quando recomeçava a cochilar.

— Será que sonhei — murmurou ele — ou Lucy veio mesmo aqui para falar sobre fogões a gás?

Lá fora no corredor, Lady Angkatell entrou no banheiro e pôs uma chaleira a ferver. Às vezes, ela sabia, as pessoas gostavam de uma xícara de chá bem cedo. Aprovando seu gesto, voltou para a cama e deitou-se sobre o travesseiro, satisfeita com a vida e consigo mesma.

Edward e Midge em Ainswick, o interrogatório terminado. Ela tornaria a conversar com Monsieur Poirot. Um homenzinho simpático...

Subitamente, outra ideia surgiu-lhe na cabeça. Sentou-se na cama.

"Gostaria de saber", especulou, "se ela pensou *nisso*".

Levantou-se da cama e deslizou pelo corredor até o quarto de Henrietta, como sempre iniciando seus comentários muito antes de poder ser ouvida.

— ...e ocorreu-me subitamente, querida, que *talvez* você houvesse se esquecido disso.

Henrietta murmurou, sonolenta:

— Pelo amor de Deus, Lucy, os passarinhos ainda nem acordaram!

— Oh, eu sei, querida, é *um tanto* cedo, mas parece que foi uma noite muito conturbada. Edward e o fogão a gás, Midge e a janela da cozinha... e pensando no que dizer a Monsieur Poirot e tudo o mais...

— Sinto muito, Lucy, mas tudo que você diz me soa como um monte de bobagens. Não dá para esperar?

— Era apenas o coldre, querida. Eu pensei, sabe, que talvez você não tivesse se lembrado do coldre.

— Coldre? — Henrietta sentou-se na cama. Despertou subitamente. — O que é que tem o coldre?

— Aquele revólver de Henry estava num coldre, você sabe. E o coldre ainda não foi encontrado. É claro que talvez ninguém se lembre dele... mas, por outro lado, alguém poderia...

Henrietta deu um pulo da cama e disse:

— A gente sempre se esquece de alguma coisa, é o que eles dizem! E é verdade!

Lady Angkatell voltou para o quarto.

Deitou-se depressa e dormiu profundamente.

A chaleira começou a ferver, e continuou fervendo...

Capítulo 29

Gerda rolou de um lado para o outro na cama e levantou-se.

A cabeça estava um pouco melhor agora, mas ficou satisfeita por não ter ido ao piquenique com os outros. Era tranquilo e quase reconfortante ficar um pouco sozinha em casa.

Elsie, é claro, fora muito boa — muito boa —, especialmente no início. Em primeiro lugar, obrigou Gerda a tomar o café na cama, as bandejas eram levadas até ela. Todos insistiam para que se sentasse na poltrona mais confortável, que levantasse os pés, que não fizesse nada de cansativo.

Todos sentiam pena dela por causa de John. Ela aceitara servil e agradecidamente aquela névoa obscura e protetora. Ela não quisera pensar, ou sentir, ou lembrar-se.

Mas agora, todos os dias, ela sentia aproximar-se o dia que teria de começar a viver de novo, decidir o que fazer, onde morar. A própria Elsie já demonstrara uma sombra de impaciência por suas maneiras. "Oh, Gerda, não seja tão *lenta*!"

Era o mesmo que sempre fora — há muito tempo, antes de John aparecer para levá-la. Todos achavam-na lenta e estúpida. Não havia ninguém para dizer, como John dissera: "Eu cuidarei de você."

A cabeça lhe doía e Gerda pensou: "Vou fazer um pouco de chá."

Desceu até a cozinha e pôs a chaleira no fogo. Estava quase fervendo quando ela ouviu a campainha da porta da frente.

As empregadas estavam de folga. Gerda foi até a porta e abriu-a. Ficou espantada ao ver o carro elegante de Henrietta estacionado junto ao meio-fio, e a própria Henrietta no portal.

— Ora, Henrietta! — exclamou. Deu um ou dois passos para trás. — Entre. Sinto que minha irmã e meus filhos estejam fora, mas...

Henrietta interrompeu-a.

— Ótimo. Melhor assim. Queria encontrá-la sozinha. Escute, Gerda, *o que você fez com o coldre?*

Gerda parou. Seu olhar subitamente ficou vazio e sem entender. Ela falou:

— Coldre?

Depois abriu uma porta, à direita do *hall*.

— É melhor entrarmos aí. Acho que está um pouco empoeirado. Sabe, não tivemos muito tempo de manhã.

Henrietta interrompeu-a novamente, com urgência.

— Escute, Gerda, você tem de me dizer. Com exceção do coldre, está tudo certo, absolutamente seguro. Não há nada que possa incriminá-la. Encontrei o revólver onde

A Mansão Hollow 239

você jogou, naquela moita ao lado da piscina. Escondi-o num lugar onde não haveria a menor possibilidade de você ter escondido, as impressões digitais jamais serão descobertas. Então, só resta o coldre. Preciso saber o que você fez com ele.

Fez uma pausa, rezando desesperadamente para que a reação de Gerda fosse rápida.

Não atinava por que trazia aquela sensação de urgência, mas o fato é que existia. Seu carro não fora seguido, certificara-se disso. Inicialmente, tomara a estrada para Londres, abastecera o carro num posto e mencionara que estava a caminho de Londres. Depois, um pouco mais adiante, pegara um desvio que a deixara na principal estrada do Sul, em direção à costa.

Gerda ainda a olhava fixamente. "O problema de Gerda", pensou Henrietta, "era ser tão lenta".

— Se ainda está com você, Gerda, é preciso que você me entregue. Vou dar um jeito de me desfazer dele. É a única possibilidade, entende, que eles têm de envolvê-la na morte de John. *Está* com você?

Houve uma pausa, e depois Gerda aquiesceu lentamente.

— Você não sabia que era uma loucura guardá-lo? — Henrietta mal podia esconder a impaciência.

— Esqueci-me completamente. Está lá no meu quarto. — E acrescentou: — Quando a polícia foi à rua Harley, cortei-o em pedaços e coloquei-os na sacola junto com meus trabalhos de couro.

— Foi muito esperto de sua parte — disse Henrietta.

— Não sou tão estúpida quanto pensam — retrucou Gerda.

Levou as mãos até o pescoço. Falou:

— John, *John*! — sua voz falhou.

— Eu sei, querida, eu sei — disse Henrietta.

— Mas você não pode saber... — disse Gerda. — John não era... ele não era... — Permaneceu ali, muda e estranhamente patética. Levantou os olhos subitamente até o rosto de Henrietta. — Era tudo mentira... tudo! Tudo aquilo que pensei que ele fosse. Vi o rosto dele quando seguiu aquela mulher naquela noite. Veronica Cray. Eu sabia que ele gostara dela, claro, anos atrás, antes de se casar comigo, mas pensei que houvesse acabado.

Henrietta falou amigavelmente:

— Mas *estava* acabado.

Gerda abanou a cabeça.

— Não. Ela foi lá fingindo que não via John há anos... mas eu vi o rosto de John. Ele saiu com ela. Fui para a cama. Fiquei deitada tentando ler aquela história de detetive que John estava lendo. E John não voltava. E, finalmente, eu saí...

Seus olhos pareciam estar voltados para dentro, vendo a cena.

— Estava tudo claro com o luar. Tomei o caminho até a piscina. Havia luz no pavilhão. Eles estavam *lá...* John e aquela mulher.

Henrietta emitiu um breve som.

O rosto de Gerda mudou. Não tinha nada daquela costumeira afabilidade vaga. Estava destituído de remorso, implacável.

— Eu confiava em John. Acreditava nele como se ele fosse Deus. Pensei que fosse o homem mais nobre do mundo. Pensei que trouxesse dentro de si tudo o que havia de mais delicado e nobre. E era tudo *mentira*! E eu fiquei sem nada, absolutamente nada. Eu... eu *adorava* John!

Henrietta olhava-a, fascinada. Pois ali, diante de seus olhos, estava aquilo que ela adivinhara e a que dera vida, esculpindo em madeira. Ali estava *O adorador.* Devoção cega a uma só pessoa, desiludida, perigosa.

— Não pude aguentar! — exclamou Gerda. — Tinha de matá-lo! Era *necessário...* Você entende isso, Henrietta?

Falou em tom bastante informal, quase amigável.

— E eu sabia que tinha de tomar cuidado porque a polícia é muito inteligente. Mas o fato é que não sou tão estúpida quanto as pessoas pensam! Se você é muito lenta e tem os olhos parados, as pessoas pensam que você não entende as coisas, e às vezes, por trás, você está rindo de todos! Eu sabia que poderia matar John sem que ninguém descobrisse, porque li naquele livro de detetive que a polícia pode dizer de que revólver foi disparado o tiro. Sir Henry me ensinara a carregar e a disparar um revólver naquela tarde. Eu tinha de pegar *dois* revólveres. Mataria John com um deles e o esconderia, e deixaria que as pessoas me vissem segurando o outro e, de início, elas pensariam que *eu* o houvesse matado e depois descobririam que eu não poderia havê-lo matado com aquele revólver e, no final, diriam que eu era inocente!

Ela balançou a cabeça em sinal de triunfo.

— Mas esqueci-me do negócio de couro. Estava na gaveta de meu quarto. Como é o nome, coldre? Você acha que a polícia vai se lembrar disso *agora*?

— É possível — respondeu Henrietta. — É melhor você me dar para que eu o leve. Se estiver longe de suas mãos, você estará totalmente a salvo.

Ela sentou-se. De repente, sentiu-se completamente esgotada.

— Você não parece bem — disse Gerda. — Eu estava fazendo um chá.

Saiu da sala. Logo depois voltou com uma bandeja. Sobre ela havia um bule de chá, uma leiteira e duas xícaras. A leiteira transbordara por estar excessivamente cheia. Gerda colocou a bandeja numa mesinha, encheu uma xícara e entregou-a a Henrietta.

— Oh, querida — disse ela, consternada —, acho que a água ainda não estava fervendo.

— Está ótimo — disse Henrietta. —Vá buscar o coldre, Gerda.

Gerda hesitou e saiu da sala. Henrietta inclinou o corpo para a frente, pôs os braços em cima da mesa e recostou a cabeça sobre eles. Estava tão cansada, tão terrivelmente cansada... Mas estava quase acabado agora. Gerda estaria a salvo, como John gostaria que ela estivesse.

Ela sentou-se direito, afastou o cabelo da testa e puxou a xícara de chá para perto de si. Depois, a um leve ruído na soleira da porta, ergueu os olhos. Pelo menos uma vez, Gerda fora ligeira.

Mas era Hercule Poirot quem se encontrava de pé, na porta.

— A porta da frente estava aberta — explicou ele ao se aproximar da mesa —, então tomei a liberdade de entrar.

— O senhor! — exclamou Henrietta. — Como chegou até aqui?

— Quando a senhorita saiu da Mansão Hollow tão apressada, naturalmente eu sabia aonde estava indo. Aluguei um carro rapidamente e vim direto para cá.

— Entendo — Henrietta suspirou. — Tinha de ser o senhor.

— A senhorita não deve beber esse chá — disse Poirot, tirando-lhe a xícara da mão e recolocando-a na bandeja. — O chá feito com água sem ferver não presta para ser bebido.

— Será que uma coisa tão simples como água fervendo realmente tem importância?

— Tudo tem importância — disse Poirot gentilmente.

Houve um ruído atrás dele e Gerda entrou na sala. Trazia uma sacola nas mãos. Seus olhos desviaram-se do rosto de Poirot para o de Henrietta.

Henrietta falou rapidamente:

— Receio, Gerda, que eu seja uma personagem um tanto suspeita. Monsieur Poirot parece minha sombra. Ele acha que eu matei John... mas não consegue prová-lo.

Falou lenta e deliberadamente. Até então, Gerda não se traíra.

Gerda falou vagamente:

— Sinto muito. Quer um pouco de chá, Monsieur Poirot?

— Não, obrigado, Madame.

Gerda sentou-se atrás da bandeja. Começou a conversar naquele seu jeito apologético e informal.

— É uma pena que todos estejam fora. Minha irmã e as crianças foram a um piquenique. Eu não me sentia bem, então me deixaram em casa.

— Sinto muito, Madame.

Gerda levantou a xícara de chá e bebeu.

— Tudo está tão complicado. Tudo tão complicado. O senhor sabe, John sempre cuidava de *tudo* e agora não há mais John... — Sua voz ecoou. — Agora não há mais John.

Seu olhar, digno de pena, atônito, ia de um para o outro.

— Não sei o que fazer sem John. John cuidava de mim. Agora ele não existe mais, nada mais existe. E as crianças... fazem-me perguntas e eu não posso responder direito. Não sei o que dizer a Terry. Ele só fica perguntando: "Por que mataram papai?" Algum dia, é claro, ele vai descobrir por quê. Terry sempre tem de *saber*. O que me intriga é que ele pergunta *por quê*, não *quem*!

Gerda recostou-se em sua cadeira. Seus lábios estavam muito azuis.

Ela falou rigidamente:

— Eu... não me sinto muito bem... se John... John...

Poirot deu a volta na mesa e acomodou-a de lado na cadeira. A cabeça dela tombou para a frente. Ele curvou-se e levantou-lhe a pálpebra. Depois ergueu-se.

— Uma morte rápida e relativamente indolor.

Henrietta encarou-o.

— Coração? Não. — Sua mente deu um salto. — Alguma coisa no chá. Alguma coisa que ela mesma colocou. Foi a solução que escolheu?

Poirot abanou a cabeça gentilmente.

— Oh, não, era para a *senhorita*. Estava na *sua* xícara.

— Para *mim*? — a voz de Henrietta era incrédula. — Mas eu estava tentando ajudá-la.

— Isso não tinha importância. Nunca viu um cachorro preso numa armadilha? Ele arreganha os dentes para quem quer que se aproxime. Ela percebeu que só a senhorita conhecia o segredo e, portanto, também tinha de morrer.

Henrietta falou lentamente:

— E o senhor me fez devolver a xícara à bandeja... o senhor queria... queria que *ela*...

Poirot interrompeu-a calmamente:

— Não, não, Mademoiselle. Eu não *sabia* que havia alguma coisa em sua xícara. Apenas achava que *talvez* houvesse. E, com a xícara na bandeja, havia chances iguais de ela beber de uma ou da outra, se é que podemos chamar a isso de chance. Eu particularmente acho que foi um fim piedoso. Para ela... e para duas crianças inocentes.

E falou gentilmente para Henrietta:

— A senhorita está muito cansada, não está?

Ela concordou. Depois perguntou:

— Quando descobriu?

— Não sei dizer ao certo. A cena fora arrumada; senti isso desde o início. Mas custei a descobrir que fora arrumada *por Gerda Christow*, que sua atitude parecia encenada porque ela estava, na verdade, desempenhando um papel. Fiquei intrigado com a simplicidade e, ao mesmo tempo, complexidade. Percebi logo de início que era contra a *sua* engenhosidade que eu lutava, e que a senhorita estava sendo ajudada e favorecida por seus parentes, tão logo perceberam o que a senhorita pretendia! — fez uma pausa e acrescentou: — Por que a senhorita *queria* tal coisa?

— Porque John me pediu! Foi isso o que ele quis dizer ao exclamar "Henrietta". Estava tudo naquela palavra. Ele estava me pedindo que protegesse Gerda. O senhor entende, ele amava Gerda. Acho que amava Gerda mais do que ele mesmo imaginava. Mais do que a Veronica Cray. Mais do que me amava. Gerda *pertencia* a ele e John gostava das coisas que lhe pertenciam. Ele sabia que, se havia alguém que pudesse proteger Gerda pelo que ela fizera, essa pessoa era eu. E ele sabia que eu faria qualquer coisa que me pedisse, porque eu o amava.

— E a senhorita começou logo — disse Poirot, sério.

— É, e a primeira coisa de que me lembrei foi tirar o revólver dela e jogá-lo na piscina. Isso apagaria as impressões digitais. Quando vim a saber mais tarde que o tiro partira de um revólver diferente, pus-me a procurá-lo e, naturalmente, encontrei-o logo, pois sabia o tipo de lugar onde Gerda o esconderia. Adiantei-me apenas um ou dois minutos aos homens do inspetor Grange.

Ela fez uma pausa e prosseguiu:

— Guardei-o comigo em minha mochila até poder levá-lo para Londres. Depois escondi-o em meu estúdio até poder levá-lo de volta e colocá-lo no lugar onde a polícia o encontrou.

— O cavalo de argila — murmurou Poirot.

— Como soube? É, coloquei-o numa bolsa de esponja e passei uma armação de arame em volta, e depois fiz o modelo de argila. Afinal de contas, a polícia não destruiria a obra-prima de uma artista, não é mesmo? Como descobriu onde estava?

— Pelo fato de haver escolhido um cavalo como modelo. O cavalo de Troia foi sua associação mental inconsciente. Mas as impressões digitais, como as conseguiu?

— Um velho cego que vende fósforos na rua. Ele não sabia o que era aquilo que pedi que segurasse enquanto eu pegava o dinheiro!

Poirot olhou-a por um momento.

— *C'est formidable*! — murmurou ele. — A senhorita foi uma das melhores antagonistas, Mademoiselle, que tive de enfrentar.

— Foi incrivelmente cansativo ser obrigada a estar sempre uma etapa adiante do *senhor*!

— Eu sei. Comecei a descobrir a verdade tão logo vi que o plano visava não implicar uma só pessoa, mas *todas*, com exceção de Gerda Christow. Todas as indicações *afastavam-se* dela. A senhorita deliberadamente plantou Ygdrasil para atrair minha atenção e colocar a si mesma sob suspeita. Lady Angkatell, que sabia perfeitamente o que a senhorita estava fazendo, divertia-se em levar o pobre inspetor Grange ora para um lado, ora para o outro. David, Edward, ela mesma. Sim, só há uma coisa a fazer quando se quer desviar as suspeitas da pessoa realmente culpada. E essa coisa é sugerir a culpa em todos os lugares, mas nunca localizá-la. E era por isso que todas as pistas *pareciam* promissoras e depois se perdiam e davam em nada.

Henrietta olhou a figura pateticamente encolhida na cadeira e falou:

— Pobre Gerda.

— Foi isso que sentiu o tempo todo?

— Acho que sim. Gerda amava John terrivelmente, mas não queria amá-lo pelo que ele era. Construiu um pedestal para ele e atribuiu-lhe todas as características esplêndidas, nobres e altruístas. E quando cai um ídolo, *não resta nada*. — Fez uma pausa e prosseguiu. — Mas John era muito mais que um ídolo sobre um pedestal. Ele era um ser humano real, vivo, cheio de vitalidade. Era generoso, cálido e vivaz, era um grande médico... sim, um *grande* médico. E agora está morto e o mundo perdeu um grande homem. E eu perdi o único homem que amei e amarei.

Poirot pousou a mão gentilmente sobre o braço da moça e falou:

— Mas a senhorita é dessas que conseguem viver com uma espada no coração... que conseguem ir adiante e sorrir...

Henrietta olhou para ele. Seus lábios torceram-se num sorriso amargo.

— É um pouco melodramático, não é?

— É que sou estrangeiro e gosto de usar palavras bonitas.

Henrietta falou subitamente:

— O senhor tem sido muito bom para mim.

— É porque sempre a admirei muito.

— Monsieur Poirot, o que vamos fazer? Em relação a Gerda, claro.

Poirot puxou a sacola de ráfia para perto de si. Esvaziou-a — tiras de *suède* marrom e couros de outras cores. Havia alguns pedaços de um couro castanho e lustroso. Poirot juntou-os.

— O coldre. Eu levo isto. E a pobre Madame Christow, ela estava extenuada, a morte do marido foi demais para ela. Provavelmente constará que tirou a própria vida em consequência de insanidade...

Henrietta falou lentamente:

— E ninguém saberá o que realmente aconteceu?

— Acho que uma pessoa saberá. O filho do dr. Christow. Acho que algum dia ele me procurará para saber a verdade.

— Mas o senhor não vai dizer — gritou Henrietta.

— Sim, vou dizer, sim.

— Oh, *não*!

— A senhorita não compreende. Para a senhorita, é insuportável ferir alguém. Mas, para algumas mentes, mais insuportável ainda é não *saber*. A senhorita ouviu aquela pobre mulher dizer, minutos atrás: "Terry sempre tem de saber." Para a mente científica, a verdade vem em primeiro lugar. A verdade, por mais amarga que seja, pode ser aceita e tecida num padrão de vida.

Henrietta levantou-se.

— O senhor quer que eu fique aqui, ou prefere que me vá?

— Talvez seja melhor ir, acho eu.

Ela aquiesceu. Depois falou, mais para si mesma do que para ele:

— Aonde irei? O que farei... sem John?

— Está falando como Gerda Christow. A senhorita saberá aonde ir e o que fazer.

— Será? Estou cansada, Monsieur Poirot, tão cansada.

Ele falou gentilmente:

— Vá, minha filha. Seu lugar é com os vivos. Eu fico aqui com os mortos.

Capítulo 30

Enquanto dirigia a caminho de Londres, as duas frases ecoavam na mente de Henrietta: "O que farei? Aonde irei?"

Durante as últimas semanas, ela se mantivera firme, agitada, jamais relaxando por um único momento. Tinha uma tarefa a executar, uma tarefa pedida por John. Mas agora tudo estava acabado. Ela fracassara ou se saíra bem? Podia considerar as duas coisas. Mas, o que quer que se considerasse, a tarefa estava acabada. E ela experimentava o terrível esgotamento da reação.

À sua mente voltaram as palavras que dissera a Edward aquela noite no terraço — a noite da morte de John, a noite em que ela fora até a piscina e entrara no pavilhão e, deliberadamente, à luz de um fósforo, desenhara Ygdrasil sobre a mesa de ferro. Propositadamente planejado. Ainda não conseguira sentar-se e chorar, chorar o seu morto. "Eu gostaria", dissera ela a Edward, "de poder sentir a morte de John".

Mas não se atrevera a relaxar então, não permitira que a tristeza exercesse seu comando sobre ela.

Mas agora podia chorar. Agora tinha todo o tempo do mundo.

Falou, prendendo a respiração:

— John... John...

Amargura e revolta apossaram-se dela.

Pensou: "Antes eu tivesse bebido daquela xícara de chá."

Dirigir seu carro acalmava-a, dava-lhe forças para o momento. Mas logo estaria em Londres. Logo poria o carro na garagem e entraria no estúdio vazio. Vazio, uma vez que John nunca mais entraria lá para implicar com ela, para se zangar com ela, para amá-la mais do que pretendia amá-la, para conversar agitadamente sobre a síndrome de Ridgeway, sobre seus triunfos e desesperos, sobre a sra. Crabtree e St. Christopher's.

E, de repente, como se a mortalha escura saísse de sua mente, pensou: "Claro. É para lá que irei. Para St. Christopher's."

Deitada no leito estreito do hospital, a velha sra. Crabtree espiava sua visitante com olhos remelentos, piscando.

Era exatamente como John a descrevera e Henrietta sentiu um calor súbito, uma leveza no espírito. Aquilo era real, aquilo duraria! Aqui, por um breve momento, ela reencontrou John.

— O pobre doutor. Horrível, né? — dizia a sra. Crabtree. Havia prazer em sua voz, bem como pesar, pois a sra. Crabtree amava a vida; e as mortes súbitas, particularmente os crimes ou mortes no leito, constituíam a parte mais rica da tapeçaria da vida. — Levar um tiro daquele jeito! Me deu um embrulho no estômago, se deu, quando eu soube. Li tudinho nos jornais. A irmã me emprestou todos que conseguiu. Ela foi muito legal nisso, foi, sim. Tinha retrato e tudo. Aquela piscina e a coisa toda. A mulher dele saindo do inquérito, tadinha, e aquela Lady Angkatell que era a dona da piscina. Um monte de fotos. Foi tudo um verdadeiro mistério, não foi?

Henrietta não sentiu repulsa por aquele prazer lúgubre. Gostava daquilo porque sabia que o próprio John teria gostado. Se ele tivesse de morrer, preferia mil vezes que a velha sra. Crabtree desse a volta por cima a que ficasse fungando ou vertendo lágrimas.

— Só espero que prendam e enforquem o danado do assassino — continuou a sra. Crabtree, vingativa. — Hoje em dia não se enforca mais ninguém em público como antigamente... tanto pior. Sempre tive vontade de ver um enforcamento. E iria duas vezes mais depressa, se é que a senhora entende, pra ver enforcado o assassino do doutor! Deve ser um tipo muito ruim. Ora, o doutor era um em mil! Tão inteligente que ele era! E como era simpático! Fazia a gente rir se a gente quisesse ou não. As coisas que dizia às vezes! Eu faria qualquer coisa pelo doutor, faria, sim!

— É — disse Henrietta —, era um homem muito inteligente. Era um grande homem.

— Aqui no hospital pensam maravilhas dele! Todas as enfermeiras. E os pacientes dele! A gente sempre sentia que estava melhor com ele por perto.

— Então a senhora vai melhorar — disse Henrietta.

Os olhinhos estranhos enevoaram-se por um momento.

— Não tenho tanta certeza... droga. Agora estou com aquele jovem fingido e de óculos. Muito diferente do dr.

Christow. Nunca ri. Ele, sim, era o tal, o dr. Christow, sempre com suas piadas! Me fez passar cada uma, se fez, com aquele tratamento dele. "Não aguento mais, doutor", eu lhe dizia, e ele respondia: "Aguenta, sim, sra. Crabtree. A senhora é forte. Pode aguentar. Vamos fazer parte da história médica, a senhora e eu." E sempre alegrava a gente. Eu faria qualquer coisa pelo doutor! Esperava muito da gente, e a gente não podia desapontá-lo, se é que me entende.

— Entendo — disse Henrietta.

Seus olhinhos agudos penetraram nela.

— Desculpe, querida, mas a senhora não é a mulher do doutor, é?

— Não — disse Henrietta. — Só uma amiga.

— *Sei.*

Henrietta percebeu que ela realmente sabia.

— Por que veio me ver, se não for indiscreto perguntar?

— O doutor costumava conversar muito comigo a seu respeito... e sobre o novo tratamento. Queria saber como a senhora está.

— Estou piorando... é assim que estou.

Henrietta exaltou-se:

— Mas a senhora não pode piorar! Tem de ficar boa.

A sra. Crabtree riu.

— *Eu* não quero bater as botas, pode ter certeza!

— Bom, então lute! O dr. Christow dizia que a senhora era uma boa lutadora.

— É mesmo? — a sra. Crabtree ficou calada por uns minutos, depois continuou lentamente: — Quem quer que seja o assassino, deve ter vergonha de tanta ruindade! Não existem muitos como o doutor.

"Jamais verás outro como ele." As palavras cruzaram a mente de Henrietta. A sra. Crabtree observava-a de modo penetrante.

— Cabeça erguida, mocinha! — disse ela. E acrescentou: — Espero que tenha tido um belo funeral.

— Foi um enterro muito bonito — disse Henrietta, para agradá-la.

— Ah! Como eu gostaria de ter ido!

A sra. Crabtree suspirou.

— Acho que agora só vou ao meu próprio enterro.

— Não — exclamou Henrietta. — A senhora não pode se entregar. A senhora disse há pouco que o dr. Christow falava que ele e a senhora pertenceriam à história médica. Bem, a senhora terá de levar adiante sozinha. O tratamento é o mesmo. A senhora tem de ter fibra pelos dois... tem que fazer a história médica sozinha... por ele.

A sra. Crabtree olhou-a durante um ou dois minutos.

— Parece meio grandioso! Vou fazer o possível. Droga, não posso prometer mais que isso.

Henrietta levantou-se e pegou a mão dela.

— Até logo. Virei vê-la mais vezes, se puder.

— Venha, sim. Vai me fazer bem conversar um pouco sobre o doutor. — O brilho malicioso voltou a seus olhos. — Um bom homem em tudo, o dr. Christow.

— É — concordou Henrietta. — Era, sim.

A velha falou:

— Não se atormente. É uma droga, mas o que passou, passou. Não se pode ter de volta.

"A sra. Crabtree e Hercule Poirot", pensou Henrietta, "expressaram a mesma ideia com palavras diferentes".

Ela voltou para Chelsea, guardou o carro na garagem e entrou lentamente no estúdio.

"Agora", pensou ela, "chegou o momento que eu tanto temia, o momento de estar sozinha. Agora não posso mais adiar. Agora a tristeza está aqui comigo".

O que dissera ela a Edward? "Eu gostaria de poder sentir a morte de John."

Jogou-se numa cadeira e afastou o cabelo do rosto.

Sozinha, vazia, desolada.

Este vazio terrível.

As lágrimas saltaram-lhe dos olhos, escorriam lentamente por sua face.

"Tristeza", pensou ela, "tristeza por John".

"Oh, John, John."

Lembranças, lembranças — a voz dele, ferida pela dor: "Se eu morresse, a primeira coisa que você faria, com as lágrimas escorrendo pelo rosto, seria começar a modelar alguma maldita mulher de luto ou alguma figura de tristeza."

Ela sentiu um mal-estar. Por que aquela ideia lhe ocorrera?

Tristeza. Tristeza... Uma figura coberta por um véu, o perfil que mal se percebia, a cabeça encapuzada.

Alabastro.

Ela podia ver as linhas — altas, alongadas, sua tristeza oculta, revelada apenas pelas dobras longas dos panos.

Tristeza, emergindo do alabastro claro, transparente.

"Se eu morresse..."

E, de súbito, sentiu-se totalmente tomada pela amargura!

Pensou: "*É isso que eu sou!* John tinha razão. Eu não sei amar, não sei chorar... não com todo o meu ser. Midge, pessoas como Midge é que são o sal da terra."

Midge e Edward em Ainswick.

Aquilo era realidade, força, calor.

"Mas eu", pensou ela, "eu não sou uma pessoa por inteiro. Eu não pertenço a mim, mas a algo fora de mim. Não consigo chorar o meu morto. Em vez disso, pego minha tristeza e transformo-a numa figura de alabastro... Peça n° 58. *Tristeza*. Alabastro. Srta. Henrietta Savernake...".

Murmurou, mal conseguindo respirar:

— John, perdoe-me, perdoe-me pelo que não consigo deixar de fazer.

Sobre a autora

Agatha Christie nasceu em Torquay, cidade da Inglaterra, em 1890, e tornou-se a romancista mais vendida de todos os tempos. Escreveu oitenta romances e coletâneas de contos, além de mais de uma dúzia de peças, incluindo *A ratoeira*, peça que ficou mais tempo em cartaz na história teatral. Agatha também escreveu sua autobiografia, publicada em 1979, no Brasil. Embora seu nome seja sinônimo de ficção policial, a extensão dos temas em seus romances é extraordinária, e Agatha realmente merece um lugar de destaque como uma das mais queridas escritoras de todos os tempos.

Seu sucesso permanente, ampliado pelas inúmeras adaptações para o cinema e para a TV, é um tributo ao eterno fascínio de seus personagens e à absoluta engenhosidade de suas tramas.

Agatha Christie morreu em 1976, aos 85 anos, de causas naturais.

Surpreso com o desfecho desse mistério?

Não deixe de conferir outros desafios que
a Rainha do Crime preparou para seus detetives:

A maldição do espelho (Miss Marple)
Assassinato no Expresso do Oriente (Hercule Poirot)
Cem gramas de centeio (Miss Marple)
Morte na Mesopotâmia (Hercule Poirot)
Morte no Nilo (Hercule Poirot)
Nêmesis (Miss Marple)
O mistério dos sete relógios
Os crimes ABC (Hercule Poirot)
Os elefantes não esquecem (Hercule Poirot)
Os trabalhos de Hércules (Hercule Poirot)
Um corpo na biblioteca (Miss Marple)

Este livro foi impresso para a
Editora HarperCollins Brasil.
A fonte usada no miolo é Bembo, corpo 10.